Barbara Wilson

Mord im Kollektiv

Aus dem Amerikanischen neu übersetzt
von Sieglinde Denzel und Susanne Naumann

Ariadne Krimi 1079
Argument

Ariadne Krimis werden herausgegeben von Frigga Haug

Titel der amerikanischen Originalausgabe: Murder in the Collective

Redaktion und Lektorat: Else Laudan

Von Barbara Wilson bei Ariadne bereits erschienen:

Schwestern der Straße (Ariadne Krimi 1049)
Der Porno-Kongreß (Ariadne Krimi 1019)
Ein Nachmittag mit Gaudí (Ariadne Krimi 1027)
Trubel in Transsylvanien (Ariadne Krimi 1057)
Unbescheidene Frauen (edition ariadne)
Äpfel und Apfelsinen (edition ariadne)

Die Deutsche Bibliothek – CIP-Einheitsaufnahme
Wilson, Barbara:
Mord im Kollektiv / Barbara Wilson.
Aus dem Amerikan. neu übers. von Sieglinde Denzel und Susanne Naumann.
Vollst. neu übers. dt. Ausg. – 1. Aufl. – Hamburg ; Berlin : Argument, 1996
(Ariadne Krimi ; 1079)
ISBN 3-88619-579-1
NE: GT

Vollständig neu übersetzte deutsche Ausgabe

Rentzelstraße 1, 20146 Hamburg
Telefon 040 / 45 36 80 – Fax 040 / 44 51 89
Titelgraphik: Johannes Nawrath
Signet: Martin Grundmann
Texterfassung durch die Übersetzerinnen
Fotosatz: Steinhardt, Berlin
Druck: Clausen & Bosse, Leck
Gedruckt auf säure- und chlorfreiem Papier
ISBN 3-88619-579-1

1

Es war Anfang Juni und regnete in Strömen. Ein stürmischer Nordwest tobte um das Backsteinhaus am Pioneer Square und trieb die Penner aus den Hauseingängen in die Unterkünfte der Straßenmission, als unser Kollektiv seine wöchentliche Dienstagabend-Besprechung in der Druckerei abhielt. Durch das Vorderfenster konnte ich sehen, wie das schmutzige Wasser die Rinnsteine hinabschoß. Leere grüne Billigwein-Flaschen drehten sich in den Strudeln. Schon seit Tagen hatten die Wetterfrösche unbekümmert Sonnenschein und steigende Temperaturen vorhergesagt. Kein Mensch glaubte ihnen. Es würde wieder ein typischer nasser Seattle-Sommer werden.

»Die Sache ist die ...«, sagte jemand.

Ich war nicht direkt gelangweilt. Ich fand es nur mühsam, mich zu konzentrieren. Dabei hatte ich diese Woche die Gesprächsleitung und hätte eigentlich voll da sein müssen. Es galt, die einen davon abzuhalten, zu viel zu reden, die anderen davon, abzuschalten, ehe sie sich konkret geäußert hatten, nutzlose Konflikte mußten geschickt umschifft, sich andeutende Problemlösungen dagegen nicht weniger geschickt unterstützt werden. Normalerweise lag mir das: verstehen, was die Leute meinten, auch wenn sie Mühe hatten, sich auszudrücken. Meine Zwillingsschwester Penny sagte immer, ich würde eine gute Gesprächstherapeutin abgeben.

»Du scheinst imstande zu sein, noch dem dümmsten Geschwätz einen Inhalt abzugewinnen – du hörst sinnvolle Silben, wo ich nur blödsinniges Gebrabbel verstehe ... einfach erstaunlich.«

Meine Schwester mit ihrem Sinn für Humor.

Vielleicht lag es am Wetter, vielleicht war es einfach ein Symptom jener Erschöpfung, die allen Teams mit zuwenig Kapital und zuviel Idealismus geläufig ist. Ich war es müde, mir ewig das gleiche unkonkrete Gemecker anzuhören, aber ich brachte auch nicht die Energie auf, etwas dagegen zu unternehmen. Statt die

Sprechenden freundlich, aber fest zum Schweigen zu bringen oder zu versuchen, ihre Forderungen und Beschwerden in konstruktive Kritik umzuwandeln, merkte ich, wie ich einfach nur dasaß und sie beobachtete.

Da war zunächst einmal Jeremy, fünfundzwanzig, zuständig für die Reproarbeiten, der sich über die schlechte Qualität der neuen Druckplatten aufregte. Er war klein und dünn und sah auf seine anämische Art nicht übel aus, mit blonden Ringellocken, Ohrringen und zerrissenem T-Shirt, das eine knochige Brust enthüllte. Dem Anlaß zu Ehren hatte er sich vom Kopfhörer seines Sony-Walkmans getrennt, doch das Aussetzen der Dauerbeschallung hatte seine Fähigkeit, einen zusammenhängenden Satz zu bilden, nicht entscheidend verbessern können. »Ich meine, wißt ihr, es ist wie ... diese Platten ... also, sie sind nicht gerade ...« Nicht, daß er nicht ab und zu ein paar wirklich gute Anregungen beizusteuern gehabt hätte. Aber seine Gedanken waren immer dermaßen watteweich in Abschwächungen und Füllsel verpackt, daß sie meist den Erstickungstod starben, noch ehe sie ganz das Licht der Welt erblickt hatten.

June, die ihm jetzt ungeduldig ins Wort fiel, glich ihm in gewissem Sinne – so etwa wie eine 78er Schallplatte einer 33er ähnelt. »Tadellos im Druck. ... Was paßt dir nicht daran? ... Die Farbwiedergabe ist perfekt. Von dieser Seite *überhaupt* nichts zu bemängeln.«

June war schwarz, dreiundzwanzig, verwitwet, zwei Kinder. Ihr schmaler, straffer, kleiner Körper und der kurzgeschnittene Afro verliehen ihr eine Aura energiestrotzender, geballter Kompetenz; es paßte zu ihr, daß sie gefährliche Sportarten liebte: Bergsteigen, Fallschirmspringen, Wildwasser-Rafting. Außerdem züchtete sie Rosen und schrieb Gedichte und hatte uns allen irgendwann mal das Auto repariert. Sie war für die Druckerpresse zuständig und kannte sie in- und auswendig. »Die Platten sind völlig in Ordnung.«

»Ja, schon, aber ...«, beharrte Jeremy und schüttelte sanft seine Locken und Ohrringe. »Es ist bloß, June, du weißt schon ...«

Wider Willen entfuhr mir ein Seufzer.

Unsere Eltern waren vor Jahren bei einem Autounfall ums Leben gekommen, als Penny und ich noch in der Ausbildung steckten, und hatten uns Best Printing hinterlassen – eine voll eingerichtete Druckerei mit langfristigem Mietvertrag und zwanzig Jahren guter Geschäftsverbindungen in der Stadt. Statt alles zu verkaufen, wie uns geraten wurde, und das Geld in die Fortsetzung unseres Studiums zu investieren (Penny stand gerade vor ihrer Dissertation in Biochemie, ich hatte meine Magisterarbeit über den Generalstreik in Seattle im Jahr 1919 beendet), entschlossen wir uns, den Betrieb einer Gruppe von Aktivistinnen und Aktivisten zu überlassen, die politische Plakate, Flugblätter und Bücher drucken wollten.

Damals hatten wir nicht vorgehabt, selbst in die Sache einzusteigen.

Während ich Penny auf ihrem Stuhl herumrutschen sah und mit einem Ohr zuhörte, wie June und Jeremy sich wegen der Druckplatten herumstritten, fragte ich mich wieder einmal, warum um Himmels willen wir uns auf das Ganze eingelassen und unsere akademische Karriere für nichts und wieder nichts geopfert hatten.

Penny zwinkerte mir zu und blies die Backen auf wie ein kleines Schweinchen, eine Grimasse, die mich schon immer zum Grinsen gebracht hatte.

Laut Aussage unserer Eltern und nach alten Fotografien zu schließen, hatten Penny und ich unser Leben als identische Zwillinge begonnen. Doch irgendwo unterwegs schien sich das verflüchtigt zu haben, und jetzt, mit neunundzwanzigeinhalb, sahen wir nicht einmal mehr aus wie Schwestern, geschweige denn wie zwei Frauen, die aus derselben Eizelle hervorgegangen waren.

Penny hatte ihre braunen Haare stachlig kurz geschnitten, im Gegensatz zu meinem nostalgisch langen Haar, das ich streng nach hinten gekämmt und zu einem Zopf geflochten trug. Mit ihrem schrillen, knallroten Brillengestell sah sie intellektueller und zugleich mutwilliger aus als ich mit meinen braven Drahtbügeln.

Vielleicht lag es an den Brillen, daß auch unsere unteren Gesichtspartien ganz verschieden wirkten. Meine kleinen, runden Gläser machten meinen Mund breiter, die Nase länger und ließen das Kinn stärker hervortreten. Pennys großrahmige Brille hingegen beherrschte ihr ganzes Gesicht mit dem kleinen, spitzen Kinn und einem Mund wie ein rosa Rauchkringel.

Dieser Mund konnte ebensogut geistreich und munter plaudern wie heftige Worte hervorsprudeln. Wenn es darum ging, unangenehme Wahrheiten zu sagen, kannte Penny keine Rücksicht. Deshalb hatten viele Leute eingestandenermaßen Angst vor ihr. Sie managte bei Best Printing Büro und Buchhaltung – manche nannten sie nur unseren Kassendrachen.

»Diese ganze Diskussion ist völlig witzlos«, sagte sie gerade. »Wir haben zwei Kisten von den neuen Platten. Mit den Dingern müssen wir so oder so noch wochenlang arbeiten.«

»Genau. Können wir vielleicht endlich das Thema wechseln?« wandte Ray sich ungeduldig an mich. »Wir müssen noch zu einem Entschluß kommen, was wir mit dem Flugblatt für die Nicaragua-Gruppe machen. Wollen wir es ihnen kostenlos drucken oder nicht?«

»Sie kriegen einen Rabatt«, sagte Penny. »Wir können schließlich nicht dauernd umsonst arbeiten, auch wenn sie noch so schwach bei Kasse sind.«

»Aber sie sind völlig pleite«, fuhr Ray auf. Und schon ging es von vorne los.

Ich schaute wieder nach draußen. Wir hatten diese Diskussion im vergangenen Jahr mindestens fünfundzwanzigmal geführt, und ich wußte schon, wie sie ausgehen würde. Wenn die Gruppe das Geld für das Papier aufbringen konnte, würden wir das Drucken übernehmen. So verfuhren wir grundsätzlich in solchen Fällen, und das war auch wahrscheinlich der Hauptgrund für unsere angespannte finanzielle Lage. Penny murrte immer: »Niemand geht ins hiesige Vollwertrestaurant und sagt, ›Hallo Leute, ich finde, die Amis sollten aus Mittelamerika verschwinden – kann ich bitte einen Teller Suppe umsonst kriegen?‹«, aber für

Ray war jede Anfrage einer neuen Organisation ein Anlaß, auf die Barrikaden zu gehen und seine politischen Überzeugungen mit Vehemenz zu verfechten.

»Die Vereinigten Staaten stehen kurz vor einer Invasion in Nicaragua, ist dir das völlig schnuppe?« schulmeisterte er Penny. »Außerdem ist das eine politisch wirklich progressive Gruppe. Nicht die üblichen linken Leisetreter, die sonst immer kommen.«

»Wir sind keine Wohlfahrtseinrichtung«, beharrte Penny, »jedenfalls noch nicht.«

Ich hielt mich bewußt raus. Ray und ich waren drei Jahre lang liiert gewesen und hatten uns vor zehn Monaten getrennt. Das Kollektiv hatte uns danach mehrfach ausdrücklich gebeten, unsere Streitereien doch bitte nicht während der Meetings auszutragen. Also sah ich ihn mir statt dessen an.

Er war schlank und drahtig, der bronzehäutige Sohn eines mexikanischen Vaters und einer japanischen Mutter, beide Ärzte beim Roten Kreuz. Er hatte eine angenehme, volle Stimme, tiefdunkelbraune, mandelförmige Augen und einen schwarzen Vollbart. Gutaussehend, er war unzweifelhaft gutaussehend; seine momentane Freundin, Zenaida, war offenbar derselben Ansicht. Sie saß neben ihm und hing für meinen Geschmack allzu hingebungsvoll an seinen Lippen. Nicht, daß ich im Hinblick auf Ray noch irgendein *tieferes* Bedauern verspürt hätte, aber ich hatte doch nicht gedacht, daß er sich so schnell trösten würde – und auch noch ausgerechnet mit einer Frau, mit der ich täglich zu tun hatte.

»Ich finde, Ray hat absolut recht«, mischte sie sich jetzt leidenschaftlich, mit einem zärtlichen Blick zu Ray hin ein. »Wir müssen die Revolution unbedingt unterstützen. Das heißt, daß wir das Papier stellen, unsere Restposten, alles, was wir noch dahaben! Ich helfe Ray dabei!«

Zenaida, oder Zee, wie wir sie nannten, war Filipina, schlank und zierlich wie eine goldene Statuette, mit schwerem, schwarzem, perfekt geschnittenem Haar und einem großen Schrank voller wunderschöner Kleider. Sie stammte aus einer philippinischen

Anwaltsfamilie, von der einige Mitglieder wegen ihres Widerstands gegen die Regierung Marcos im Gefängnis saßen. Ursprünglich war Zee nach Seattle gekommen, um eine Ausbildung als Krankenschwester zu machen, doch dann war sie zur Fotografie und zur Politik, Schwerpunkt Anti-Marcos-Politik, übergewechselt. Sie machte gemeinsam mit Ray Layout und Schnitt.

»Ich bin nach wie vor der Ansicht, daß sie das Papier ruhig selbst beisteuern sollen, was meinst du, Elena?« fragte Penny und suchte damit Unterstützung beim einzigen Teammitglied, das bis jetzt noch nichts gesagt hatte.

Elena zuckte gleichgültig die Achseln. »Das haben wir doch schon x-mal diskutiert.«

Genau, dachte ich, und dabei bist du erst vier Monate bei uns.

Jedes neue Mitglied hatte die Gruppe bis zu einem gewissen Grad verändert, Elena jedoch weit mehr als die anderen. Sie war bekennende Lesbierin und hatte Aufsehen erregt, als sie vor Gericht um das Sorgerecht für ihre Kinder kämpfte. Sie hatte den Prozeß gewonnen, ihren Job als Lehrerin an der Highschool jedoch verloren, weil sie ihren Fall öffentlich gemacht hatte und ihr Bild in den Zeitungen erschienen war. Mittlerweile prozessierte sie gegen die Kündigung. Elena war berühmt, um nicht zu sagen berüchtigt, und verschaffte uns eine ganze Reihe von Kunden, die die blanke Neugier zu Best Printing trieb.

Andererseits war sie die einzige von uns, die keinerlei Erfahrung hatte. Sie war eines Tages vorbeigekommen, weil sie ein paar Plakate bei uns drucken lassen wollte, und war dann dageblieben und hatte zugesehen. Fasziniert von der Arbeit, und weil sie dringend einen Job brauchte, solange ihr Verfahren noch in der Schwebe hing, hatte sie gefragt, ob sie für den halben Lohn als Lehrling bei uns arbeiten dürfte.

Nach einigem Hin und Her hatten wir zugestimmt, doch die Sache hatte sich nicht wie geplant entwickelt. Zunächst einmal hatten wir alle viel zu viele Schuldgefühle, einer vierunddreißigjährigen alleinerziehenden Mutter – und berühmten lesbischen Feministin – nur die Hälfte unseres Gehalts auszuzahlen, das so schon alles andere als ein Vermögen war. Also hatten wir ihr Gehalt dem unseren angeglichen. Leider bedeutete das aber auch, daß sie als vollwertiges Mitglied ins Kollektiv aufgenommen wurde, bevor sie richtig angelernt war. Das war sie übrigens bis heute nicht.

Elena hatte bald festgestellt, daß ihr die Arbeit an der Presse nicht so leicht von der Hand ging, wie sie gedacht hatte, und wechselte in die Dunkelkammer. Doch Jeremys Launen gingen ihr nach zwei Wochen auf die Nerven, und sie kam in den Schneidebereich, wo Zee ihr beizubringen versuchte, wie die Negative für den Druck vorbereitet wurden.

Diese Arbeit lag ihr etwas mehr, aber nach etwa einem Monat fing sie an, über Langeweile zu klagen. Eigentlich fände sie ja die Arbeit im Büro am interessantesten, behauptete sie auf einmal. Doch da schob Penny einen Riegel vor. In ihrer üblichen, wenig zartfühlenden Art sagte sie Elena auf den Kopf zu, sie habe in den letzten drei Monaten schon genügend Leute Zeit und Nerven gekostet. Ihr, Penny, werde das nicht passieren.

Das Ende vom Lied war, daß Elena seither mir zugeteilt war, und tat, was gerade so anlag. Ich war Mädchen für alles, in nichts eine wirkliche Expertin, aber durchaus in der Lage, jede anfallende Arbeit mit einem gewissen Grad an Kompetenz zu erledigen. Ich sprang ein, wenn jemand krank oder überarbeitet war, oder wenn wir einen eiligen Auftrag oder einen Notfall hatten, was mit schöner Regelmäßigkeit ein- bis zweimal pro Woche vorkam.

Elena war hübsch auf eine altmodische Art, wie das Mädchen von der Shampoo-Werbung in einem Hausfrauenmagazin. Ihr Gesicht war rosig wie das eines Säuglings, wenn auch leicht gefurcht auf der Stirn und um den Mund herum. Sie hatte flauschig weiches blondes Haar und Augen in der Farbe von Milchschokolade. Elenas Nägel waren abgekaut bis auf das Fleisch ihrer dünnen, blau-geäderten Finger, und ihr Verhalten konnte in Sekundenschnelle von provokant zu gleichgültig zu hysterisch umschlagen.

Nicht, daß ich sie nicht mochte. Im Gegenteil, abgesehen von ihrem manchmal nervösen Gehabe fand ich sie durchaus annehmbar. Schließlich hatte sie es in den vergangenen Jahren wirklich nicht leicht gehabt. Gleich nach dem Coming-out stellvertretend für eine ganze Bewegung zur Lieblings-Zielscheibe der Medien zu werden – und in dieser Bewegung prompt Prügel für die angebliche Starrolle zu beziehen –, das war auf jeden Fall kein Zuckerschlecken gewesen. Ich konnte auch verstehen, daß Elena nach der Anspannung des Sorgerechtsprozesses und dem Schock, den Job zu verlieren, den sie wirklich liebte, die Arbeit bei uns ein bißchen öde fand. Schließlich handelte es sich hauptsächlich um Routinetätigkeiten: messen, einstellen, wieder messen. Das war sicherlich geistig nicht besonders anregend, ganz anders, als sich mit Worten und Bildern und ihrer Wirkung zu befassen.

Trotzdem war ich noch immer der Ansicht, daß Elena, wenn sie weiter bei uns arbeitete, unserem Team auf lange Sicht gut tun würde. Sie hatte mir schon jetzt die Augen für einen Bereich unserer Gesellschaft geöffnet, von dem ich vorher nicht viel Ahnung gehabt hatte ...

Erschrocken merkte ich auf einmal, daß sie mit mir sprach. »Schläfst du, oder was ist mit dir los, Pam? Ich habe dich schon mal gefragt.«

»Wie? Nein, ich hab' nur nachgedacht ... worum geht's?«

»Ich möchte gern einen weiteren Punkt auf die Tagesordnung setzen, wenn wir mit dem anderen Kram fertig sind. Einen Vorschlag.«

Ich schaute in die Runde und vergaß, wie intensiv und distanziert ich die einzelnen gerade noch angestarrt hatte. Auf einmal waren sie wieder die Leute, die ich kannte und mit denen ich seit Monaten oder gar Jahren zusammenarbeitete. Meine kleine Familie, mein Kollektiv. Peinlich, daß ich nicht mitbekommen hatte, worüber sie gesprochen hatten.

»Sorry. Ich war wohl heute abend keine besonders gute Diskussionsleiterin. Ich werde mich bemühen, mich zu bessern.

Irgendwelche Einwände gegen Elenas Vorschlag, zu einem neuen Thema überzugehen?«

Zee und June schüttelten den Kopf. Ray zuckte die Achseln; Jeremy scharrte mit den Füßen – er war noch nie mit Elena klargekommen. Und Penny sagte mit der gezwungenen Munterkeit, die aus der Erfahrung einer langen Reihe ähnlich verlaufender Meetings herrührte: »Klar, laß hören.«

Elena räusperte sich. Sie war plötzlich sehr nervös, als müsse sie sich gegen etwas Unangenehmes wappnen. Röte schoß ihr in die Milchwangen mit diesen langen Linien um den Mund. Sie fuhr sich mit den Fingern durch ihr flauschiges gelbes Haar, und ich dachte verblüfft, wie sehr sie auf einmal Jeremy ähnelte. Mit ihrer Hautfarbe und den blonden Locken sahen die beiden sicherlich eher nach Zwillingen aus als Penny und ich.

»Laß hören«, wiederholte Penny mit leichter Ungeduld.

Elena gab sich einen Ruck. »Ich habe mit den Frauen von B. Violet gesprochen und...« Sie warf uns einen raschen, fast herausfordernden Blick zu. »Ich möchte vorschlagen, die beiden Kollektive zu fusionieren.«

2

Die Setzerei B. Violet hatte früher zu einem ›Koedukations‹-Druckereikollektiv gehört, wie Penny es nannte, und war jetzt in lesbischer Hand. Die Frauen von Mobi-Druck (so benannt im Blick auf die erhoffte Mobilisierung der Linken in den siebziger Jahren) hatten sich vor fünf oder sechs Jahren vom Team getrennt. Sie meinten, wenn ihre männlichen Kollegen sie sowieso ständig im Fotosatz-Bereich gettoisierten, während sie selbst an den Pressen standen, könnten sie genausogut ihren eigenen Laden aufmachen.

Die Moby Dicks, wie die Männer unweigerlich, wenn auch nicht gerade welterschütternd geistreich genannt wurden, kämpften eine Weile dagegen an (einige der Frauen waren ihre Freundinnen oder Ex-Freundinnen), aber schließlich gaben sie nach, und das Kollektiv fiel auseinander. Derlei war in den Siebzigern nichts Ungewöhnliches. In gemischten Kollektiven bildeten sich Frauen-Cliquen, dann ›Frauen-Bereiche‹, und schließlich warfen die Frauen die Männer hinaus, oder sie gingen selbst.

Im vorliegenden Fall waren starke Emotionen im Spiel gewesen, besonders, da das frischgebackene rein männliche Mobi-Druck-Team schon kurz darauf wie ein großer weißer Wal in die unauslotbaren Tiefen des Bankrotts abgetaucht war. Die Frauen dagegen, die sich neu formiert und zusätzliche lesbische Mitglieder gewonnen oder ihr persönliches Coming-out erlebt hatten, kamen unter dem Firmenlabel ›B. Violet‹ unversehrt wieder an die Oberfläche. Eigentlich hatten sie sich ›Lila-Satz‹ nennen wollen, fürchteten jedoch um die Kundschaft. Im Grunde war Violet ja dasselbe wie Lila, argumentierte eine von ihnen, hatte dabei aber den Vorzug, freundlich und respektabel zu klingen, zumindest im Telefonbuch. Es ging das Gerücht, daß die Frauen, wenn ein Kunde nach ›Miss B. Violet‹ fragte, riefen: »Barbarella, für dich!« oder entschuldigend meinten: »Boadizea ist grade nicht da, aber vielleicht kann ich Ihnen helfen?«

Für die eingeschnappten Moby Dicks war und blieb das Frauenkollektiv allerdings ›Be Violent‹ – sei brutal, und im Laufe der Jahre hatten sie alle möglichen Geschichten von ihrer gewaltsamen Vertreibung durch eine wüste Horde männerhassender, Reißschienen schwingender Amazonen in Umlauf gebracht.

Diese Räuberpistolen hatte ich zwar nie geglaubt, aber ich war doch immer irgendwie negativ berührt gewesen, daß hier eine Gruppe politisch korrekter Separatistinnen versuchte, in der Geschäftswelt Fuß zu fassen. Wir hatten gelegentlich mit ihnen zu tun gehabt, doch die Zusammenarbeit war nie besonders erfreulich verlaufen. Ray, der in der Regel die Vorlagen mit Anweisungen für den Satz versah, beschwerte sich, daß die Frauen von B. Violet vorgaben, seine Handschrift nicht lesen zu können, oder ihn am Empfang ignorierten, wann immer noch wartende Frauen da waren.

Ich hatte es zwar nie laut gesagt, aber ich war im Grunde meines Herzens ganz froh, daß B. Violet am anderen Ende der Stadt lag. Ganz unleugbar war es einfach viel bequemer, zu der Setzerei drei Blocks weiter zu gehen, auch wenn das männliche Kapitalistenschweine waren.

Seit Elena unserem Kollektiv angehörte, hatte sich das Klima allerdings verändert. Sobald sie herausgefunden hatte, was Satz war und daß es eine lesbische Setzerei in der Stadt gab, zeigte sie sich höchst überrascht, daß wir unsere Arbeiten nicht grundsätzlich dort machen ließen. Daß sie zu weit weg sei, ließ sie nicht gelten, und Rays Schwierigkeiten tat sie mit einem Achselzucken ab. Sie sagte, sie sei überzeugt, er bilde sich das Ganze nur ein, aber wenn es wirklich ein solches *Problem* für ihn darstelle, mit Frauen zu verhandeln, sollte er doch einfach sie oder Pam schicken.

Elena hatte nun mal etwas an sich, das uns einschüchterte und zugleich an unsere besseren Instinkte appellierte, wenn sie zum Beispiel ernst sagte: »Meiner Ansicht nach haben Kollektive eine moralische und politische Verpflichtung, sich gegenseitig zu unterstützen.«

Was ließ sich dagegen schon sagen? Ich machte also aus, daß B. Violet unseren nächsten Satzauftrag übernehmen sollte, und brachte die Vorlage selbst hin.

Das ursprünglich sechs- oder siebenköpfige Kollektiv war mittlerweile auf vier Frauen zusammengeschrumpft, unter ihnen mehrere neue Gesichter. Was mich im ersten Moment am meisten überraschte, war die Ordnung. Die mit Satz und Layout befaßten Leute, die ich kannte, arbeiteten sämtlich in einem Chaos aus klebrigem Papier und wild verstreuten winzigen, gefährlich aussehenden Objekten. B. Violet dagegen wirkte so sauber und adrett wie eine fix und fertig vorbereitete Druckvorlage. Es gab zwei moderne Lichtsatzmaschinen, zwei schöne Leuchttische, eine kleine Dunkelkammer, jede Menge Regale mit ordentlich beschrifteten Brettern und vorn im Laden sogar einen kleinen Vorraum mit Grafik-Magazinen und Frauenzeitschriften auf einem Tisch wie im Wartezimmer einer Arztpraxis.

Die Frau an der Theke war mir unbekannt, aber sie war flink, kompetent und sogar dann noch freundlich, als ich ihr erklärte, daß ich von Best Printing kam. Sie hatte die gedehnte Sprechweise der Texanerin, einen Kaugummi im Mund, lange Beine, die in Westernstiefeln steckten, und die fließenden Bewegungen eines Cowgirls. Sie hieß Hadley. Als wir die Einzelheiten durchsprachen, beeindruckte mich, daß sie sofort zu begreifen schien, was ich wollte.

Sie sagte, am nächsten Tag wäre alles fertig, und ich ging äußerst angetan fort, zufrieden, daß Elena einen so vielversprechenden Kontakt wiederbelebt hatte.

Aber am nächsten Tag war nicht Hadley da, sondern Fran, das dienstälteste Mitglied des Kollektivs, eben jene Frau, über die Ray sich so bitter beklagt hatte. War Hadley das Cowgirl auf dem Treck, dann war Fran der Kaktus, an dem sie ihr Pferd festband: Ein hoher, massiger Stamm mit einem Schopf Skunk-ähnlichen, schwarz-weißen Haars und jeder Menge Stacheln, die samt und sonders auf mich gerichtet waren.

»Ist noch nicht fertig«, sagte sie, noch ehe ich richtig zur Tür herein war. »Im übrigen ist mir schleierhaft, wie du erwarten konntest, es so schnell zu bekommen.«

Sie sah abgespannt aus, aber wie ein Mensch, dem es geradezu Spaß macht, abgespannt auszusehen – damit du ja ganz genau merkst, wie ungeheuer beschäftigt und wichtig sie ist und was für eine unglaublich lästige Störung es ist, daß du hier rumstehst und auch nur atmest.

»Aber Hadley hat gesagt, es wäre heute fertig.«

»Heute ist Hadleys freier Tag. Ich hätte es heute morgen einschieben können, aber deine Anweisungen waren völlig unklar, und ich hatte einfach nicht die Zeit, dich anzurufen.«

Sie hatte eine leise, rauhe Stimme, die unter bestimmten Umständen sicherlich durchaus angenehm klang, und ein Gesicht mit ausgeprägten Zügen, das hübsch gewesen wäre, wenn üble Laune es nicht entstellt hätte.

Ich merkte am Klang meiner Stimme, daß ich wütend wurde. Penny nennt es die ›Roboter-Lehrer-Stimme‹: langsam, überakzentuiert, vollständig emotionslos. »Hol das Manuskript«, sagte ich. »Meine Anweisungen waren absolut klar. Ich werde es dir zeigen.«

Und sie waren in der Tat vollkommen klar – jedenfalls als ich sie hingeschrieben hatte. Doch irgend jemand, vermutlich Hadley, fürchtete ich, hatte sie so mit neuen Markierungen und Unterstreichungen versehen, daß die ursprüngliche Bedeutung kaum noch zu erahnen war.

»Wenn du von Anfang an einen Rotstift benutzt und nicht dauernd daran herumgebessert hättest, wäre das nicht passiert«, grollte Fran, nicht bereit, auch nur die geringste Schuld auf sich zu nehmen.

Die Roboter-Lehrer-Stimme sagte: »Ich gehe jetzt. Um vier bin ich wieder da und hole es ab.«

Der Auftrag wurde erledigt, doch ohne große Liebe auf beiden Seiten. Und ausgerechnet diese Leute, diese unfähigen, unsympathischen Frauen von B. Violet wollte Elena in unser Kollektiv aufnehmen?

Penny nahm mir das Wort aus dem Mund. »Wie bitte? Spinnst du?«

»Darf ich das vielleicht erklären?« fragte Elena, die ihre Nervosität überwunden hatte und jetzt völlig gelassen wirkte. Sie war nicht umsonst Highschool-Lehrerin gewesen. Offene Ablehnung und Spott waren ihr nichts Neues: »Was? Ich soll 'n Aufsatz über Emily Dickinson schreiben? Bei Ihn'n piepts wohl.«

Alle starrten sie an. Mir fiel auf, wie Arme unbewußt abwehrend verschränkt wurden und sich die Gesichter verschlossen.

»Ich weiß, daß ihr alle denkt, ich verstünde nichts vom Drucken, und das stimmt auch, jedenfalls bin ich neu und hab' noch nicht besonders viel Ahnung. Aber vielleicht sehe ich, gerade weil ich neu bin, Dinge, die ihr nicht mehr seht, weil ihr schon so lange dabei seid.«

Eisiges Schweigen. Ich wollte Elena sagen, sie solle es lassen, wenigstens für heute abend. Manchmal konnten wir eine Predigt vertragen, aber nicht heute abend.

Doch Elena strich sich unbeeindruckt eine blonde Locke aus der Stirn und fuhr fort. »Ich glaube, wir verschwenden eine Menge Zeit – und Geld –, weil wir keine Satzmaschine haben. Denkt doch bloß an die ganzen Wege zur Setzerei. Und dann machen sie Fehler, und wir müssen nochmal hin und sie korrigieren lassen. Oder wir müssen plötzlich etwas einfügen – bloß ein winziges Wort –, und müssen anderthalb Tage Verzögerung dafür in Kauf nehmen. Stimmt's nicht?« Sie sah zu Ray hinüber und lächelte leicht. »Es ist doch so, oder?«

Er nickte zögernd, sichtlich widerwillig. Es ließ sich nicht abstreiten, daß er sich zwei- bis dreimal pro Woche über die Langsamkeit oder die schlampige Arbeit der Setzerei aufregte.

»Es ist ganz einfach eine Frage der Effektivität«, meinte Elena im Brustton der Überzeugung. »Und zufällig weiß ich, daß B. Violet in der umgekehrten Klemme steckt.«

»Welcher Klemme?« murmelte Penny, unterbrach sie jedoch nicht.

»Sie haben die Ausrüstung – zwei Maschinen, eine Dunkelkammerausrüstung mit Reprokamera und allem Drum und Dran – aber nicht genügend Kunden. Das paßt doch perfekt!«

»Und warum haben sie nicht genügend Kunden?« fragte June.

»Ha«, das war Ray. »Geh doch mal bei denen vorbei. Dann weißt du, warum.«

Elena warf ihm einen verweisenden Blick zu und sagte ernst zu June: »Die Wirtschaft geht den Bach runter, und du fragst, warum sie nicht genug zu tun haben?«

»Ja«, beharrte June dickköpfig.

»O ja«, wiederholte Penny. »Laßt uns wenigstens halbwegs geschäftsmäßig an den Vorschlag herangehen. Ich möchte Abrechnungen sehen, eine Bilanz, Unterlagen über Gewinne usw., bevor ich mich überhaupt mit der Idee auseinandersetze.«

»Einen Augenblick«, sagte ich, mich auf einmal auf meine Pflichten als Gesprächsleiterin besinnend. »Elena hat lediglich einen Vorschlag gemacht. Er wirft zwei Fragen auf. Eine davon ist: Würde es Best Printing nützen, eine Satzmaschine zu haben? Können wir zunächst darüber reden?«

Elena sah mich an. In ihren braunen Augen lag Überraschung. Sie hatte offensichtlich nicht damit gerechnet, so schnell eine Bundesgenossin zu finden.

»Nein! Es würde uns nichts nützen«, sagte Zee energisch und schüttelte ihren gepflegten schwarzen Kopf, daß die Haare flogen. »Überhaupt nichts. Wir sind jetzt schon viel zu viele und haben genug mit uns selbst zu tun. Wozu brauchen wir noch einen anderen Betrieb? Das macht nur noch mehr Ärger. Das ist jedenfalls meine Meinung.«

»Dem schließe ich mich an«, sagte Ray. »Es fängt damit an, daß wir Leute hereinnehmen, nur weil wir Satzmaschinen wollen – und wo wird es enden? Wir können nicht alles unter einem Dach haben. Sollen wir als nächstes auch noch das Binden übernehmen? Und vergeßt nicht, Optimum-Satz ist nur ein paar Häuser weiter. Es wäre hirnrissig, mit ihnen konkurrieren zu wollen.«

»Das ist ein Argument«, sagte ich.

»Was geht uns Optimum an?« schnappte Elena. »Es gehört irgendeinem Typen, der seinen Angestellten einen Hungerlohn zahlt.«

»Das stimmt«, sagte ich.

»Versuch nicht dauernd fair zu sein, Pamela«, sagte Penny.

»Es geht nicht anders, ich bin schließlich Diskussionsleiterin.«

»Quatsch. Diese ganze Diskussion ist doch sinnlos.«

Jeremy sprach zum ersten Mal. Er lehnte sich vor, die blauen Augen in einem Ausdruck unangenehmer Überraschung verengt. Er vergaß ganz, nett und zerstreut auszusehen und wirkte beinahe verärgert. »Ich bin dagegen. Ich meine, schließlich bin ich ein Mann, oder nicht? Ich meine, nichts gegen dich, Elena, aber was soll diese Frauen daran hindern, hier die Zügel zu übernehmen und mich und Ray zum Teufel zu schicken?«

»Mein Gott«, Elena schien plötzlich den Tränen nahe. »Wo liegt denn jetzt wieder dein Problem, Jeremy? Mensch, ich hätte sowas doch nie vorgeschlagen, wenn sie mich nicht darum gebeten hätten.«

Penny war augenblicklich alarmiert. »Warum dich? Warum haben sie kein Treffen mit uns verabredet, schriftlich angefragt oder sowas?«

»Ja«, sagte June, »wieso bist du da überhaupt reingezogen worden?«

»Weil ... weil ich«, Elena hielt inne und wurde puterrot. »Weil Fran meine Geliebte ist, darum! Zufrieden?« Sie sprang auf, rannte aus dem Raum und warf dröhnend die Tür hinter sich zu.

Wir waren alle still. Ich hörte den Regen pladdern. Schließlich raffte ich mich auf: »Damit wäre das heutige Meeting wohl beendet.«

»Na«, meinte June, «ich gehe jede Wette ein, daß wir heute nicht zum letzten Mal von der Sache gehört haben.«

3

Nach der Besprechung gingen Penny und ich nach Hause, Abendessen machen. Es wohnten noch zwei Leute bei uns, Sam und Jude, aber sie waren heute abend nicht da, und so werkelten nur wir beide in der Küche herum, wie wir es schon als Kinder getan hatten.

Was übrigens kein Wunder war.

Es war dieselbe Küche.

Es ist schon merkwürdig – Seattle ist mittlerweile zu einer dieser hippen Westküstenstädte avanciert, in der jede und jeder zweite von irgendwo anders stammt. Es ist schon beinahe peinlich, zugeben zu müssen, hier geboren zu sein. Worüber soll man mit so einer schon reden? Du bist keine New Yorkerin, die ihre Theater vermißt, aber das gemächliche Tempo hier in der Stadt mag, und auch kein Kalifornierin, die sich über den Regen beklagt, aber das öffentliche Verkehrssystem toll findet. Manchmal kommt es mir so vor, als ob sich auf den Partys überall kleine Enklaven von Zugereisten bilden: »Alle aus Manhattan hier hinsetzen; ihr Pittsburgher verzieht euch nach da drüben; Chicago da vorne hin; Boston einen Stock höher. Seattle? Niemand da aus Seattle. Versuch's mal auf der Bowlingbahn.«

Peinlich oder nicht, Penny und ich waren hier geboren und hier aufgewachsen und schienen als einzige jenes Flair von Kontinuität zu haben, das den meisten unserer Bekannten abging. Allein schon das Haus. Obwohl wir beide unabhängig voneinander auszogen, als wir achtzehn und neunzehn waren, und erst mit fünfundzwanzig wieder hierher zurückkehrten, und obwohl das rosa Schlafzimmer im ersten Stock inzwischen elfenbeinfarben erstrahlte und die Etagenbetten längst in den Keller gewandert waren, steckte das Haus voller Erinnerungen an unsere Kindheit und Jugend; abgewetzte Stellen, Flecken, Dinge, die kaputtgegangen und nie richtig repariert worden waren; eine Tür, die nie mehr richtig schloß, seit Penny einen meiner Schneidezähne mit einem Bindfaden an den Türgriff gebunden und die Tür zugeschmettert hatte (der Zahn hatte sich nicht gerührt); zerbrochene und wieder geklebte Tassen, die seit zwanzig Jahren hielten; Bücher mit bekritzelten Einbänden; Tapeten, deren Muster mit Tinte ausgemalt war; Schubladen voller versengter Topflappen, ausgeblichener Pfadfinderinnen-Abzeichen, zerrissener Halsketten.

Aber es gab nicht nur Erinnerungen an uns, auch unsere Eltern hatten Spuren hinterlassen – wenn auch nicht so zerstörerische. An den Wänden hingen immer noch Dads Sonntagsmalereien mit den Kühen und Scheunen, und Moms lächerliche und rührende Sammlung kleiner Sahnekännchen zierte noch immer die Fensterbänke im Eßzimmer.

Viele Leute konnten nicht verstehen, wie wir es fertigbrachten, nach dem Unfall weiter hier zu wohnen. Sie fanden es geradezu makaber. Für mein Gefühl konnten so etwas nur Menschen sagen, die nie wirklich eng mit ihrer Familie verbunden waren. Vielleicht lag es aber auch an den Umständen. Mom und Dad durften nicht in diesem Haus alt, gebrechlich und nörgelig werden, sie hatten nicht die Möglichkeit, von ihrem Besitz und ihren Erinnerungen Abschied zu nehmen. Nein, sie verschwanden ganz einfach eines Tages, zerschmettert bei einem Frontalzusammenstoß auf der Autobahn, sofort tot.

Ich glaube, daß wir in das Haus zurückkamen, um sie nicht zu vergessen, um sie noch ein bißchen länger bei uns zu haben. Oder sie lebendig zu halten. Und das finde ich kein bißchen makaber.

Außerdem hatte die Sache eindeutig Vorteile für uns. Das Haus war abbezahlt und in gutem Zustand, abgesehen von den bereits erwähnten Abnutzungserscheinungen. Wir mußten kein Stück für den Haushalt anschaffen, und das war für zwei junge Frauen, die gerade dabei waren, sich von ihrer akademischen Laufbahn zu verabschieden, um ins Geschäftsleben einzusteigen, keine geringe Erleichterung.

Wir fühlten uns wohl hier. Zufrieden. Das wurde schon daran spürbar, wie wir uns in der Küche bewegten, genau wußten, wo alles lag, und die Geschichte und Bedeutung jedes einzelnen Gegenstands kannten.

Aber ich glaube, diese totale Entspanntheit kam auch daher, daß wir Zwillinge waren. Ich war gerade dabei, die Auberginen zu braten, als mir einfiel, daß noch Gewürze dran mußten, da kam Penny schon mit Basilikum und Oregano. »Wie wär's mit ein bißchen Rotwein für die Sauce?« schlug sie vor und sah dann, daß ich die Flasche schon bereitgestellt hatte. So war es ständig bei uns, aber wir staunten und lachten immer noch darüber. Wir waren verschieden genug, daß wir unsere Zusammengehörigkeit draußen manchmal vergessen konnten, hier drinnen aber, besonders bei vertrauten Tätigkeiten, war da ein nahtloser Übergang, ein unglaubliches Aufeinander-Eingespieltsein.

»Bedeutet das jetzt Elenas Schwanengesang oder den Anfang einer völlig neuen Ära in der Geschichte von Best Printing?« fragte Penny beim Abschmecken der Spaghettisauce und goß noch einen Schuß Wein dazu.

Sie klang schnoddriger, als ihr meiner Ansicht nach zumute war. Elenas Abgang hatte bei mir einen unangenehmen Nachgeschmack hinterlassen, den ich noch nicht näher hatte analysieren können.

»Sie schien wirklich außer sich«, sagte ich nachdenklich. »Als ob wir sie heruntergemacht hätten oder sonstwas.«

»Wenn sie nur gleich damit herausgerückt wäre, daß Fran ihre Geliebte ist...« Penny rührte ungeduldig im Topf, während ich zwei Gläser aus dem Schrank nahm. Wenn wir schon mit Wein kochten, konnten wir genauso gut auch ein Glas trinken. Außerdem hatte ich das unbestimmte Gefühl, daß diese Diskussion ein gewisses Maß an Trunkenheit erforderte.

»Ich glaube, sie wollte eigentlich nicht, daß wir es erfahren – zumindest wollte sie nicht, daß wir davon beeinflußt werden.«

»Natürlich beeinflußt es uns, jetzt oder später. Irgendwann wäre es auf jeden Fall rausgekommen, und wir haben schließlich das Recht, Bescheid zu wissen.«

»Aber *wie* beeinflußt es uns, das ist die Frage.«

»Auch nicht anders, als wenn Fran ein Mann wäre«, behauptete Penny und leerte ihr Glas. »Eigentlich wäre das sogar schlimmer. Dann wüßten wir nämlich ganz genau, daß er Elena einfach nur benutzt, um an Best Printing ranzukommen.«

»Glaubst du ehrlich, Penny, daß Elena nur ausgenutzt wird?«

»Na ja.« Sie wirkte ein bißchen beschämt. »Vielleicht auch nicht. Aber die einzige andere Möglichkeit ist, daß Elena selbst Unfrieden stiften will.«

Ich goß uns beiden noch einmal Wein nach. »Nein. Die Alternative ist, daß Elena selbst es für eine gute Idee hält und Fran einfach nur zufällig ihre Geliebte ist.«

»Elena und ihre guten Ideen!« platzte Penny heraus. »Elena und ihre guten Ideen stehen mir bis hier. Seit sie bei uns ist, heißt es ständig ›Wir könnten das doch so machen‹ oder ›Ich finde, wir sollten das anders machen‹. Sie gesteht uns nicht im geringsten zu, daß wir bisher durchaus in der Lage waren zu beurteilen, wie etwas am besten anzupacken ist. Sie tut wahrhaftig so, als wären wir völlig ahnungslos in das alles hineingeschliddert.«

»Und? Sind wir doch auch, oder?« Ich mußte lachen. Wenn Penny sich aufs hohe Roß setzte, erschien sie mir immer unglaublich komisch. Ihre riesigen, purpurgerahmten Brillengläser waren vom Wasserdampf aus dem Spaghettitopf beschlagen, und ihr Punk-Schnitt stand zu Berge.

»Pamela.« Sie fixierte mich streng. »Wir brauchen nach vier Jahren wirklich nicht mehr so zu tun, als ob wir keine Ahnung von unserer Arbeit hätten. Das ist typisch weiblich. Frauen halten sich still und bescheiden im Hintergrund und können ihre Leistung nicht verkaufen.«

»Ach, hör doch auf. Den Spruch kenne ich. Außerdem finde ich zufällig, daß einige von Elenas Ideen echt gut waren. Zum Beispiel, jede Woche eine gründliche Inventur zu machen. Wenn wir wirklich so clever sind, warum ist dann nie eine von uns drauf gekommen? – Andauernd ging uns alles mögliche aus, und wir mußten alles stehen- und liegenlassen und Nachschub besorgen.«

»Es ist gar nicht so einfach, immer genau zu wissen, was wir brauchen werden«, verteidigte sich Penny, während sie die Spaghetti ins Wasser warf. »Okay«, sagte sie plötzlich und wandte mir das Gesicht zu, »das war *wirklich* ein guter Einfall. Aber was ein paar von den anderen angeht – das Ablagesystem zum Beispiel, das wir völlig neu anschaffen mußten und das schließlich mehr Arbeit machte, als es wert war, und dann, daß Elena ständig auf unser Kosten zu allen möglichen Konferenzen gehen wollte, um angeblich Geschäftskontakte für uns zu knüpfen – das Geld hätten wir genausogut in den Gully werfen können. Und das gleiche wäre auch jede Art von Verbindung mit B. Violet – rausgeworfenes Geld, womöglich sogar der Bankrott –« sie warf dramatisch den Arm hoch und stieß dabei ihr Weinglas um. »Auf jeden Fall würden wir Ärger bekommen«, setzte sie ruhiger hinzu und wischte den Wein auf. »Verdammt, diese Frauen können nicht mal ihre eigenen Finanzen in Ordnung bringen, sie würden uns nur mit runterziehen.«

Wie so oft: Je mehr Penny mich, eine ihr durchaus geneigte Zuhörerin, zu überzeugen versuchte, desto beharrlicher machte ich mich daran, ihre Argumente zu zerpflücken. Es ist ein bißchen wie Anschauungsunterricht, wenn eine, die genauso aussieht wie du selbst und die du schon dein ganzes Leben kennst, dermaßen vehement einen Standpunkt vertritt. Du merkst, wie albern sowas aussieht. Aber ich war eigentlich nie so selbstsicher und resolut gewesen wie Penny. Die typische Advocata Diaboli. Als Mom und Dad tot waren, war ich zunächst ganz und gar dagegen, selbst im Betrieb zu arbeiten. All die endlos langweiligen Wochenenden, als wir noch Kinder waren, herumhingen, Papierpuppen aus den Schnitzeln bastelten und für einen Vierteldollar aufräumten – vergiß es, fort mit Schaden und mit der Firma!

Wir stritten uns eigentlich ständig und über alles, überzeugten einander gegenseitig und gelegentlich auch uns selbst. Es war so normal wie ein Selbstgespräch in der Badewanne. Aber heute abend lag noch etwas anderes in der Luft. Es ging nicht bloß um Elenas Ablagesystem oder ihren Wunsch, an der soundsovielten feministischen Konferenz teilzunehmen. Penny sprach es aus, als wir uns die Hälfte unserer Spaghetti mit Auberginen und etwas mehr als die Hälfte der Flasche Wein einverleibt hatten.

»Gut«, sagte sie. »Jeremy hat es heute abend vielleicht nicht grade rücksichtsvoll formuliert, aber irgendwo hat er recht. Warum sollten die Frauen von B. Violet, nachdem sie gerade aus einem gemischten Kollektiv ausgestiegen sind, ausgerechnet wieder Anschluß an ein gemischtes Kollektiv suchen? Was würde das für uns bedeuten, und für Ray und Jeremy oder für alle anderen Männer, die eventuell mal zu uns stoßen wollen?«

»Wir könnten ein reines Frauenkollektiv gründen«, schlug ich vor. »Wir haben es ja jetzt schon beinahe. Wenn ich nicht Ray angeschleppt hätte, und wenn Jeremy nicht an dem Tag, als Kay uns sagte, daß sie gehen würde, zur Tür hereinspaziert wäre ...«

»Das ist doch lächerlich«, sagte Penny. »An so etwas haben wir doch nie gedacht. An ein Frauenkollektiv. Ich meine, wir liegen politisch natürlich auf der richtigen Linie ...«

Sie sah mich Zustimmung heischend an. Ich zuckte die Achseln.

»Wir sind Feministinnen«, fuhr sie fort. »Wir wissen alles über Frauen, die zusammen arbeiten, sich einen eigenen Raum schaffen, ihr Leben in die Hand nehmen. Ich meine, wir sind zwei Frauen, die einander ihr ganzes Leben lang gekannt haben ...«

»Ließ sich kaum vermeiden.«

»Das Entscheidende ist doch, Pammy«, sagte sie feierlich, in etwas weinseliger Würde, »*wir* halten es für unerläßlich, gemeinsam zu kämpfen – *mit* den Männern, nicht vereinzelt. Wir könnten sie zwar manchmal in der Luft zerreißen, aber wir sind keine Männerhasserinnen.«

»Das klingt aber anders als letzte Woche. Außerdem glaube ich, daß Frauen, die straight sind, die Männer sehr viel mehr hassen. Sie haben wesentlich mehr Grund und mehr Gelegenheit dazu.«

»Doug und ich verstehen uns in letzter Zeit nicht mehr so richtig«, sagte Penny und starrte verschwommen in den Bodensatz der leeren Flasche. »Ich wollte ihn eigentlich heute abend anrufen.«

»Du bist besser dran ohne ihn, Pen.«

»Das sagst *du*. Aber seit Ray hast du es ja nicht einmal mehr versucht.«

»Bei dir klingt *es* wie Fallschirmspringen … Aber vielleicht hast du nicht so unrecht.«

»Jetzt mal ernsthaft, Pam.« Penny gebrauchte ständig solche wohlabgemessenen Adverbien. Ich wußte nie, wo sie die eigentlich herhatte. »Es ist fast ein ganzes Jahr her, daß du mit jemand zusammen warst. Du trauerst doch nicht noch immer Ray nach?«

»Nein … aber es macht mir schon manchmal ein bißchen zu schaffen, wenn ich ihn jetzt mit Zee zusammen sehe.«

Penny seufzte mitleidig, schwieg einen Augenblick und sprang dann auf, als sei ihr der Gedanke erst eben gekommen: »Du, vielleicht erreiche ich Doug noch, wenn ich jetzt gleich anrufe. Bevor sein Kurs anfängt.«

Ich stand auf und fing an abzuwaschen. Ich hätte wissen müssen, daß diese Trennung zu schön war, um wahr zu sein. Doug war einer dieser dünnen, durchtrainierten Typen, ein totaler Sportfex. Er fuhr Rad, lief Ski, joggte, segelte, war auf dem Grund des Ozeans gewesen und auf sämtlichen Berggipfeln. Er arbeitete in einem Freizeit- und Fitneßclub und ging mir schwer auf die Nerven. Penny fand ihn schrecklich sexy, wenn auch intellektuell eher ein Leichtgewicht.

Ich stapelte die Teller, beschloß, sie für später stehenzulassen, und schlug die Abendzeitung auf. Die Neue Volksarmee kämpfte auf Mindanao, und Marcos bereitete sich auf seinen Staatsbesuch in Washington im Herbst vor. Die Schlagzeile verkündete, daß die Philippinen möglicherweise das Kriegsrecht verhängen mußten, wenn die Bombenanschläge fortgesetzt wurden. Auf dem Foto darunter sah Marcos aus wie eine Wachsfigur. Das mit dem Kriegsrecht war ein Witz, als ob Marcos es jemals aufgehoben hätte. Ich dachte an Zees Onkel, der seit zehn Jahren, seit 1972, im Gefängnis saß, und an Zee. Was würde sie tun, wenn ihre Aufenthaltsgenehmigung ablief? Wahrscheinlich konnte sie immer noch irgend jemanden in den Staaten heiraten. Ray zum Beispiel.

Im Flur hörte ich Penny schallend lachen. Sie und Doug schienen sich wieder eine Menge zu sagen zu haben. Ich wünschte, ich hätte mich mit Ray auch so leicht wieder vertragen können. Aber so, wie es angefangen hatte, war es auch zu Ende gegangen: mit einem Feuerwerk. Immerhin hatten wir es geschafft, weiter zusammenzuarbeiten, und jetzt waren wir meiner Ansicht nach beinahe befreundet. Auf jeden Fall gingen wir äußerst höflich miteinander um, und bevor das mit Zee angefangen hatte, waren wir sogar ein- oder zweimal zusammen Kaffeetrinken gegangen, und es war uns dabei gelungen, ein ganz normales Gespräch zu führen. Aber es gab kein Zurück. Im Grunde meines Herzens hätte ich es auch gar nicht gewollt.

Er war immer zu leidenschaftlich für mich gewesen, zu intensiv. Er wollte die ganze Nacht aufbleiben und über Kunst und die Revolution diskutieren; ich wollte schlafen. Er wollte nach Mittelamerika reisen und dort mit den Bauern arbeiten; ich wollte zu Hause bleiben, wohlgeborgen vor den Scharfschützen der Todesschwadronen der Rechten. Er liebte eine Nase voll Koks dann und wann, ausgefallene Stellungen beim Liebesspiel, die ganze Nacht Auto fahren, experimentelle Musik und Ferngespräche mit Verwandten. Ich liebte Gartenarbeit, Stille, Abendessen mit Freunden, im Bett mit einer Tasse Tee Ruth Rendell und Elizabeth Ferrars lesen.

Er mochte meine ›Stabilität‹, das Heimatgefühl, das ich und Penny ihm vermittelten. Ich mochte sein Aussehen, seinen Background, das besondere Flair, das er in meinen Alltag brachte. Wir dachten, wir könnten einander verändern, aber ich wurde nur immer störrischer, er immer rastloser. Das Ende war vorprogrammiert.

Trotzdem war da eine Verbundenheit gewesen, eine Nähe, die ich jetzt vermißte. Ich hatte mich nicht bewußt dafür entschieden, keine neue Beziehung einzugehen. Es war einfach so gekommen. Irgendwie schien ich keine neuen Männer kennenzulernen; die meisten meiner Freunde waren Frauen, und die Männer, die ich kannte, waren nicht attraktiv für mich. Ursprünglich hatte ich mich nach einem einfacheren, klareren Leben gesehnt, auf mich gestellt, ganz auf meine eigenen Vorlieben und Abneigungen bauend, ein Leben ohne nervenaufreibende Romantik und Leidenschaft, und nun war ich unmerklich so sehr hineingewachsen, daß ich den Zauber nicht mehr brechen wollte.

Aber als ich jetzt hörte, wie Pennys Stimme leiser wurde, und die Ohren spitzte, um etwas von dem, was sie sagte, mitzubekommen, merkte ich auf einmal, daß ich einsam war. Ich war einsam, wenn wieder einmal eine meiner Freundinnen sich verliebte und mit ihrem Cowboy in den Sonnenuntergang ritt. Ich wußte, daß es ganz normal war, aber es machte mich trotzdem traurig.

Der Telefonhörer wurde aufgelegt, und Penny kam strahlend in die Küche gesegelt. »Morgen abend gehen wir zusammen einen trinken«, sagte sie, »und danach ... mal sehen.« Sie klang schrecklich optimistisch.

Wir sprachen dann über andere Dinge: ob es so weiterregnen würde und welchen Schaden das im Garten anrichten würde; ob wir letztes Jahr zu viele Gurken eingedünstet hatten; ob der Zaun zusammenbrechen würde, wenn wir ihn dieses Jahr nicht reparierten. Vertraute Haushaltsangelegenheiten. Auf das Thema B. Violet und Elenas Fusionsvorschlag kamen wir nicht mehr zurück. Wahrscheinlich dachten wir beide, es sei am besten, erst einmal abzuwarten, was passieren würde.

Etwas aber war schon passiert – mit mir wenigstens. Irgendwann zwischen dem Vorwurf, eine Männerhasserin zu sein, und dem Anruf bei Doug war der Gedanke in mir aufgestiegen, daß ich mich auf jeden Fall noch mit B. Violet zusammensetzen wollte, bevor wir den Plan ganz aufgaben. Ich hatte nichts dagegen, diese Frau, Hadley, wiederzusehen und hätte gerne gewußt, was sie von all dem hielt. Sie mochte ja ein Mitglied von B. Violet sein, mir war sie trotzdem sympathisch gewesen, und außerdem ...

Im Rückblick scheint mir das Bezeichnendste an meinem Gespräch mit Penny an jenem Abend, daß das Wort ›lesbisch‹ nicht fiel.

Kein einziges Mal.

4

Das Treffen mit B. Violet wurde auf den Dienstagabend der kommenden Woche festgesetzt. Ich fragte Elena, ob wir in der Zwischenzeit schon Einsicht in ihre Bücher nehmen oder wenigstens ein paar Zahlen aus ihren Bilanzen sehen könnten. Sie rief Fran an und kam mit der Information zurück, daß sie uns keine Zahlen geben wollten, bevor sie nicht sicher wußten, ob wir wirklich interessiert waren.

»Einfach aus Sicherheitsgründen«, sagte Elena.

»Blödsinn«, sagte Penny, die in der Zwischenzeit eingetrudelt war. »Für was halten die uns eigentlich, die IRS?«

Elena zuckte nur die Achseln. »Vielleicht nach dem Treffen, wenn alles gut läuft.«

Im Betrieb machte sich eine Spannung bemerkbar, die vorher nicht dagewesen war. Ein neues Gefühl des Mißtrauens und der Unsicherheit. Ich ertappte Jeremy und Ray, wie sie miteinander tuschelten, und sah später June und Penny demselben Laster frönen.

Nur Zee schien über allem zu stehen; sie ging völlig in ihrer Filipino-Aktionsgruppe auf. Sie steckten mitten in den Vorbereitungen für eine Protestaktion gegen den Marcos-Besuch in den Vereinigten Staaten im September und brachten nebenbei eine Zeitung heraus. Zee war gemeinsam mit zwei Männern, Benny und Carlos, für die Herstellung verantwortlich. An manchen Tagen hingen sie alle drei bei uns herum, als ob Best Printing das Büro der *Manila Times* wäre, und diskutierten mit lebhafter Gestik in Tagalog. Alles gut und schön, fand ich, Marcos mochte ja ein faschistischer Größenwahnsinniger sein, der sein Land in den wirtschaftlichen Ruin getrieben und die Bevölkerung schikanös behandelt hatte, aber das hier war schließlich immer noch eine Druckerei. Und zwar in Amerika.

Ich erinnerte mich noch genau, wie Zee letztes Jahr zu uns kam und wie mich ihre Erzählungen von den Philippinen, den siebentausend Inseln, dem Völkergemisch dort und der langen Geschichte des Befreiungskampfes damals fasziniert hatten. An einem Abend hatte sie Penny und mir Dias von Manila gezeigt: Roxas Boulevard, Makati, die Wall Street der Stadt, Rizal Park am Sonntag mit Freiluftkonzert und picknickenden Familien ... und dann, ganz ohne Vorwarnung, eine Serie entsetzlicher, verfallender Slums voller Kinder mit aufgetriebenen Bäuchen, siecher Bettler, minderjähriger Prostituierter – die kanalisationslosen Straßen überquellend von Krankheit und Unrat.

Ich war entsetzt und betroffen gewesen und bewunderte Zee maßlos; sie war politisch engagiert und dabei wunderschön in ihren schicken Kleidern und ihrem kostbaren Schmuck. Amerikanische Feministinnen sahen immer so gewollt schlampig und praktisch aus; ich kam ja selbst so daher, mit meinen Latzhosen oder Jeans und T-Shirts, meinem vernünftigen Schuhwerk, bequem aber schmucklos von Kopf bis Fuß.

Zee wirkte daneben wie ein farbenprächtiger Tropenvogel, der Nachricht aus einer fernen, anderen Welt brachte, und ich hatte sie gemocht und mich für sie interessiert bis zu dem Augenblick, in dem sie Rays Geliebte wurde. Da plötzlich wurde ihr Schmuck zum Symbol der unterdrückerischen Oberschicht; ihre Kleider waren auf einmal widerlich feminin – schau dir bloß diese hohen Hacken an, und wie *kann* sie in solchen Klamotten in einer Druckerei arbeiten, noch dazu, ohne sich schmutzig zu machen? Sogar ihre politische Begeisterung war mir verdächtig. Ich sagte mir, daß Zee einer privilegierten philippinischen Familie mit allerbesten Beziehungen entstammte, wenn die Oberons auch momentan in Ungnade gefallen waren. Falls Marcos nicht noch mehr ihrer Verwandten ausschaltete, würden Zee und die anderen wieder fest im Sattel sitzen, sobald Marcos eines Tages entmachtet oder eines natürlichen Todes gestorben war. Sie waren Anwälte, keine Bauern oder Arbeiter, ganz abgesehen davon, daß sie mehrere Zuckerplantagen in Luzon besaßen und Grundbesitz in Manila. Wahrscheinlich war es Zee gar nicht so ernst mit der Revolution, warum auch – in ihrer Lage?

»Ich finde, du tust ihr Unrecht«, stauchte Penny mich zusammen, als ich meine Lästereien eines Tages bei ihr anbrachte. »Zee setzt sich unglaublich für die Zeitung und andere Aktivitäten ein. Übrigens haben ihre Kleider – du weißt ganz genau, daß sie sie selbst näht und daß auf den Philippinen alle Schmuck tragen – dich nie gestört, bevor sie sich mit Ray eingelassen hat. Du fandest sie exotisch.«

Beschämt sagte ich: »Ich bin nicht eifersüchtig, ehrlich. Lade sie doch in den nächsten Tagen mal zum Abendessen ein, sie und Ray. Nein, ich möchte es wirklich ...«

Aber irgendwie war es nie dazu gekommen. In der Anfangszeit des Kollektivs hatten wir alle viel, vielleicht eher zuviel Zeit miteinander verbracht, doch seit Kay gegangen und Jeremy gekommen war, seit Ray und ich uns getrennt hatten und Elena dazugestoßen war, war unser Umgangston förmlicher geworden, weniger freundschaftlich. Wir waren alle dermaßen verschieden. Natürlich trafen wir uns immer noch manchmal zum Brunch und gelegentlich nach der Arbeit auf ein Bier. Aber June war die einzige, die Penny und ich öfter sahen, und das lag daran, daß Penny und June befreundet waren.

Ich hatte keine Ahnung, was Zee von mir dachte, ob sie es vielleicht bedauerte, Penny und mich nicht näher zu kennen. Wir waren Frauen wie sie, aber wir waren weiß, und wer wußte schon, was Ray ihr über mich erzählt hatte? Sie war immer höflich, aber sie war zu allen höflich, höflich und reserviert, es sei denn, es ging um politische Fragen. Manchmal hatte ich das Gefühl, daß sie mehr von mir erwartete.

Aber im Augenblick war ich nicht in der Lage, es ihr zu geben.

Am Tag unseres Treffens mit B. Violet hatten die immer schüchterner vorgetragenen Prophezeiungen der Meteorologen sich wider Erwarten endlich erfüllt. Es hatte nicht nur aufgehört zu regnen, es war tatsächlich richtig warm geworden – über zwanzig Grad, und das Thermometer kletterte immer noch weiter.

Erst war die Luft feucht und schwer wie in einem dampfenden Badezimmer; dann trocknete der Boden, und wir fühlten uns in eine andere Klimazone versetzt. Seattle reagierte prompt und wie gewohnt. Es machte blau, zog Schuhe und Pullover aus und stellte sich dem herrlichen Wetter, bestens gewappnet mit Sonnenbrille und Sonnencreme. Niemand wußte, wie lange die Freude dauern würde. Vielleicht waren es die einzigen sonnigen Tage dieses Sommers!

Wir hatten uns auf abends, halb acht, im Betrieb verabredet. Keine der Frauen von B. Violet war je zuvor bei Best Printing gewesen, und die ersten zehn Minuten wanderten sie alle nur herum und ließen sich angeregt darüber aus, wie geräumig es hier sei. Für meinen Geschmack klang das ein bißchen zu sehr nach gezücktem Metermaß und Bestellen des Umzugswagens, und ich spürte förmlich, wie sich unser Kollektiv unbehaglich im Hintergrund herumdrückte. Jeremy baute sich schützend in der Nähe der Tür zur Dunkelkammer auf, und June leistete ihm Gesellschaft.

Irgendwann saßen wir endlich alle in einem Stuhlkreis im Büro, und ich hatte Gelegenheit, B. Violet näher in Augenschein zu nehmen.

Da war zunächst Fran, neben Elena. Fran mit dem schwarzweiß gestreiften, diesmal gebändigten Haarschopf und vorübergehend angelegten Stacheln. Sie war auf ihre Art eine wahrhaft königliche Gestalt, eine Art Queen Victoria des Lesbenreiches: ein volles, hübsches Gesicht, schwarzbewimperte haselnußbraune Augen, aufrechte Haltung. Meiner Schätzung nach mußte sie mindestens einsachtzig groß sein. Mit weit gespreizten Beinen saß sie da wie ein Denkmal für irgendeine edelmütig-standhafte Weltanschauung, vor sich ein Notizbuch.

Dann kam Margaret und neben ihr Anna. Beide hellhaarig und eher klein, in Jeans und abgetragenen gestreiften Hemden. Margaret hatte die Ärmel hochgerollt und kaute manchmal auf ihren Nägeln herum; Anna trug eine schwarze Weste, die ihre auffallend ausladenden Brüste noch betonte. Ansonsten waren sie sich bemerkenswert ähnlich. Aus der Art, wie sie die Köpfe zusammensteckten und sich in leisem Ton unterhielten, schloß ich, daß sie sehr gute Freundinnen, wenn nicht ein Liebespaar waren, während die haßerfüllten Blicke, mit denen sie Elena bombardierten, unschwer erkennen ließen, daß unsere Fusions-Befürworterin ganz oben auf ihrer Abschußliste stand. Ich fragte mich, wie es Fran gelungen war, die beiden überhaupt zur Teilnahme an diesem Treffen zu bewegen. Sie konnte das nicht allein geschafft haben, mußte also von irgendwo Schützenhilfe bekommen haben, und zwar von Hadley, die völlig unbekümmert dasaß, Kaugummi kaute, die langen Beine so weit wie möglich von sich gestreckt, den Kopf zurückgelegt, als bewunderte sie das Muster der Risse an der Decke.

Hadley Harper hatte etwas ausgesprochen Sympathisches an sich. Schon allein ihr Name und der Ort, wo sie herkam – »Ajuuusten«, hatte sie in ihrer gedehnten Sprechweise gesagt, als ich sie fragte. »Jaaa, mitten im tiefsten Texas.« Sie bestand fast nur aus Beinen, nahezu ohne Hüften, mit breiten, starken Schultern und ebenmäßigen Schlüsselbeinen, sichtbar im tiefen V ihres schweren blauen Gabardine-Hemdes. Ihr halblanges Haar, achtlos hinter die Ohren gestrichen, war strohblond mit vorzeitigem Grau dazwischen; ihre Augen zeigten eine verblüffende Türkisschattierung; die Farbe erinnerte an einen Swimmingpool um die Mittagszeit in der Wüste. Wenn sie sprach oder auch wenn sie lächelte, verzog sie nur den einen Mundwinkel, was ihrem Gesicht einen ganz eigenen Ausdruck gab, leicht fragend und ein bißchen amüsiert.

Als wir uns setzten, fragte ich mich, was wohl die anderen im Kollektiv von B. Violet dachten – ob sie sich schon ein abschließendes Urteil über die vier Frauen gebildet hatten oder ob sie abwarten wollten, was sie sagen würden.

»Also«, begann Elena aufgeräumt und energisch. »Sollen wir anfangen? Die Tagesordnung festlegen? Eine Diskussionsleiterin oder einen Leiter bestimmen? Es wäre velleicht besser, eine Leitung zu haben.«

Alle starrten auf ihre Schuhe. Nach einer Pause sprachen Hadley und June gleichzeitig. »Ich mach's.«

»Fang an«, sagte Hadley.

»Ach, nein«, sagte June, »mach du's.«

»Mir wäre es lieber, wenn du es machst.«

»Mein Gott«, Penny war gereizt, »vergeßt doch die Gesprächsleitung. Vergeßt die Tagesordnung. Wir haben hier eine einzige Sache zu besprechen, und zwar die Frage, warum B. Violet mit Best Printing zusammengehen will.«

»Will!« zischte Anna, verschränkte die Arme vor ihren mächtigen Brüsten und löste sie wieder, als fände sie diese Unterstellung einfach unerträglich. »Will!«

Danach fielen plötzlich alle übereinander her.

Nachträglich bin ich froh, daß es so kam. Natürlich hätten wir alle nett und höflich nach der Tagesordnung das Warum und Wo und Wie und Wer abarbeiten können, unter einer Diskussionsleitung, die dafür sorgte, daß das Gespräch nicht ins Emotionale kippte, die Diskussion in Gang hielt und sicherstellte, daß niemand ausfällig wurde, aber ich bin sicher, wenn es so abgelaufen wäre, wäre es letztlich frustrierend und unergiebig gewesen. So konnten wenigstens alle Beteiligten ihren Gefühlen freien Lauf lassen.

Und die waren nicht besonders erhebend.

»Wenn ihr glaubt, B. Violet will sich einem Haufen Männer und Heteras anschließen und im staubigsten Winkel eurer Bude vergammeln, dann seid ihr schief gewickelt«, hieb Margaret in die Kerbe, die Annas sprachlose Ablehnung geschlagen hatte. Margaret war wohl im Geiste mit einem Zollstock herumgegangen, hatte unsere Quadratmeter gezählt und daraus geschlossen, daß wir sie in ein dunkles Eckchen abschieben wollten, sobald sie einzogen.

»Es steht nirgends geschrieben, daß wir in diesen Räumlichkeiten bleiben müssen, wenn wir uns zusammenschließen«, sagte Elena, was ein Aufheulen von Penny zur Folge hatte.

»Du machst wohl Witze – hast du überhaupt auch nur die

geringste Vorstellung davon, was so ein Umzug kostet, ganz zu schweigen von den Einbußen durch den Arbeitsausfall?«

»Tut mir leid«, warf Jeremy nervös und sichtlich sauer ein. »Aber wißt ihr, ich hab' keine Lust, mich die ganze Zeit dafür zu entschuldigen, daß ich ein Mann bin. Tut mir leid, aber das mache ich nicht mit.«

»Du entschuldigst dich bereits«, schnappte June. »Das brauchst du nicht. Niemand muß sich hier für irgendwas entschuldigen. Wir haben das hier schließlich nicht angeleiert«, setzte sie hinzu.

»Mir geht's genauso wie Jeremy«, meinte Ray. »Ich lehne es ab, mich zu entschuldigen. Außerdem habe ich das Gefühl, daß wir hier unsere eigenen Probleme haben, an denen wir arbeiten, und zwar im Hinblick auf die Rassismusfrage. Wir haben allmählich ein paar Dinge für uns geklärt, und jetzt plötzlich vier neue Mitglieder zu bekommen, alle weiß ...«

Zee nickte heftig, sagte aber nichts. Margaret und Anna starrten sie an, als sei sie das inkarnierte Männerspielzeug.

»Für mich steht noch nicht fest«, sagte ich, »ob B. Violet unserem Kollektiv überhaupt beitreten muß. Vielleicht könnten wir auch ein Arrangement über die Nutzung bestimmter Einrichtungen treffen, uns unsere getrennte Entscheidungsfindung aber bewahren.»

Elena warf mir einen ermutigenden, beinahe dankbaren Blick zu, der mich dazu bewog, diese Idee, die mir eben erst in den Sinn gekommen war, noch weiter auszuspinnen. Doch in diesem Augenblick brach Fran, die drüben in der Ecke ihre Kräfte gesammelt hatte, wie eine gewaltiger Hurrikan im Ton zorniger Verachtung los:

»Ihr seid so *beschissen* unrealistisch«, sie deutete mit dem Finger auf Margaret und Anna, vielleicht auch auf die bislang schweigsame Hadley. »Ihr seid dermaßen besessen davon, B. Violet zu behalten, koste es, was es wolle, daß ihr euch blind weigert zu erkennen, daß nichts immer gleich bleiben kann. Wir können nicht so weitermachen wie bisher – das führt in den Bankrott ...«

»Ich hab's doch gewußt!« Pennys Punkschnitt stand vor Abscheu kerzengerade vom Kopf ab. »Ihr wollt nur, daß wir einen abgewirtschafteten Betrieb übernehmen, wollt unsere Ressourcen anzapfen ...«

»Die Männer rausschmeißen«, fuhr Jeremy fort.

»Und das Rassenproblem einfach ignorieren«, schloß Zee.

»Höre ich da eine gewisse Feindseligkeit heraus?« warf Elena finster ein.

»Ach wißt ihr«, meinte Hadley, »ihr würdet es wohl kaum glauben, aber *so* schlecht steht B. Violet nun auch wieder nicht da.«

Es war das erste Mal, daß sie etwas sagte, und aus irgend einem Grund machte es Eindruck. Vielleicht lag es an ihrer schleppenden Sprechweise, die klang, als hätten wir alle Zeit der Welt, mit unserem Thema zu Rande zu kommen, vielleicht lag es aber auch an dem ironischen Lächeln, das die rechte Seite ihres Mundes kräuselte.

Was immer es war, es brachte uns, zumindest für den Augenblick, wieder zur Vernunft. Ich fragte mich kurz, wie eine so ruhige, ausgeglichene Person sich jemals der wilden Fran und Margaret und Anna mit ihrer selbstgefälligen Feindseligkeit hatte anschließen können.

»Wir haben Vermögenswerte«, sagte Hadley. »Kein Zweifel. Die gesamte Ausrüstung ist relativ neu, funktionsfähig und, was noch wichtiger ist, bezahlt. Wir haben allerdings auch Kredite abzuzahlen, keine hohen, aber langfristige; bis jetzt zahlen wir nur die Zinsen. Und wir haben Außenstände: politische Ortsgruppen, die nicht genügend Geld auftreiben können, um sich zu finanzieren; Feministinnen, die der Ansicht sind, im Geschäftsleben gehe es nach Slogans zu wie: ›Schwestern zahlen zuletzt, wenn überhaupt‹; und sogar ein paar reguläre Firmen, die, wenn es darum geht, einen Scheck auszuschreiben, meinen, ein Betrieb, der Frauen gehört, sei überhaupt kein Betrieb.«

Hadley lächelte wieder; ihre hellen Augen wanderten durch den Raum und blieben an Zee hängen. »Schwere Zeiten für uns weiße Mädchen. Viele Menschen machen schwere Zeiten durch. Vielleicht würde es ja besser werden, wenn wir uns verbünden – mehr Laufkundschaft, mehr feste Kunden, mehr Druck, daß sie auch zahlen. Natürlich weiß ich, daß ein Zusammenschluß auch Probleme mit sich bringt – für uns wie für euch. Rassismus ist ein ernstes Problem, mit dem wir uns noch nicht befaßt haben, zumindest nicht in unserer Arbeitssituation. Aber es gibt noch andere Probleme, wie zum Beispiel Homophobie, und ich glaube, es könnte euch allen nicht schaden, ein bißchen mehr Bewußtsein dafür zu entwickeln, meint ihr nicht?« Sie verstummte und sah hinüber zu June, die zaghaft grinste.

»Vielen Dank für deine Ausführungen«, sagte Penny aufgeräumt. »Ich glaube, sie haben uns alle wieder auf den Boden der Tatsachen zurückgebracht. Ich würde vorschlagen, daß B. Violet sich zusammensetzt und ein konkretes Angebot ausarbeitet, das unser Kollektiv dann prüfen kann; danach werden wir entscheiden, ob eine Fusion mit Best auch zu unserem Besten wäre – das Wortspiel war unbeabsichtigt.«

Ich hatte erwartet, daß sich Einwände erheben würden, entweder aus unserem Kollektiv, weil die Bitte um ein Angebot von B. Violet ja den Eindruck vermitteln mußte, wir nähmen die ganze Idee tatsächlich ernst, oder daß Margaret oder Anna es in Bausch und Bogen ablehnen würden, weil sie keine Lust hatten, Arbeit in etwas zu stecken, das allenfalls gegen ihren entschiedenen Einspruch zustandekommen würde.

Aber kein Mensch sagte ein Wort. Die Versammlung war plötzlich in jenen katatonischen Zustand verfallen, der manchmal eintritt, nachdem starke Gefühle sich Luft gemacht haben und bevor konkrete Verhandlungsfortschritte erzielt wurden. In diesem Zustand sind die Teilnehmerinnen und Teilnehmer bereit, alles zu akzeptieren, was eine Verzögerung bedeutet, damit sie heimgehen und ihre Kräfte neu konsolidieren können.

»Ich unterstütze Pennys Vorschlag«, sagte Ray lustlos. Er sah in diesem Augenblick aus wie ein Samurai, der soeben sein Schwert niedergelegt hat, und zwar eher um des lieben Friedens als um der Sache der Gerechtigkeit willen. »Wir wissen ja überhaupt nicht, woran wir sind, solange wir kein klar formuliertes Angebot haben.«

Fran nickte langsam. Auch sie sah erschöpft, fast benommen aus. Sie blickte zu Margaret und Anna hinüber und schien so etwas wie Zustimmung von ihren gesenkten Köpfen abzulesen. »In Ordnung. Machen wir«, sagte sie.

»Sind wir jetzt fertig?« Das war Zees klare Stimme. »Ich habe noch ein anderes Meeting. Ein *wichtiges.*«

»Sieht so aus«, June stand auf und tauschte einen Blick mit Jeremy. »Kommst du?«

Penny sah zu mir herüber. Bahnte sich da etwas an? Und dann waren wir auf einmal alle auf den Beinen. Stühle wurden gerückt, Jacken und Taschen vom Boden und von den Tischen aufgesammelt. Penny und Ray erörterten, ob das neue Theater uns den Zuschlag geben würde und wieviel Kredit wir ihnen geben konnten; Zee verließ mit schwingenden Ohrringen den Raum, dicht gefolgt von June und Jeremy, Margaret und Anna. Ich drehte mich um, wollte etwas zu Hadley sagen, und sah mich auf einmal Elena gegenüber – Elena mit ihrem weichen blonden Haar und den sanften Milchschokoladeaugen.

»Was hältst du davon, noch ein Bier trinken zu gehen, Pam?« fragte sie.

Aus dem Augenwinkel sah ich, wie Hadley zu Ray und Penny trat, und wie sie ins Gespräch kamen. »Lieber nicht«, meinte ich abwehrend, »ich bin ziemlich k.o..« Doch dann gewannen meine Neugier und mein gesunder Menschenverstand die Oberhand. Ich hätte nicht nur selbst gern gewußt, welche Rolle Elena bei der ganzen Angelegenheit spielte. Wenn die Dinge nicht völlig außer Kontrolle geraten sollten, war es geradezu lebensnotwendig, hier klar zu sehen. »Andererseits – wieso eigentlich nicht?« schwenkte ich um. »Der Vorschlag klingt gut.«

»Prima«, sagte sie und rief zu Fran hinüber, die schon an der Tür stand: »Pam kommt auch.«

5

Mit Fran ein Glas zu trinken, entsprach zwar nicht unbedingt meiner Vorstellung von einem gemütlichen Ausklang des Abends, aber es gab keine Möglichkeit mehr, dem zu entrinnen. Fran nahm Elena in ihrem VW-Bus mit, ich fuhr meinen 67er Rambler. Wir gingen ins *University Bar & Grill*. Ein ziemlich nobles Restaurant, aber ich mochte es, weil es bequem war.

Fran hatte das *Sappho* vorgeschlagen, die Idee jedoch fallenlassen, als ich gefragt hatte, was für ein Lokal das sei.

Im gleichen Augenblick, in dem ich es ausgesprochen hatte, ging mir auf, daß es eine Lesbenbar sein mußte. Sappho war doch eine Lesbe gewesen, oder? Ich kam mir dumm vor und fühlte mich in die Defensive gedrängt. Meine Interessen sind schließlich anders gelagert, Fran, okay?

»Ach laß doch«, sagte Elena schnell. »Es ist sowieso zu laut dort. Das *Bar & Grill* ist in Ordnung.«

Auf meiner einsamen Fahrt fragte ich mich, wie das *Sappho* wohl war. Spärlich beleuchtete Tische, eine Tanzfläche, auf der sich imposante Frauen wie Fran in Jeans und Flanellhemd oder Frauen in tief ausgeschnittenen Seidenblusen und hohen Stiefeln – so war Elena mal angezogen gewesen, als sie nach einem Meeting noch ausging – unter den Lichtblitzen drehten oder im schummrigen Halbdunkel eng aneinander preßten.

Meine Hände schwitzten auf dem Lenkrad, und das lag nicht nur an dem warmen Abend. Ich verspürte ein Gemisch aus Anziehung, Abgestoßensein und Angst, wobei letztere eindeutig vorherrschte. Für eine, deren Interessen schließlich anders gelagert sind, regt dich der Gedanke ganz schön auf, sagte ich zu mir, als ich meinen Rambler parkte. Wieso bloß auf einmal?

Ich schloß mich Elena und Fran vor der Bar an und ließ ihnen den Vortritt. Ich beobachtete sie genau, gleichsam mit wissenschaftlichem Interesse, und ich beobachtete, wie andere sie beobachteten.

Ich hatte Elena immer für eine äußerst attraktive Frau gehalten. Zu ihrem im konventionellen Sinn hübschen Gesicht gesellte sich eine überdurchschnittlich gute Figur: schlanke Beine, schmale Taille, volle Brüste. Sie war nicht groß, aber sie bewegte sich so; selbstsicher und aufrecht. Ich versuchte sie mit den Augen der anderen einzuschätzen: Angestellte, Lehrerin, Vorstadt-Hausfrau, Verkäuferin, Ingenieurin ... sie wirkte jedenfalls völlig selbstbewußt und paßte gut zu den Leuten an der Bar. Sie hat überhaupt nichts spezifisch ›Lesbisches‹ an sich, dachte ich, als ich die anerkennenden Blicke sah, die ihr folgten.

Ganz anders Fran. Jeder Zoll an ihr entsprach dem traditionellen Lesbenbild, mit ihren hochgerollten Flanellärmeln, den schweren, von keinem BH gehaltenen Brüsten, die auf dem runden Bauch aufruhten. Sie ging mit großen Schritten und locker schwingenden Armen, die Spitzen ihrer Wanderschuhe nach außen gerichtet; sie sah gut aus, aber irgendwie viel zu kraftvoll für das *Bar & Grill*, und ich merkte, wie die ganzen Schicki-Mickis amüsiert oder etwas verlegen von ihr abrückten. Zum ersten Mal dämmerte mir, warum Fran so kratzbürstig war.

Zugleich begriff ich aber auch, was an ihr Elena anzog.

Wir setzten uns und bestellten einen Literkrug Bier. Fran orderte sich außerdem einen Jim Beam. Als sie ihn bekam, leerte sie das Glas mit zwei Schlucken. Sofort sah sie entspannter aus.

»Glaubst du, daß die Sache gescheitert ist?« fragte mich Elena und nagte an einem Finger. Die Aura gelassenen Selbstbewußtseins, die sie umgeben hatte, als sie den Raum durchquerte, war verschwunden. Sie sah Fran an, als warte sie auf ein Stichwort.

»Sieht ganz so aus«, sagte ich mit so viel Offenheit, wie ich aufbrachte. »Meinem Eindruck nach haben sich Penny und vielleicht auch June bis zu einem gewissen Grad von der Idee überzeugen lassen – rein geschäftlich gesehen könnte es schließlich durchaus vorteilhaft sein –, aber nicht die übrigen.«

»Aber mit dir und Elena sind das vier, das ist die Mehrheit«, meinte Fran. Nach dem Whisky klang ihre Stimmer heiser, vertraulich, intim. Ihre dunkel umrandeten, haselnußbraunen Augen blickten nun warm, in dem feinen dunklen Flaum über ihren vollen, wohlgeformten Lippen glitzerte ein Tröpfchen Bier. Ihre Statur verlieh ihr eine Präsenz, der ich mich nur schwer entziehen konnte.

Ich sagte ein bißchen gezwungen, den Blick auf das Glas in meiner Hand geheftet: »Ich habe ja gar nicht gesagt, was ich denke – das ist das eine. Außerdem fassen wir nie Mehrheitsbeschlüsse, sondern entscheiden grundsätzlich einstimmig. Drittens sollten wir uns klarmachen, über wen wir hier reden: zwei Männer, die sich bedroht fühlen, und drei Farbige, die ihre Bedenken haben...«

»Wir sind keine Rassistinnen«, protestierte Fran, schob ihr Glas zurück und schenkte sich neu ein. »Und was die Männer angeht, glaube ich nicht, daß das zu einem Problem werden muß, wenn wir verschiedene Arbeitsräume hätten. Verdammt, der Satz wäre sowieso in einem eigenen Raum untergebracht.«

»Mir hat gefallen, was du gesagt hast, Pam«, mischte sich Elena ein. »Daß wir vielleicht nicht die Kollektive zusammenwerfen, sondern einige Geräte gemeinsam nutzen sollten. Vielleicht wäre das der bessere Weg.«

»Margaret und Anna machen nicht gerade den Eindruck, als wären sie von der Idee sonderlich angetan. Ganz gleich, ob wir uns nun zusammenschließen oder etwas gemeinsam nutzen«, sagte ich trocken.

»Margaret und Anna sollen zur Hölle fahren«, fuhr Fran auf, schob ihr zweites leeres Bierglas zur Seite und winkte der Kellnerin, um sich einen weiteren, doppelten Jim Beam zu bestellen. Ihre Stimme war noch belegter geworden, sie nuschelte leicht. »Ich hab's satt, wie sie Elena behandeln. Ich mach' das nich' mehr lange mit.«

Elena äugte nervös zu ihr hinüber, lachte aber nur und goß sich noch ein Bier ein. »Margaret meint, ich hätte es darauf angelegt, der Star der hiesigen Lesbenszene zu werden. Anna wiederum verdächtigt mich, weil ich in einem gemischten Kollektiv arbeite. Hadley...«, ihr Blick streifte Fran. »Aber das kriegen wir schon in den Griff.«

Ich sagte so freundlich ich konnte: »Ich glaube nicht, daß sie ihre Ansicht ändern werden – ebensowenig wie Jeremy, Zee oder Ray.«

Elena zuckte die Achseln, trank und lutschte an ihrem Finger. »Wer weiß?«

Die Kellnerin brachte Frans Doppelten. »Noch eine Runde für uns«, sagte Fran, »hier, behalten Sie das Wechselgeld.«

Ihr Gesicht hatte sich gerötet, die haselnußbraunen Augen glänzten; ihr Blick war leicht verschwommen. Allmählich verlor ihre Stimme das tiefe Timbre und bekam einen aggressiven Unterton. Es ging sehr schnell. Warum griff Elena nicht ein? Aber Elena trank bloß ihr Bier aus und schenkte sich und Fran nach. Ich deckte die Hand über mein Glas.

Fran sagte: »Ich hab' mich immer gefragt, wie es kommt, daß ihr nicht mehr Lesben in eurem Kollektiv habt. Es gibt eine ganze Menge im Druckereigewerbe, ich war selbst Druckerin, früher mal.«

Ich schüttelte den Kopf. Ich war mir nur zu bewußt, daß das junge Yuppie-Paar am Nebentisch zu uns herübersah. »Keine Ahnung.«

»Treib Pam nicht in die Enge, Fran«, sagte Elena einlenkend. »Sie könnte dir dieselbe Frage stellen. Wo sind die farbigen Frauen bei B. Violet?«

»Es gibt nicht genügend.« Fran lachte. »Nach den wenigen, die sich geoutet haben, besteht große Nachfrage. Schwarze Lesben, asiatische Lesben, Chicanas, alle brauchen eine zum Vorzeigen.«

»Ich finde das nicht besonders geschmackvoll«, sagte ich, »nicht mal als Witz.«

»Tut mir leid«, Fran lächelte spöttisch. »Wir haben wohl alle unseren wunden Punkt.«

Ich machte Anstalten aufzubrechen. »Ich habe morgen einen langen Tag vor mir, ich glaube, ich sollte besser gehen...«

»Nein, warte«, hielt mich Fran zurück. »Du denkst, ich bin betrunken, aber bevor du gehst, will ich dir noch was sagen.«

Elena streckte beschwichtigend eine nicht ganz ruhige Hand aus. »Fran, dafür ist hier nicht der Ort.«

»Du sei still«, wies Fran sie majestätisch zurecht. »Mein Vater war Holzarbeiter, nicht Lehrer, wie deiner. Ich komm' schon klar. Und ich will Pamela Nilsen nur sagen, daß ich ganz genau weiß, was sie denkt, wenn sie mich ansieht und wenn sie mich und dich zusammen sieht. Ich weiß, was in ihrem Kopf vorgeht. Sie hält mich nämlich für eine fette, übellaunige alte Lesbe und überlegt, was Elena und ich überhaupt zusammen machen, die hübsche Elena, die noch nicht mal lesbisch aussieht.« Das Paar neben uns flüsterte miteinander und starrte herüber; ich war wie gelähmt. Es stimmte, was sie sagte, und war doch ganz falsch.

»Pam denkt wahrscheinlich, daß ich dich schlage, daß wir Sadomaso machen oder sowas.« Fran lachte rauh. »Du weißt schon, Lederpeitschen und Ketten...«

Elena war noch vor mir auf den Beinen. »Das reicht, Fran. Wir gehen. Und du solltest auch gehen, das weißt du.« Trotz ihrer Verärgerung lag ein bittender Ton in ihrer Stimme.

»Vergisses«, sagte Fran. »Geh schon, hau schon ab, Verräterin.«

Elena und ich strebten zum Ausgang. Eine Stimme, die mir bekannt vorkam, rief: »Hi, Pam«, aber ich tat so, als hätte ich nichts gehört. Ich würde mich hier bestimmt nicht so bald wieder blicken lassen.

»Kannst du mich zu Hause absetzen?« fragte Elena, als wir draußen waren, und fügte traurig hinzu: »Sie ist nicht wirklich so.«

Ich sagte nichts. Ich empfand Entsetzen und Mitleid. Ich faßte sie unter, um ihren leicht schwankenden Gang zu stützen. Sie war nicht annähernd so betrunken wie Fran, aber auch eindeutig nicht mehr ganz nüchtern.

»Sie schlägt mich nicht, und wir praktizieren auch kein SM«, sagte Elena. »Sie will mich nur wütend machen. Wir hatten vorhin Krach.«

Ich hätte ihr gern geglaubt.

Wir stiegen in mein Auto, und ich stellte die Heizung an. Ich unterdrückte das Bedürfnis, sie zu weiteren Geständnissen zu verleiten. »Weißt du, Elena«, sagte ich nach einer Minute, »es hat überhaupt nichts mit dir zu tun, aber ich glaube nicht, daß diese Fusion funktionieren würde.«

Elena saß ganz aufrecht, die Hände im Schoß, ihr Haar ein schemenhaftes Bündel blasser Blütenblätter im gebrochenen Licht der Straßenlaternen. Ich glaube nicht, daß sie mich hörte.

»Du solltest sie mit meinen Kindern erleben«, sagt sie. »Sie lieben sie über alles.«

Als ich nach Hause kam, fand ich unser Mitbewohnerpärchen Sam und Jude sowie Penny und den wiederauferstandenen Doug um den Küchentisch versammelt, wo sie Eis mit Amaretto löffelten. Sie lachten und redeten davon, am kommenden Wochenende wandern zu gehen, wenn das gute Wetter halten sollte. Sam und Jude waren wie der sportliche Doug große Naturfans. So sehr ich sonst ihre Gesellschaft mochte, heute abend verschlechterte sich meine Laune bei ihrem Anblick noch um einige Grade.

Paare. Heterosexuelle Paare. Schlimm genug, daß wir mit diesem glücklichen Paar, das nun schon die ungeheuerliche Zeitspanne von zehn Jahren zusammen war, unter einem Dach wohnen mußten. Da saß auch noch Penny mit diesem Widerling Doug und hatte allen Ernstes vor, sich wieder in genau dasselbe Chaos aus Liebe und Haß zu stürzen wie zuvor.

»Hast du Lust, am Wochenende mitzukommen?« fragte Jude. Sie machte die Buchhaltung für mehrere alternative Unternehmen, eine ordentliche, systematische, idealistische Person. Nach Penny war sie meine älteste Freundin, und normalerweise hatte ich das Gefühl, ich könnte nie genug von ihr bekommen. Auf keinen Fall aber wollte ich mit diesen vieren in der Wildnis herumtapsen.

»Nein danke«, sagte ich, marschierte an ihnen vorbei und holte das Vanilleeis aus dem Kühlschrank.

»Wo warst du denn heute abend?« fragte Sam in übertrieben freundlichem Ton, nachdem eine auffallende Gesprächspause eingetreten war. Ich konnte spüren, wie sie alle fragende Blicke tauschten, was wohl mit mir los sei. Mir egal. Ich zitterte innerlich immer noch von der Szene im *Bar & Grill*, aber ich wollte verdammt sein, wenn ich ihnen davon erzählte. Ich klatschte zwei große Löffel Eis in meine Schale, und dann, nach reiflicher Überlegung, noch einen.

»Konspiration mit dem Feind«, sagte ich, bevor Penny einen Kommentar abgeben konnte. Ich machte mich auf den Weg in mein einsames Schlafzimmer.

»Wo seid ihr denn hingegangen? Ins *Bar & Grill*?« fragte Penny.

»Nein. Ins *Sappho*. Diese Lesben-Bar, ihr wißt schon. Ach nee«, fügte ich hinzu und bedachte sie mit einem kühlen Blick, als ich am Tisch vorbei zur Treppe ging, »wißt ihr ja eben *nicht*.«

6

Vielleicht war die Dreifachportion Eis zu so später Stunde daran schuld, daß ich in dieser Nacht schlecht schlief. Durch meine Träume tanzten Disco-Miezen. Sie sahen völlig anders aus als die politisch korrekten Lesben, die ich kannte, aber auf ihre Art nicht unattraktiv in zerknitterten, tief ausgeschnittenen Blusen und kurzen engen Röcken. Ich weiß noch, daß ich im Traum dachte, wenn das alles ist, was hier abgeht, was ist dann so toll daran? Und daß ich gleichzeitig enttäuscht und irgendwie high war.

Im Halbschlaf hatte ich wohl auf den Weckerknopf gedrückt und hätte wahrscheinlich verschlafen, wenn mich nicht das Klingeln des Telefons geweckt hätte. Ich fühlte mich zwar nicht imstande ranzugehen, aber immerhin war ich jetzt wach. Ich hatte mich gerade in eine halbsitzende Stellung hochgekämpft, als ich jemand die Treppe hinuntertapsen hörte.

Ich saß noch immer halbaufgerichtet und sinnierte über meinen Traum, als es an meine Tür klopfte und Penny hereinkam. Sie trug ihr Standardoutfit für die Nacht – T-Shirt und Socken –, und ihre Stachelhaare standen wie Speerspitzen vom Kopf ab. Ich wollte gerade freundschaftlich anmerken, daß sie gut daran täte, ihren Luxuskörper unter die Dusche zu halten, bevor Mr. Olympia sie zu Gesicht bekam, aber irgend etwas in ihrem Gesicht hielt mich zurück.

»Was Schlimmes?« Da wir beide wohlbehalten hier waren und unsere Eltern tot, wußte ich, daß kein nahestehender Mensch zu Schaden gekommen sein konnte. Aber es gab doch noch eine ganze Reihe von Leuten in unserem Leben, die als potentielle Opfer eines Unglücks in Frage kamen. »Ist was passiert?«

»Es war Elena«, sagte Penny. »Sie ist unten bei B. Violet. Sie war auf der Suche nach Fran, weil sie letzte Nacht nicht nach Hause gekommen ist.«

»Was ist mit ihr?«

»Das weiß Elena auch nicht. Sie sagt, sie hat was gefunden, das darauf hindeutet, daß Fran dagewesen ist, und da ist wohl auch ein bißchen Blut oder sowas, aber das Schlimme ist ...« Penny sank unvermittelt auf mein Bett. »Der Betrieb ist total verwüstet.«

»Was?«

»Beide Satzmaschinen zertrümmert, die Vorlagen zerfetzt, die Negative zerschnitten. Der große Leuchttisch mit einem Hammer kaputtgeschlagen. Alles hin.«

Wir starrten uns an.

»Wer macht sowas?« fragte Penny.

Ich dachte an Fran, wie sie im *Bar & Grill* am Tisch saß. Die unterdrückte Wut in ihrer Stimme. Hatte sie womöglich weitergetrunken und war dann aus irgendeinem Grund zurück zu B. Violet gegangen, um dort alles kurz und klein zu schlagen? Aus Haß auf Elena, mich, sich selbst?

»Ich hoffe bloß, es war niemand aus unserem Kollektiv«, sagte Penny.

Mir fiel die Kinnlade runter. Daran hätte ich nicht einmal in meinen schlimmsten Träumen gedacht.

Wir sprachen wenig auf dem Weg. Es war viel zu schrecklich, irgendeinen Gedanken zu Ende zu spinnen. Bei der Ankunft fanden wir ein Polizeiauto vor dem Haus vor. Zwei Polizisten, eine Frau und ein Mann, standen im Eingang und sprachen mit Hadley und Elena. Anna und Margaret seien schon auf dem Weg, sagte Elena, aber keine Spur von Fran. Elena schien froh, uns zu sehen, aber sonst sah sie elend aus. Dunkle Ringe lagen unter ihren Augen. Die blonden Locken erinnerten an einen struppigen, ausgefransten Mop.

Hadley wirkte einfach nur verwirrt, als hätte sie verschlafen und wäre noch nicht so richtig in die Gänge gekommen. Ständig stolperte sie über irgend etwas, was aber angesichts des Durcheinanders aus herumliegenden Scherben und Einrichtungsgegenständen kein Wunder war.

B. Violet belegte eine ansprechende Ladenfront in North Capitol Hill. Es war eher eine Wohn- als eine Geschäftsgegend. Der Betrieb umfaßte drei Räume: Büro- und Empfangsbereich, die eigentliche Setzerei und eine winzige Dunkelkammer. Die Räume waren ein einziges Schlachtfeld; es sah aus wie das Bühnenbild einer Fernseh-Sitcom nach einer gigantischen Tortenschlacht. Das Büro war noch nicht einmal so schlimm – ein paar umgekippte Stühle, herausgerissene Ordner, deren Inhalt verstreut war. Aber im zweiten Raum herrschte das totale Chaos. Beide Satzcomputer waren kaputt; das Tischgerät lag auf dem Boden, beim Standgerät war der Bildschirm zertrümmert, die Tastatur mit Gummiermasse verklebt. Den großen Leuchttisch für die Negative hatte offensichtlich jemand mit einem scharfkantigen Gegenstand attackiert, die Glasplatte wies ein Zweigmuster aus Rissen auf. Der kleinere Tisch war umgestoßen, es fehlte ein Stück Glas aus der Platte. Wie feuchte schwarze Blätter im Herbst lagen überall Schnipsel von Negativen. In der Dunkelkammer gab es noch mehr zerstörte Negative und Fotoplatten, die Plastikflaschen mit Entwickler und Fixiermittel waren geöffnet und ausgeschüttet. Der Geruch war unerträglich.

»Bloß kein Streichholz anzünden«, meinte Penny zu niemand im besonderen.

Sonst brachte keine von uns in diesen ersten Minuten einen Ton heraus. Sogar die Polizistin und ihr Kollege schienen betroffen von der Niederträchtigkeit, die hinter all der Zerstörung zu spüren war.

Schließlich raffte sich der männliche Cop auf: »Haben Sie eine Idee, wer das getan haben könnte?«

»Sie sagten am Telefon, daß Sie Blutflecke gefunden hätten«, fügte die Polizistin hinzu. Laut Namensschild handelte es sich um Officer Alice Hawkins. Sie war eine muskulöse Schwarze mit einer Haut wie schimmerndes Walnußholz und dem schweren, breitbeinigen Gang der Uniformierten.

Elena nickte, und da sie ihrer Stimme offenbar noch nicht so recht traute, ging sie voran ins Büro. In einer dunklen Ecke fand sich das fehlende Stück Glas aus der Tischplatte, scharf wie ein Skalpell. An der einen Seite klebte ein Streifen eingetrocknetes Blut. Auch auf dem Teppich war ein kleiner Fleck zu erkennen.

»Ich habe es entdeckt, als ich zum Telefon ging, um die Polizei zu rufen«, sagte Elena mit zittriger Stimme, während sie in ihren Taschen herumwühlte wie eine Kettenraucherin, die verzweifelt nach einem Glimmstengel zum Festhalten sucht. Dann riß sie sich zusammen.

Der stämmige, jungenhaft wirkende Polizist, Officer Bill Rives, zückte sein Notizbuch. »Wann sind Sie heute morgen zur Arbeit gekommen, Ma'am?«

»Ja, ich ...« Elena durchsuchte wieder fahrig ihre Taschen und warf einen raschen Blick zu Penny und mir herüber. Zum ersten Mal ging mir auf, wie kompliziert das Ganze werden konnte – nicht die Sorte Komplikationen, die sich unweigerlich ergibt, wenn jemand einer ›alternativen Lebensform‹ frönt: »*Wie viele* Personen leben in diesem Haus, sagten Sie? Und *in welchem* Verhältnis stehen Sie zueinander? Und Sie sagen, Sie arbeiten alle in einem Naturkostkollektiv?« – nein, kompliziert würde es werden, weil keine wußte, wer von uns in die Sache verwickelt war, wen wir schützen sollten und wie.

»Na ja«, setzte Elena wieder an, immer noch nervös, »ich arbeite nicht direkt hier. Ich meine, ich kam eigentlich nicht zur Arbeit. Aber als ich hier war, war es ungefähr sieben. Zehn nach sieben vielleicht, weil ich um sieben von zu Hause weggegangen bin, und die Fahrt hierher dauert etwa zehn Minuten ...«

»Sie arbeiten ›nicht direkt‹ hier?« hakte Officer Alice prompt nach.

»Elena hilft bei uns aus«, mischte sich Hadley ein. Es war das erste, was sie sagte. Ihre Stimme klang fest. »Sie arbeitet mit den beiden Frauen da drüben in einer Druckerei.« Sie deutete auf Penny und mich. »Die Betriebe sollen möglicherweise zusammengelegt werden, und Elena hat die ersten Kontakte hergestellt.« So wie Hadley es sagte, klang es ganz natürlich.

Officer Alice fragte: »Glauben Sie, daß irgend jemand ...«, ihre

Augen schweiften durch den Raum, »etwas gegen die Zusammenlegung hatte?«

»Das ist durchaus möglich«, sagte Hadley ruhig. »Es würde mich nicht überraschen.«

Ich wünschte mir, ich könnte so sachlich und nüchtern reagieren wie sie. In meinem Kopf überschlugen sich die wildesten Vermutungen. Zee war so plötzlich losgestürmt, zu einer Zusammenkunft, hatte sie gesagt. Konnte sie hier gewesen sein? Und was war mit Jeremy und June? Jeremy wirkte viel zu zimperlich für so etwas, aber June? Vielleicht hatte sie nur so getan, als ließe sie sich überreden, um uns an der Nase herumzuführen? Ray? Konnte ich mir nicht vorstellen. Aber immerhin war er gegen die Fusion, und ich bezweifelte, daß er ihr je zustimmen würde. Wo Penny die Nacht über gewesen war, wußte ich, Hadley kam sowieso nicht in Frage, und was Elena anging – es reichte, zu sehen, wie fertig sie war. Auch sie mußte Fran im Verdacht haben.

Officer Bill war nach hinten in die Setzerei gegangen und sah sich noch einmal um. Die Absätze seiner schweren Stiefel knallten auf den Holzdielen. »Ich rufe die Spurensicherung«, sagte er, und dann wie zu sich selbst: »Sieht verdammt danach aus, als hätte hier jemand völlig den Verstand verloren.«

Elena wurde blaß, und ich wußte, daß sie Fran vor sich sah, sinnlos betrunken, wie sie sich letzte Nacht hier drin austobte und alles kurz und klein schlug. So mußte es gewesen sein.

Officer Alice ließ sich unsere Namen und Daten geben. Ich war überrascht zu hören, daß Hadley sechsunddreißig war. Sie sah trotz ihrer grauen Haare jünger aus.

»Sie können keine Zwillinge sein«, meinte Alice, als sie bei Penny und mir angelangt war. »Sie sehen sich überhaupt nicht ähnlich.«

»Es liegt am Haar... an der Brille«, sagten Penny und ich gleichzeitig. Wir waren solche Bemerkungen gewöhnt.

Margaret und Anna trafen gleichzeitig mit der Spurensicherung ein. Als erstes fiel mir auf, daß Margaret einen verpflasterten Zeigefinger hatte. Officer Alice hatte es auch gesehen.

»Haben Sie sich vor kurzem geschnitten?«

Margaret zuckte die Achseln. »Gestern abend«, sagte sie und schaute um sich. »Meine Güte, wie sieht's denn hier aus. Wieso war ich nicht zu der Party eingeladen?«

»Es war beim Zwiebelschneiden«, fügte Anna hinzu. Sie schien nervös und nicht so geschockt, wie sie es eigentlich hätte sein müssen. Immerhin war ihr Arbeitsplatz auseinandergenommen worden. »Mein Gott«, sagte sie noch einmal. Es wirkte nicht sehr überzeugend.

Warum eigentlich nicht? dachte ich. Anna und Margaret hatten sich lautstark gegen die Fusion ausgesprochen; vielleicht dachten sie, daß sie nichts zu verlieren hätten, wenn sie B. Violet demolierten; Hauptsache, sie mußten nicht mit uns zusammenarbeiten.

Das Fingerabdruckteam staubte um uns herum alles ein und nahm Abdrücke. Ich sah, wie Elena anfing, die Hände zu ringen. Hadley hatte es offensichtlich auch bemerkt und fragte, ob sie einen Augenblick hinausgehen dürften. Sie setzten sich draußen auf den Bordstein. Hadley legte den Arm um Elenas Schultern, und Elena brach in Tränen aus.

Margaret fragte beiläufig: »Wo ist Fran? Wieso ist sie nicht hier?«

»Arbeitet sie auch hier?« fragte Officer Alice.

»Das einzige Gründungsmitglied, das fehlt«, sagte Margaret. »Die trifft der Schlag, wenn sie das hier sieht.« Aus irgendeinem Grund schien der Gedanke sie zu erheitern. Anna tauschte einen Blick mit ihr und lachte.

Elena und Hadley kamen wieder herein. Hadley sah nachdenklich aus. Sie sagte zu Alice: »Wissen Sie, wir wollen natürlich die Möglichkeit nicht ausschließen, daß das hier jemand war, der Leute wie uns nicht mag, oder irgendein Freak aus der Moral-Liga, aber wenn das Ganze tatsächlich wegen des geplanten Zusammenschlusses passiert ist, möchten wir keine Anzeige erstatten. Ich denke, wir machen das lieber unter uns ab.«

»Das verstehe ich«, sagte Officer Alice, »aber Sie wissen, daß Sie es der Versicherung melden müssen?«

»Unsere Police ist letzten Monat ausgelaufen. Fran hat vergessen, sie zu verlängern«, sagte Margaret. Ihre Stimme hatte immer noch diesen leicht belustigten, süffisanten Klang. Ich fragte mich wieder, was dahinter steckte, und mußte unwillkürlich auf ihren Zeigefinger starren. Warum hätte Fran B. Violet Schaden zufügen sollen? Schließlich hatte sie jahrelang hier gearbeitet; sie wollte, daß die Firma weiterbestand.

»Na gut«, meinte Officer Alice. »trotzdem ist es Ihnen vielleicht eine Beruhigung, wenn wir in der Zentrale einen Bericht und die Fingerabdrücke haben. Man kann nie wissen. Und wenn Sie das alles noch so wunderbar untereinander regeln, das bringt Ihnen Ihre Maschinen nicht zurück.«

Officer Bill kam wieder nach vorn. »Wir sind fertig mit den Fingerabdrücken. Können wir jetzt Ihre haben?«

»Nein«, sagten wir unisono, allesamt echte Kinder der Siebziger. »Keine Fingerabdrücke.«

Officer Alice und Bill wechselten einen Blick.

»Ich hab' das Gefühl, das hier ist eine interne Angelegenheit, Bill«, sagte Alice.

Nur Anna lachte.

7

Hadley, Margaret und Anna blieben zurück, um sich einen Überblick über den Schaden zu verschaffen und zu sehen, ob noch etwas zu retten war. Ich konnte mir den Wunsch nicht verkneifen, Hadley möge sich Margaret und Anna gründlich vorknöpfen.

Penny und ich nahmen Elena zum Frühstück mit nach Hause, wohl nicht zuletzt in der Hoffnung, vielleicht etwas mehr darüber zu erfahren, was sie wirklich über den Vorfall wußte.

Aber Elena wollte nur eins: über ihre Beziehung mit Fran reden, und zwar von der Stunde X an, in der sie sich kennengelernt hatten. Wir brachten sie mit Mühe soweit, mit ihren Ergüssen zu warten, bis wir wenigstens Kaffee aufgebrüht hatten, dann, während Penny Eier in die brutzelnde Butter schlug und ich Toast röstete, ergaben wir uns ins Zuhören.

Elena war Fran zum ersten Mal vor sechs Monaten begegnet, als sie sich gerade gegen ihre Entlassung von der Highschool zur Wehr setzte. Fran war mit jemand liiert, und Elena hatte sie zunächst gar nicht groß beachtet. Sie grüßten sich, wenn sie sich über den Weg liefen, mehr nicht.

»Ich fühlte mich fast ein bißchen von ihr abgestoßen«, bekannte Elena. »Sie wirkte so ungeheuer maskulin ... Sie war in der Army gewesen, hatte nie ein College besucht, bloß irgendwelche merkwürdigen Jobs gemacht, war Trucks gefahren, besaß ein Motorrad. Genau das, was man sich unter einem kessen Vater vorstellt. Und wer war ich? Eine Lehrerin, eine brave Hausfrau und Mutter aus Bellevue, die auf einmal festgestellt hatte, daß ihre Nachbarin von gegenüber sie antörnte. Und die Verkäuferin bei Safeway auch. Und manche meiner Schülerinnen. Wenn ich nicht so verdammt ehrlich gewesen wäre und meinem Mann gesagt hätte, daß ich nicht mehr mit ihm zusammenleben kann, wenn ich nicht zur lautstarken, auch in der Öffentlichkeit unüberhörbaren Lesben-Feministin geworden wäre, als er mir mitteilte, daß er mich wegen des Sorgerechts für die Kinder vor Gericht bringen würde ... wahrscheinlich säße ich heute noch in Bellevue, würde mir vor der Frau von nebenan die Kleider vom Leib reißen und dabei weiterhin sämtliche Privilegien meiner Schicht und meines heterosexuellen Umfelds genießen ... und das sind nicht wenige.«

Penny verquirlte gleichmütig die Eier. »Und was hat euch beide nun zusammengebracht?«

Elenas Lebensgeister waren sichtlich neu erwacht; sie trank Kaffee und kaute Toast, als ob sie halb verhungert wäre, und schien mit jedem Bissen neue Kraft zu schöpfen. »Die Kinder! Garson und Samantha sind von Anfang an total auf sie abgefahren. Es war wirklich ulkig. Wir waren im Haus einer Freundin und diskutierten gerade den Prozeß oder sowas, als ich plötzlich fragte: ›Wo stecken eigentlich Sam und Garson?‹, und dann finde ich die beiden schließlich eine Treppe höher, völlig versunken in irgendein schwieriges Kartenspiel. Sie waren restlos glücklich. Ausgerechnet mit dieser Frau, die ich kaum kannte und vor der ich beinahe ein bißchen Angst hatte.«

»Man stelle sich vor«, sagte Penny und servierte die Eier. Sie warf mir einen Blick zu, als wollte sie sagen, wie lange müssen wir uns diese Lovestory wohl noch anhören, aber mich hatte Elenas Schilderung irgendwie berührt. Mein Interesse war geweckt. Das Bild von Fran, der Kinderfreundin, paßte so gar nicht zu der Fran, die ich kennengelernt hatte, der streitsüchtigen Trinkerin, die womöglich nicht ganz normal war.

Pennys Sarkasmus war an Elena, die jetzt mit einem träumerischen Ausdruck in ihre Kaffeetasse starrte, restlos verschwendet. »Sie lieben sie einfach, die Geschichten, die sie ihnen erzählt, die Witze. Wenn sie da ist, ist es ein Fest. Wir sind dann wie eine große Familie, so, wie es sein sollte, wenn eine Familie beisammen ist. Wir sehen zusammen fern, machen Popcorn und Spiele. An den Wochenenden machen wir Ausflüge ...« Ihre Stimme verlor sich, dann fing sie sich wieder. »Ihr glaubt nicht, mit wie vielen Frauen ich im Laufe der vergangenen drei Jahre zusammen war – Freundinnen wie Geliebte –, die Kinder nur als unnötigen Ballast betrachten. ›Kannst du sie nicht zu Hause lassen?‹ ›Sie machen soviel Unordnung...‹«

Ich senkte schuldbewußt den Blick. Genau das dachte ich auch immer.

»Und wo liegt nun das Problem?« fragte Penny, wischte ihren Teller mit einem Stück Brot sauber und lehnte sich in ihrer ›jetzt aber mal ernsthaft-Manier‹ zurück. Selbst mit ihrer riesigen Purpurbrille und dem kurzgeschnittenen Punkschopf schaffte sie es, in solchen Momenten wie die Vizepräsidentin einer multinationalen Organisation dreinzublicken – tough, effizient, leicht ungeduldig.

»Die Klassenfrage«, sagte Elena. »Der Klassenkonflikt steht zwischen uns.«

Ich dachte an Frans SM-Gerede gestern abend und an die Art, wie sie die Jim Beams und die Biere hinuntergespült hatte, und war mir nicht so sicher. »Hältst du es für möglich, daß Fran ein Alkoholproblem hat?«

»Das ist wieder typisch. Wir sind doch alle gleich...legen unsere Mittelklasse-Werte fest und erwarten, daß alle anderen sich an ihnen orientieren ... Fran ist es *gewöhnt*, viel zu trinken. Es macht ihr nichts aus. Ich meine, es hat nicht dieselbe Wirkung auf sie wie auf dich oder mich.« Sie verstummte, und ich rief mir ins Gedächtnis, daß sie letzten Abend auch ganz schön ihr Teil weggehabt hatte – vielleicht in dem Versuch mitzuhalten, zu beweisen, daß sie keine adrette Hausfrau mehr war?

Ich drang nicht weiter in sie, obwohl ich es vielleicht hätte tun sollen. Statt dessen fragte ich: »Hältst du es für möglich, daß *sie* in den Räumen von B. Violet Amok gelaufen ist?«

»Du hast doch heute morgen gesagt, du glaubst, sie ist dort gewesen, daß du was gefunden hast ...« erinnerte Penny sie. »Was war es?«

Elena ließ die angebissene Toastscheibe sinken, und ich konnte förmlich sehen, wie ihr der Bissen im Hals steckenblieb. »Ich kann es kaum glauben«, sagte sie, »es muß einfach eine Erklärung dafür geben. Sie tut sowas nicht, auch nicht, wenn sie betrunken ist. Sie kann verbal feindselig werden, aber sie ist nicht gewalttätig. Außerdem hängt sie an B. Violet; sie hat sechs Jahre dort gearbeitet, hat mitgeholfen, den Betrieb aufzubauen.«

»Was hast du gefunden?« bohrte Penny nach.

Elena sank in sich zusammen. »Ihre Wagenschlüssel.«

»Vielleicht waren es die Ersatzschlüssel.«

»Ich weiß, daß sie nur ein Schlüsselbund hat. Und wir sind zusammen zu dem Treffen bei Best gefahren. Dann hast du mich heimgefahren, Pam. Wenn also nicht irgendwas total verrückt gelaufen ist, dann muß sie meiner Ansicht nach letzte Nacht im Betrieb gewesen sein.«

Das Schweigen dehnte sich. Elena ließ den Kopf auf die Arme sinken. »Ich weiß nicht, was ich machen soll«, sagte sie in den Stoff ihres Ärmels hinein. »Ich hatte die Wagenschlüssel noch in der Hand, und dann hab' ich sie irgendwie verloren.«

»Jetzt erst? Ich meine, bei B. Violet?«

Elena nickte. »Ihr glaubt mir sicher nicht.«

Ich war mir nicht recht klar, ob sie versuchte, Fran zu schützen oder sie zu beschuldigen. »Wenn die Schlüssel dort sind, wird jemand sie finden.«

»Genau das befürchte ich ja«, sagte Elena.

Es war schon nach halb elf, als wir endlich bei Best Printing ankamen. Elena war nicht mitgekommen; sie wollte noch einmal in Frans Wohnung und nachsehen, ob sie inzwischen nach Hause gekommen war. Ich sagte ihr, sie könne jederzeit anrufen, wenn sie moralische Unterstützung brauchte, und sie drückte mir dankbar den Arm, als sie aus dem Auto stieg.

»Zu was hast du dich denn jetzt aufgeschwungen? Freundin und Helferin aller Lesben?« meinte Penny.

»Mach's halblang, Zwill.«

»Entschuldige«, sagte sie. »Es liegt an diesem Blödmann Doug. Ich war beinahe froh, als heute morgen das Telefon klingelte und das alles passierte. Das hat mich erfolgreich davon abgehalten, über ihn nachzugrübeln. Er ist nicht über Nacht geblieben, weißt du. Da saßen wir in aller Gemütlichkeit, aßen unser Eis und waren gut drauf. Sam und Jude waren hochgegangen, und es wurde intimer. Auf einmal fragt er, ›Wie spät ist es eigentlich?‹ und springt auf. ›Wieso? Hast du etwa noch ein Rendezvous?‹ frage ich, und du wirst es kaum glauben, dieses Arschloch hatte tatsächlich eins. Scheiße, ich war stocksauer! Sowas macht man nicht mit einer Frau, sich erst mit ihrem Eis vollschlagen – du weißt, wie teuer Häagen Dazs ist! –, sie anheizen, und dann mit einer anderen ins Bett gehen.«

»Das ist wirklich das Allerletzte«, gab ich zu. Ich konnte jedoch nicht leugnen, daß ich eine gewisse Schadenfreude verspürte. Eifersucht ist nicht gut für die Seele, und genau das hatte ich letzte Nacht in meinem einsamen Zimmer bei meinen drei Kugeln Swiss Almond Vanille empfunden.

»Und du warst also in einer Lesbenbar, hm?« fragte Penny.

Ich hatte meine kleine Lüge mittlerweile schon vergessen. »Ach nein, nicht direkt. Die beiden wollten hin, aber du kennst mich ja, ich traute mich nicht. Wir landeten schließlich im *Bar & Grill.*«

»Zu schade«, sagte Penny. »Ich hab' mich immer gefragt, wie es wohl im *Sappho* ist.«

»Ist es dir etwa ein Begriff?«

»Klar.«

Manchmal kann dich die eigene Zwillingsschwester noch in Erstaunen setzen.

Die Begrüßung bei Best variierte zwischen völliger Indifferenz und lautstark geäußerter Entrüstung. Ob wir uns vielleicht einbildeten, wir könnten zu jeder beliebigen Tages- und Nachtzeit anspaziert kommen? Unser Glück, daß wenigstens nicht soviel los gewesen war! Bevor wir ihnen von der Verwüstung bei B. Violet erzählten, versuchte ich festzustellen, ob jemand anders wirkte als sonst – besonders übermüdet, auffallend gereizt, gedrückt, schuldbewußt –, und ob es verpflasterte Schnittwunden gab. Doch falls tatsächlich jemand verletzt war, dann nicht an einer sichtbaren Stelle. Selbst meinem Kollektiv-erfahrenen

Blick kamen sie alle so vor wie immer: Jeremy schusselig und zerfahren; June aufgeräumt und fröhlich; Ray verärgert und besorgt; Zee – Zee kannte ich nicht gut genug, um eine Veränderung an ihr zu bemerken, falls es eine gab. Sie war aufgemotzt wie immer, in Hosen mit schmalen schwarzen und roten Streifen, an Taille und Hüften enganliegend, weit um die Knie. Dazu trug sie ein kurzärmeliges rotes Hemd und hatte einen schwarzen Pullover um die Schultern geknotet. Mit ihren auffallenden Silberohrringen, den zahllosen Ringen und Armbändern und dem schweren, wie immer tadellos frisierten schwarzen Haar sah sie aus, als arbeite sie für *Vogue* und nicht bei Best.

Wir berichteten, was passiert war. Von der Verwüstung, der Polizei, den Fingerabdruckexperten und verweigerten Fingerabdrücken, von Frans Fehlen und von Margarets verletztem Finger. Nur ein einziges Detail ließen wir aus mir heute unerfindlichen Gründen unerwähnt: daß Elena Frans Wagenschlüssel gefunden hatte. Und gleich wieder verloren.

»Wie furchtbar ihnen zumute sein muß«, sagte Zee leise. »Alles zu verlieren. Was werden sie jetzt machen?«

»Ich sage es nicht gern«, meinte Ray, »aber wenigstens brauchen wir uns jetzt nicht mehr den Kopf über diese Fusion zu zerbrechen.« Er begegnete meinem Blick mit einem gewissen Trotz, war sich jedoch offensichtlich nicht im geringsten bewußt, daß seine Worte leicht falsch verstanden werden konnten.

Niemand widersprach ihm. Die anderen wirkten weder besorgt, noch schienen sie es merkwürdig zu finden, daß B. Violet ausgerechnet nach einem Treffen, in dem eine mögliche Kooperation mit uns besprochen worden war, zerstört wurde. Sie hielten das Ganze eindeutig für eine interne Angelegenheit von B. Violet. Sabotage aus den eigenen Reihen – von Fran oder Margaret und Anna.

Dachte ich das im Grunde nicht auch?

Später rief Elena an, um uns mitzuteilen, daß sie noch nichts von Fran gehört hatte. Sie war immer noch in Frans Wohnung, hatte ihr einen langen Brief geschrieben und wollte nun nach Hause, um dazusein, wenn die Kinder aus der Schule kamen.

»Mehr kannst du nicht tun, Elena«, versuchte ich sie zu beruhigen.

»Ich sollte wohl besser allmählich wütend werden«, sagte sie. »Ich komme mir immer mehr wie eine Idiotin vor.«

»Heb dir das für ihre Rückkehr auf«, sagte ich. »Du hast das Recht, dich zu ängstigen. Laß dich nur nicht unterkriegen.«

Auch Hadley meldete sich und kam gleich zur Sache. »Würdet ihr gern einen Leuchttisch kaufen, ganz billig? Mit neuer Platte wäre er wieder voll einsatzfähig ... Das ist auch so ziemlich alles, was hier noch funktioniert. Der Rest der Einrichtung hat allenfalls noch Schrottwert. Sie haben sogar die Rechnungsbücher zerfetzt.«

»Glaubst du, es war jemand, der euch Geld schuldet?«

»Ich bin sicher, wir hätten uns auf einen besseren Rückzahlungsplan einigen können«, konterte sie in ihrem breitesten Texanisch. Dann wurde sie sachlich: »Wenn du heute abend Zeit hast, würde ich gern nochmal mit dir über das Ganze reden. Einfach mal hören, was du darüber denkst, und ein paar Hypothesen wälzen. Ich würde gern die Möglichkeit ausschließen, daß eins unserer beiden Kollektive an der Sache beteiligt war, vor allem natürlich unseres.«

»Meiner Ansicht nach kann das nicht ausgeschlossen werden, solange Fran nicht auftaucht.«

»Je mehr ich darüber nachdenke, desto sicherer bin ich, daß Fran es nicht getan haben kann.«

»Obwohl ihre Wagenschlüssel dort waren?«

»Ich bin sicher, dafür gibt es eine ganz simple Erklärung.«

»Wie steht's mit Margaret? Hast du auch gemerkt, daß ihr Atem nach Zwiebeln roch?«

»Laß uns das beim Abendessen besprechen. Da können wir alles nochmal in Ruhe durchkauen.«

»In diesem Fall empfehle ich ein gutes zähes Steak ... Warst du schon mal im *Doghouse*?«

»Nein. Aber ich kenne es. Beim Seattle Center?«

»Jau. Setz deinen besten Stetson auf, Cowgirl.«

8

Das *Doghouse* (maximaler Ausstoß zweihundertfünfzig Mahlzeiten pro Stunde) gab es schon vor dem Zweiten Weltkrieg. Ausstattung, Speisekarte und Service hatten sich seither kaum verändert. Die Gäste konnten sich in geräumigen Nischen niederlassen. Die Uniform der überaus tüchtigen älteren Kellnerinnen bestand aus schwarzen Röcken, Westen und weißen Blusen. Über der Cocktail Lounge hingen gerahmte Hundeportraits, und abends saß Dick Dickerson an der Hammond-Orgel. Es war wahrscheinlich das letzte Restaurant in Seattle, in dem es noch Plastikpflanzen gab, wo noch Zahnstocher die Sandwiches zusammenhielten, Strohhalme in Papierhülle zu den Drinks serviert wurden und auf jedem Tisch Worcestersauce, A-1 Steaksauce und Ketchup standen. Die Tischsets und ein gigantisches Wandgemälde über der nostalgische Gefühle weckenden Theke (mit kuchengefüllten Etageren, laufend nachgefüllten Kaffeetassen und bequem davorlehnenden Rauchern und Zeitungslesern) verkündeten das Motto: »Alle Wege führen ins *Doghouse.*« In der einen Ecke des Wandbildes stand ein grimmiger Hausdrache mit erhobenem Nudelholz, in der anderen saß ein Köter mit traurigen Augen in der Hundehütte. Dazwischen verlief ein kurvenreicher Weg, an dem Schilder mit Aufschriften wie ›Ehe‹, ›Blondinen‹, ›Privatsekretärinnen‹ und ›Säufer‹ aufgestellt waren.

Hadley wartete schon auf mich, zwar ohne Cowboyhut, aber mit ihrem ergrauenden Haar und den leicht gerunzelten Brauen hinter der umfangreichen Speisekarte dennoch gut erkennbar. Sicherlich keine Schönheit, aber eine Persönlichkeit. Solide und verläßlich. Wenigstens wollte ich das gerne glauben.

»Hallo, Pam«, sagte sie aufblickend. Sie wirkte erfreut. »Hier gefällt's mir.«

»Unsere Eltern haben uns manchmal am Sonntag hierher mitgenommen – als besondere Belohnung.«

»Sie müssen nett gewesen sein. Eure Eltern.« Sie sagte es ganz sachlich, und vielleicht war es gerade das, was mich so berührte. Ja, sie waren wirklich in Ordnung gewesen.

»Und deine?« fragte ich, während ich der Form halber die Speisekarte überflog. Ich wußte schon, was ich wollte: einen Bulldog ohne Zwiebeln.

»Mein Vater macht in Öl und meine Mutter in Archäologie. Sie ist zur Zeit in der Türkei, bei Ausgrabungen, nehme ich an.«

Ich versuchte, mir meine Überraschung nicht anmerken zu lassen. Ich hätte nie gedacht, daß Hadley aus einem reichen Elternhaus stammte. Als hätte sie meine Gedanken gelesen, lächelte sie ihr schiefes Lächeln und sagte: »Frans größter Traum war es, meinen alten Herrn dazu zu überreden, die lesbische Revolution zu finanzieren.«

»Und, hat es nicht geklappt?«

»Ich bin sechsunddreißig, Schätzchen. Ich bin schon lange von zu Hause weg.«

Die Kellnerin, eine meiner besonderen Freundinnen namens Sally, eine stämmige Frau in den Sechzigern, den Kopf voller kastanienbrauner Ringellöckchen, kam an unseren Tisch. Sie trug eine Brille mit verlaufend getönten Gläsern und eine Ansteckuhr. »Lange nicht gesehen, Zuckerstück«, sagte sie zu mir, und wandte sich dann an Hadley. »Ich kenne Penny und das Mädel hier schon, seit sie 'nem Marienkäfer knapp ans Knie reichten.«

»Grashüpfer wäre wohl richtiger, Sal.«

»Bleib mir vom Leib mit diesen häßlichen Hüpfdingern. Niedliche junge Marienkäferchen, das wart ihr, Penny und du. Na, was darf ich dir und deiner Freundin bringen, Miss Pam?«

Wir gaben unsere Bestellung auf und sahen ihr nach, wie sie mit schwungvollem Schritt in der Küche verschwand.

»Ich hab' viel über ältere Frauen nachgedacht«, sagte Hadley, den Blick immer noch auf Sally gerichtet. »Mein Haar fing im letzten Herbst ganz plötzlich an, grau zu werden. Ich weiß auch nicht, wieso, vielleicht spielten meine Haar-Gene auf einmal verrückt. Jedenfalls hab' ich da zum ersten Mal gemerkt, wie es wohl sein muß. Das war der Anbruch der Ära ›Ma'am‹ und ›Mrs. Harper‹.«

»Das Grau steht dir großartig«, sagte ich und lief rot an.

Aber Hadley ließ sich nicht aus der Fassung bringen. »Danke sehr, Ma'am.«

»Für dich Miss Pam.«

»Mir machst du nichts vor«, grinste sie. »Du bist auch keine junge Unschuld mehr.«

Wieder wurde ich rot.

Ich war dankbar, daß Sally genau in diesem Augenblick unseren Kaffee brachte. Irgendwann einmal würde ich Hadley erklären müssen, daß ich straight war, nicht mal ein bißchen bi, und daß ich mich nicht von ihr angezogen fühlte, sondern sie einfach nur zur Freundin wollte, auch wenn ich noch nie eine lesbische Freundin gehabt hatte und keine Ahnung hatte, ob sowas überhaupt ging... aber zum Glück hatten wir vorerst jede Menge anderen Gesprächsstoff.

»Wenn du persönlich eine Liste von Verdächtigen aufstellen würdest«, sagte sie, »würden da nur Mitglieder von B. Violet draufstehen?«

Ich nickte und versuchte, meinen Standpunkt zu verteidigen. »Margaret und Anna haben nur zu deutlich zum Ausdruck gebracht, daß ihnen die Idee mit der Fusion total verhaßt ist... und wenn du dabei gewesen wärst, wie Fran sich betrunken hat und wie fertig Elena war, weil sie die Autoschlüssel gefunden hatte – ach nein, du hast sie ja auch erlebt. Fran *muß* einfach dort gewesen sein.«

Hadley seufzte. »Ich meinerseits bin nicht sonderlich geneigt, Ray und Jeremy zu trauen. Die beiden haben bei dem Treffen fast nichts gesagt – und immerhin gehen wahrscheinlich neunundneunzig Prozent der Gewalt in der Welt auf das Konto von Männern.«

Ich sagte aufgebracht: »Ray würde niemals etwas zerstören... und Jeremy... wenn du ihn besser kennen würdest, wüßtest du, daß er bloß ein kleiner Schlappschwanz ist.«

»Das ist es ja. Ich kenne ihn eben nicht. Aber seine ganze Art ist mir zuwider, wie er sich ständig räuspert und plustert. Das wirkt alles so aufgesetzt. Ist er wirklich so jung, wie er tut?«

»Er ist fünfundzwanzig und wäre gern zehn Jahre älter, wie all seine Helden. Ich nehme an, er hatte zu Hause ältere Brüder und Schwestern, die ihn damals in den sechzigern aus der Garage aussperrten, wenn sie drinnen Dope rauchten und Jefferson Airplane hörten. Er versucht sein Leben lang, in die Garage reinzukommen.«

Hadley lachte. »Manche von uns versuchen ihr Leben lang, aus der Garage rauszukommen.«

»Aber sonst ist er harmlos, wirklich, und er ist wirklich politisch engagiert; jedenfalls gibt er sich ehrlich Mühe. Mir ist aufgefallen, daß er anfängt, sich für June zu interessieren. Das wird ihm guttun, glaube ich.«

»Erzähl mir von ihr, von euch allen«, sagte Hadley und versenkte ihre Gabel in dem gigantischen Chef-Salat, den Sally vor sie hingestellt hatte.

»June? Sie war immer mehr mit Penny befreundet als mit mir. June liebt die Gefahr, und das tut Penny auch, auf ihre vernünftige Art. Sie haben alle möglichen verrückte Dinge miteinander gemacht – Wildwasserrafting, Kajakfahren, sie gehen auch zusammen Fallschirmspringen, ob du's glaubst oder nicht. Ich dagegen bin ein totaler Feigling, wenn's um Sport geht... Na ja und sonst, June ist etwa gleich alt wie Jeremy, aber was für ein Unterschied zwischen den beiden! Sie ist in Seattle aufgewachsen, ging auf die Garfield High und hat gleich danach geheiratet. Einen netten Jungen, glaube ich, einen echt netten Jungen. Aber er kam durch einen dieser schrecklichen, blödsinnigen Unglücksfälle ums Leben. June sagt, er hat mit Freunden herumgealbert, sie waren alle noch nicht mal zwanzig, einer hatte ein angeblich ›ungeladenes‹ Gewehr dabei, und irgendwie ging das Ding los. Ich glaube, June war diejenige mit dem Gewehr, auch wenn sie nie darüber sprechen konnte.«

»Mein Gott.«

»Es gab keine Gerichtsverhandlung, nur eine Anhörung. Niemand wurde beschuldigt... aber June saß da mit einem Kind von einem Jahr, und dann stellte sie fest, daß sie wieder schwanger war.« Ich nahm einen Bissen von meinem Hamburger und redete dann weiter. »Tagsüber arbeitete sie, und abends ging sie zur Schule und absolvierte einen Druckerkurs. Sie arbeitet seit drei Jahren, fast von Anfang an bei uns.«

»Okay, streichen wir June von der Liste der Sabotage-Verdächtigen. Und Zenaida auch. Ich kann mir kaum vorstellen, daß sie sich ihre Fingernägel ruinieren würde.«

»Unterschätz Zee nicht. Sie ist ganz schön cool. Manchmal glaube ich, sie hat mehr Mumm in den Knochen als wir alle zusammen. Aber sie geht völlig in ihrer Arbeit für die Anti-Marcos-Gruppe auf und hat Wichtigeres im Kopf. Sie hätte gar nicht die Zeit, sich mit B. Violet zu befassen.«

»Sie hat was mit Ray, stimmt's?«

Ich nickte stumm. Es fiel mir immer noch schwer, darüber zu reden, aber Hadley schien es nicht zu bemerken. Sie sagte: »Wie steht's mit ihm? Er ist auf jeden Fall physisch absolut in der Lage, eine solche Verwüstung anzurichten. Woher kommt er?«

»Direkt aus den Armen des Pazifismus. Seine Eltern sind beide Ärzte beim Roten Kreuz. Seine Mutter ist Japanerin, ihre Eltern starben in Hiroshima. Sein Vater ist halb Mexikaner, halb Amerikaner, ohne sich einer Nation besonders zugehörig zu fühlen. Sie sind viel herumgekommen, manchmal war Ray dabei, sonst war er in Kalifornien auf der Schule. Ich weiß, daß er ein Hitzkopf ist, aber er hat soviel über Gewalt und Zerstörung gehört, daß es ihm sein Leben lang reicht.«

»Er war aber auch gegen die Fusion.«

Ich versuchte, nicht an Rays Äußerung von vorhin zu denken, ›Jetzt brauchen wir wenigstens nicht zu fusionieren‹. »Er hat aber auch seine Gründe dargelegt«, nahm ich ihn in Schutz. »Es hat nichts mit Frauenhaß zu tun, sondern mit Rassismus... die ganze Problematik jetzt mit einer Gruppe weißer Frauen noch einmal durchkauen zu müssen. Er hat bei uns eine Menge

Erziehungsarbeit leisten müssen – und ist heilfroh, daß er Zee und June im Team hat...«

Sally füllte unsere Tassen zum vierten Mal mit dem schwarzen, bitteren Gebräu. Ein nervöses, unangenehmes Sirren begann sich in meinem Körper auszubreiten – ein Grund dafür, warum ich nicht öfter im *Doghouse* aufkreuzte.

»Ich gebe dir recht«, nickte Hadley. »Eigentlich verdächtige ich ihn auch nicht, aber wer...?«

»Bleiben immer noch ich und Penny.«

»Oder Elena.«

»Elena hat die Fusion überhaupt erst vorgeschlagen. Und Fran ist ihre Geliebte. Du kannst mir nicht weismachen, daß Elena B. Violet verwüstet hat.«

»Es sind schon merkwürdigere Dinge vorgekommen«, sagte Hadley, aber ohne rechte Überzeugung.

»Aber Margaret und Anna könnten es doch getan haben«, beharrte ich.

»Jetzt bin ich mit der Verteidigung an der Reihe«, lächelte Hadley. »Ich kenne Margaret seit fast sechs Jahren. Wir haben viel zusammengearbeitet – zwei Jahre lang eine Zeitung herausgegeben, für die lesbisch-schwulen Olympischen Spiele Unterschriften gesammelt, überall in der Stadt Vorträge zu lesbischen Themen gehalten. Margaret ist absolut loyal. Manchmal sarkastisch, gelegentlich schwer zu ertragen, aber nicht gewalttätig. Es ist ausgeschlossen. Ich kann mir nicht vorstellen, daß sie irgend etwas bei B. Violet anrührt.«

»Aber ist sie nicht, sind sie und Anna nicht, du weißt schon, Separatistinnen?« fragte ich und begab mich damit auf gefährliches Terrain. »Ich meine, mehr als du?«

»Ich?« Hadley lachte klingend, die perfekte Parodie einer Southern Belle. »Wieso? Ich *liebe* Männer, Schätzchen.«

Ich blieb hartnäckig. »Irgendsowas muß aber dahinterstecken. Das ist meine felsenfeste Überzeugung. Vielleicht würden Margaret und Anna B. Violet lieber zugrunderichten, als zu fusionieren. Vielleicht, um Elena und Fran zu bestrafen.«

»Sie würden damit doch auch sich selbst bestrafen.«

»Und warum wirkten sie dann heute morgen so fröhlich?«

Hadley schüttelte den Kopf. »Ich würde es nicht gerade fröhlich nennen. Natürlich, sie und Fran hatten ihre Meinungsverschiedenheiten, aber ...«

Ich hatte das deutliche Gefühl, daß sie mir auswich. Nun ließ ich erst recht nicht locker. »Aber sie *sind* doch lesbische Separatistinnen, oder? Sie wollen doch nur mit Frauen zusammenarbeiten?«

Hadley lächelte nicht mehr. »Sie haben gerade die Stimme erhoben, Miss Pam. Sehr unvorteilhaft! Außerdem entdecke ich da eine gewisse Feindseligkeit dem eigenen Geschlecht gegenüber – vielleicht sogar eine Spur Lesben-Hetze – ziemlich unhöflich, um es mal milde auszudrücken.«

Wir starrten uns an. Keine wagte die Auseinandersetzung weiterzutreiben. Ich war ganz sicher, daß sie etwas verheimlichte, daß sie Margaret auf irgendeine Weise schützte. Ich wußte nicht, was sie dachte, aber da war eine Distanz zwischen uns, die vorher nicht dagewesen war.

»Sollen wir gehen?« fragte sie.

Aus irgendeinem Grund war ich den Tränen nahe. »Von mir aus.«

Wir verabschiedeten uns von Sally, bezahlten an der Kasse und traten in den milden Abend hinaus. Außer einem gezwungenen ›Bis dann‹ wechselten wir kein Wort mehr. Erst als wir bei unseren Autos waren, hörte ich ihre Stimme.

»He, Pam, tut mir leid. Ich habe dich verletzt.«

Ich drehte mich um und sah die Silhouette ihrer hochgewachsenen, schlanken Gestalt vor der *Doghouse*-Leuchtreklame.

»Mir auch«, sagte ich. Meine Stimme hörte sich in der stillen Abendluft merkwürdig an. »Es stimmt schon, ich war gehässig.«

Die Tür ihres Pick-up schlug zu. Sie kam zu mir herüber, ihre Stiefel klackten leise auf dem Asphalt.

»Ich muß noch was dazu sagen«, sagte sie, als sie vor mir stand. »Ich kenne Margaret zwar schon lange, aber Margaret und Anna zusammen, das ist eine Geschichte für sich. Sie haben eine komische Einstellung zu manchen Dingen entwickelt und bestärken sich noch gegenseitig darin. Eins davon ist ihr Haß auf die Fusion. Ich bin sicher, daß sie den Betrieb nicht verwüstet haben, aber ich wäre nicht ganz ehrlich, wenn ich nicht zugeben würde, daß sie tatsächlich eher erfreut über das Ganze zu sein schienen. Und das andere stimmt auch – sie wollen wirklich nur mit Frauen arbeiten und sind schon seit Monaten nicht gut mit Fran ausgekommen.«

»Hör mal«, sagte ich, »es ist noch früh.« Ich sah auf die Uhr. »Noch nicht mal halb neun. Meinst du nicht, wir sollten die Sache nochmal ausführlicher besprechen? Ich bin froh, daß du den Anfang gemacht hast. Ich wollte da drin wirklich nicht so widerlich sein.«

»Ein Bier würde mir nach dem vielen schwarzen Kaffee, glaube ich, ganz guttun.« Hadley grinste ein bißchen boshaft. »Warst du schon mal im *Sappho*?«

Ich schluckte. »Nein, aber ich würde gern mal hingehen.«

»Prima«, sagte sie und wandte sich wieder ihrem Pick-up zu. »Fahr mir einfach nach.«

»Warte«, sagte ich, »könnten wir vorher noch kurz bei Best vorbeifahren? Es dauert nur eine Minute. Ich würde gern bis morgen die Kaffeekasse plündern.«

»Laß doch, ich hab' genug dabei«, sagte sie, schien aber trotzdem angetan, als ich darauf bestand. »In Ordnung, wir treffen uns dort.«

Komisch, dachte ich, als ich in der ruhigen Seitenstraße vor der Druckerei parkte. Wer zum Teufel hat da das Licht brennen lassen? Ich konnte mir nicht vorstellen, daß so spät noch jemand arbeitete. Wir hatten die ganze Woche eher zuwenig Aufträge gehabt; es gab nichts Eiliges zu erledigen. Außerdem brannte nicht das Vorderlicht, sondern ein Licht irgendwo hinten im

Raum, das einen matten, roten Schimmer verbreitete. Die Dunkelkammer, die verdammte Dunkelkammer. Wann würde Jeremy es endlich lernen?

Die Tür war abgeschlossen. Als ich den Schlüssel ins Schloß steckte, fuhr Hadley vor.

»Da drin brennt Licht«, rief sie mir zu.

»Ja, Jeremy hat das Licht in der Dunkelkammer angelassen. Das ist ihm schon öfter passiert.«

»Ich komme mit dir rein«, Hadley sprang aus dem Auto, einen Softball-Schläger in der Hand. Ich wußte nicht so recht, ob sie Spaß machte oder es ernst meinte.

»Erzähl mir nicht, daß du Softball spielst«, sagte ich.

»Ich bin Captain des Teams, meine Liebe.«

»Okay, okay«, ich gab mich geschlagen, schloß die Tür auf und marschierte mutig hinein. »Saboteure vortreten!«

Es war ganz still. Alles stand brav an seinem Ort, wie es sich gehörte. Da war nur der rote Schimmer, der aus der halbgeöffneten Tür der Dunkelkammer drang.

»Ich bringe Jeremy um«, sagte ich. »Wann kapiert er es endlich, verdammt?«

Ich ging nach hinten und riß die Tür zur Dunkelkammer auf. Was Jeremy kapierte, war nicht mehr von Belang. Desgleichen meine Drohung, ihn umzubringen.

Jemand war mir zuvorgekommen.

9

In Dunkelkammern wird mit Rotlicht gearbeitet, um die Filme beim Entwickeln nicht dem normalen Licht auszusetzen. Jeremy war offenbar gerade dabei gewesen, Negative zu entwickeln. In dem großen Waschbecken standen Wannen mit verschiedenen Chemikalien, das Wasser lief noch, und quadratische und rechteckige Abzüge hingen wie lustige Wäschestücke zum Trocknen an der Leine; an einigen glitzerten noch Wassertropfen.

Die rote Birne ließ den kleinen Raum sehr viel tiefer erscheinen und verlieh ihm eine eigenartige Atmosphäre; er wirkte wärmer und zugleich gespenstischer. Jeremy lag ausgestreckt auf dem Boden, die Augen aufgerissen, der Mund in einer mitleiderregend dümmlichen Grimasse verzerrt. Es sah aus, als sei er ganz in rotes Blut getaucht, obwohl nur seine Schläfe ein winziges, blutverkrustetes Loch aufwies.

Hadley und ich standen zunächst wie erstarrt, ohne ein Wort. Wir hatten uns an den Armen gepackt. Dann fing ich an zu weinen. Er sah so jung aus, wie er da lag, mit seinen engelhaften blonden Locken und den weit offenen, leeren Augen, mager wie ein halbverhungertes Waisenkind. Sein Sony Walkman war noch am Gürtel befestigt, aber die Kopfhörer waren heruntergefallen und lagen lose und stumm neben ihm.

»Warum hat er das getan?« schluchzte ich.

»Ich glaube nicht, daß er es getan hat«, sagte Hadley.

Ihre sonst so gelassene Stimme klang rauh und atemlos. Wir klammerten uns wieder zitternd aneinander. Der Raum schien plötzlich zu vibrieren von der Angst, die uns ansprang wie ein Tier. Unsere Nerven lagen bloß, wir wären beim leisesten Geräusch vor Entsetzen die Wände hochgegangen.

In diesem Augenblick flog vorne krachend die Bürotür auf. Hadley und ich konnten gerade noch ein hysterisches Aufkreischen unterdrücken.

»Wer ist da?« krächzte ich.

»Ich hab' draußen deinen Wagen gesehen, Hadley, und wollte...« Die Stimme kam auf uns zu. Es war eine laute, etwas unstete, tiefe Stimme, die ich wiederzuerkennen glaubte, ich war mir nur nicht ganz sicher. Aber Hadley erkannte sie; sie drehte sich um, als wolle sie Jeremy vor Blicken schützen, aber sie war nicht schnell genug.

Frans schwere Gestalt wurde im Türrahmen sichtbar. Sie schrie: »Elena!« und warf sich über den Leichnam.

Erst jetzt merkte sie, daß es Jeremy war. »O Gott«, sie rappelte sich schwerfällig wieder hoch. »Ich dachte...«

Wie Jeremys und Hadleys zeigte auch Frans Gesicht einen sanften Rotton. Es war, als bewegten wir uns alle in einem Zeichentrickfilm. Die Dimensionen stimmten nicht, und unsere Mienen wirkten überzeichnet und flach.

»Hat er sich umgebracht oder was?« fragte Fran völlig betäubt.

»Wir glauben nicht, wir glauben...«

»... ermordet? Aber wer würde sowas tun?«

»Warum hast du gedacht, es sei Elena?« fragte ich.

»Keine Ahnung, wahrscheinlich wegen des Haars. In diesem verschwommenen Licht.« Fran tat mich mit einem Achselzucken ab, offenbar fiel ihr gerade etwas anderes ein. »Das heißt, daß die Bullen gleich hier sein werden, und dann... Scheiße, was soll ich bloß machen?«

»Wovon redest du, Fran?« fragte Hadley scharf.

»Letzte Nacht. B. Violet«, sagte sie ungeduldig. »Das war *er*.«

»Jeremy hat euren Betrieb demoliert?« fragte ich ungläubig. »Jeremy? Niemals.«

»Und ich sage dir, verdammt nochmal, ich habe den Typen letzte Nacht dort gesehen. Nachdem du und Elena weg wart, wollte ich nochmal runter in den Betrieb und was holen, was ich vergessen hatte.«

»Was hat er gemacht, Fran?« fragte Hadley.

Sie klang wieder ganz ruhig, wenn auch besorgt, und versuchte uns behutsam aus dem Rotlicht der Dunkelkammer hinauszubugsieren.

»Er war hinten. Das meiste war schon hin. Er war gerade dabei, die Druckvorlagen in kleine Stücke zu zerschneiden.«

Wir waren jetzt im anderen Raum. Ich knipste das Bürolicht an. Die Neonbeleuchtung machte die Situation auch nicht realer. Ich dachte wieder und wieder, wir müssen die Polizei rufen, wir müssen die Polizei rufen, aber Hadley versuchte immer noch, die ganze Geschichte aus Fran herauszuholen.

»Der miese kleine Bastard versuchte abzuhauen; er war zu Tode erschrocken. Ich sagte, ich würde ihm die Eingeweide aus dem Leib prügeln für das, was er mit unserem Laden gemacht hatte ... und dann ... ich glaube, ich hab' ein Stück Glas aufgehoben und ...« Fran schüttelte den Kopf. In dem kalten weißen Licht sah sie alt und erschöpft aus. Ihre Augen waren stumpf und blutunterlaufen, die Hände zitterten merklich. An der einen hatte sie eine tiefe Schnittwunde zwischen Zeigefinger und Daumen. »Ich erinnere mich nicht mehr. Als ich wieder zu mir kam, hatte ich Blut an der Hand, und er war weg. Ich vermute, er hat mich k.o. geschlagen. Ich wußte nicht, ob ich ihm was getan hatte oder nicht ...« Eine ruckartige Bewegung der breiten, flanellbekleideten Schulter Richtung Dunkelkammertür. »Aber ich will verdammt sein, wenn ich das hier getan hab'.«

Ich war mir da nicht so sicher, aber schon bei dem Gedanken überlief es mich eiskalt. »Wenn du es nicht warst, warum hast du dann Angst vor der Polizei?« fragte ich.

»Ich *habe* keine Angst vor ihnen«, sagte Fran giftig, während sie den Rückzug durch die Vordertür antrat.

»Moment mal, Fran, laß mich das ganz klarstellen«, Hadley hielt sie am Arm zurück. »Du bist gestern Abend in die Räume von B. Violet gegangen. Um welche Uhrzeit etwa?«

Fran schüttelte bloß den Kopf.

»Wir haben sie, glaube ich, so gegen halb elf im *Bar & Grill* zurückgelassen«, sagte ich.

»Es war also wahrscheinlich zwischen elf und zwölf, aber eher gegen elf, daß du ihn dort erwischt hast.«

»Was soll das? Laß mich in Ruhe«, murrte Fran. »Ist es nicht schlimm genug, daß unser ganzer verdammter Laden in Klump gehauen wurde? Der Kerl hat verdient, was mit ihm passiert ist.« Im gleichen Moment erschrak sie sichtlich über das, was sie da gesagt hatte. »So hab ich's nicht gemeint. O Gott, wenn die Bullen rausfinden, daß ich auch dort war, werden sie denken, daß ich mich rächen wollte.«

»Wahrscheinlich bist du weggetreten oder k.o. geschlagen worden, bevor du noch irgend etwas angefaßt hast, abgesehen von dieser Glasscherbe. Aber du hast deine Schlüssel dort verloren«, sagte Hadley.

Fran zuckte zusammen. Es war mit Händen zu greifen, daß sie sich schon die ganze Zeit Sorgen gemacht hatte, was wohl aus den Schlüsseln geworden war. »Und jetzt hat die Polizei sie?«

»*Ich* habe sie«, sagte Hadley langsam. Sie griff in ihre Tasche und zog sie heraus. Sie klirrten leise, als sie sie Fran zuwarf. Ich wollte ›nein‹ schreien. Fran mußte hier sein, wenn die Polizei kam, damit sie ihnen von gestern abend erzählen konnte, aber Hadley und Fran schienen völlig entrückt ein stummes Blickduell auszufechten.

»Ich gehe jetzt, ich muß«, murmelte Fran schließlich.

»Warte«, sagte ich, aber Fran war schon zur Tür hinaus, ohne daß Hadley versucht hätte, sie aufzuhalten. »Hadley, warum läßt du sie gehen? Sie brauchen die Informationen, die sie ihnen geben kann.«

»Weil sie betrunken ist«, sagte Hadley. »Es würde weder ihr noch der Polizei helfen, wenn sie jetzt mit ihnen reden muß.«

»Mir kam sie eben nicht betrunken vor. Da war sie gestern abend anders.«

»Wenn Fran betrunken ist, dann bleibt sie es für eine Weile. Du hast sie wahrscheinlich in ihrer aggressiven ›Mein-Vater-war-Holzfäller-Phase‹ erlebt. Aber es gibt noch andere Phasen. Ich sage dir, sie war gestern betrunken, heute nacht betrunken, und sie ist immer noch nicht wieder bei sich. Wahrscheinlich dauert es noch ein paar Tage.«

»Außer im *Bar & Grill* hat sie sich aber nicht so benommen.«

»Wenn du sie kennen würdest, wüßtest du, daß sie's noch ist.«

»Aber warum versucht niemand, ihr zu helfen, wenn es so schlimm ist?«

»Meinst du wirklich, das hätte noch niemand versucht?« In Hadleys Audruck mischten sie Bitterkeit und Belustigung.

»Sprichst du von Elena?«

»Falls es dir noch nicht aufgefallen sein sollte, Elena hat ein ziemlich ähnlich gelagertes Problem, ich meine, sie ist der Flasche ebenfalls nicht abgeneigt. Das hat vielleicht die gegenseitige Anziehung noch verstärkt.«

Ich begriff ihre Haltung nicht. »Wie kannst du das so ruhig hinnehmen?«

»Ruhig!« sie lachte auf und sah mich an, als sei ich nicht ganz zurechnungsfähig. Dann sagte sie: »Meinst du nicht, es ist Zeit, die Polizei zu rufen?«

Sie kamen bemerkenswert schnell. Ich telefonierte noch mit Penny und versuchte ihr zu erklären, was passiert war.

»Jetzt nochmal ganz langsam von vorn, du bist ja völlig aufgelöst, Pam. Jeremy war also in der Dunkelkammer, und Fran konnte sich nicht erinnern, was passiert ist. Aber was ist mit Jeremy, Pam, ist Jeremy in Ordnung?«

»Ich muß aufhören«, sagte ich. »Ich höre schon die Polizeisirene.«

»Pam, ist mit Jeremy alles in Ordnung? Ich frage aus einem bestimmten Grund.«

»Kannst du bitte schnell herkommen, Penny?«

»Ich komme, ich komme sofort.«

Ich brachte es einfach nicht über mich, es ihr zu sagen.

Das Entsetzen lagert sich gleichsam in Schichten ab, wie Staub in einem alten Haus, der sich nicht mit einem Mal abwischen läßt. Verzögerter Schock, nehme ich an, eine Strategie des Körpers, den Schlag zu mildern. Heute, im nachhinein, kann ich mich nur darüber wundern, wie beherrscht Hadley und ich reagierten, erst, als wir Jeremy fanden, und dann in der Auseinandersetzung mit Fran, besonders, da ich sie ja dringend verdächtigte, sehr viel mehr mit der Sache zu tun zu haben, als sie zugab. Ich dachte nicht, daß sie Jeremy ›ermordet‹ hatte, aber das lag zum Teil einfach daran, daß ich das Wort ›ermordet‹ überhaupt nur dachte, wenn es sich gar nicht mehr vermeiden ließ.

Ich war noch nicht zur untersten Staubschicht durchgedrungen, dem Tod.

Die sechs Polizisten, die bei Best vorfuhren (in drei Streifenwagen), waren ganz anders als Officer Bill und Alice heute morgen. Aber Mord war ja auch etwas anderes als Einbruch mit Vandalismus. Es waren alles Männer, und sie wirkten alle irgendwie riesig, als sie mit ihren schweren Stiefeln ins Büro stürmten und dann nach hinten zur Dunkelkammer.

Meine Adrenalinreserven hatten sich erschöpft. Ich fühlte mich nur noch verstört und sehr, sehr müde. Sie wollten so viel wissen, sie waren überall. Draußen, durch die offene Tür gut sichtbar, drehten die Blaulichter auf ihren Wagen rasende Pirouetten, die geheimnisvoll knatternde Autorität des Polizeisprechfunks erfüllte die Luft.

Ich zeigte ihnen die Dunkelkammer. Sie baten mich, das Rotlicht aus- und die Normalbeleuchtung einzuschalten. Ich kam der Forderung sofort nach, ohne auch nur einen Gedanken daran zu verschwenden, daß vielleicht Filmmaterial oder Fotopapier dadurch verdorben wurde. In der brutalen Helligkeit von hundert Watt sah Jeremy noch jämmerlicher aus. Ein Polizist fragte mich nach seinem Namen, wo er wohnte, wer verständigt werden mußte.

»Jeremy Plaice. P-L-A-I-C-E. Er hat hier gearbeitet, ja, in der Dunkelkammer. Ich weiß nicht, warum er so spät noch hier war, das ist ungewöhnlich ... Er wohnt im Univiertel, an der Achtzehnten, in einem Apartment, ich kann Ihnen die genaue Adresse raussuchen ... Seine Familie lebt in Kalifornien, soviel ich weiß ...«

Der Polizist drehte Jeremy vorsichtig um und tastete nach einer Brieftasche. Aus der einen Gesäßtasche seiner Jeans förderte er Schlüssel zutage, Zigarettenblättchen und eine flache Dose mit

Gras. In der anderen steckte ein Portemonnaie. Scheine und etwas Kleingeld. Kein Ausweis.

Ich konnte hören, wie ein Polizist Hadley im Nebenraum befragte. »Ist Ihnen irgend etwas aufgefallen, als Sie hereinkamen? Nur das eingeschaltete Rotlicht? Um wieviel Uhr war das? Haben Sie irgend etwas berührt? Haben Sie irgendeine Vorstellung, wer vielleicht ... Haben Sie einen Schuß gehört? Jemand gesehen?«

Einer der Polizisten in der Dunkelkammer zählte die Geldscheine. »Auf jeden Fall hatte er eine Menge Geld bei sich«, stellte er nüchtern fest. Ich sah eine Hundert-Dollar-Note aufblitzen. Jeremy und Geld? Aber bevor ich noch darüber nachdenken konnte, fragte mich schon wieder ein anderer: »Können Sie sich irgendeinen Grund vorstellen, warum er getötet wurde? Ärger mit einer Freundin, ein Verhältnis mit einer verheirateten Frau, eine Dreiecksgeschichte? Hatte er was mit Drogen oder irgendwelchen anderen merkwürdigen Geschäften zu tun?«

»Sind Sie sicher, daß es nicht, ich meine, daß es nicht Selbstmord war?« fragte ich.

Der Polizist sah mich an. »Menschen setzen sich in der Regel nicht einen Revolver an den Kopf und schaffen's dann noch, die Waffe loszuwerden.«

Ich stöhnte auf, und plötzlich mußte ich ganz schnell raus hier, bevor ich mich übergab. Ich rannte einen Beamten mit Kamera über den Haufen, quetschte mich an einem anderen vorbei, der das Waschbecken und die Tür mit Puder bestäubte, stürmte durch den anderen Raum, an Hadley und ihrem Interviewer vorbei, zur Vordertür hinaus und direkt in die Arme meiner Zwillingsschwester.

»Was ist hier los, Pam?« fragte sie. »Ich hab' einen Anruf von June bekommen. Sie war praktisch unfähig zu reden. Ihrem Gestammel nach hatte sie eine handgreifliche Auseinandersetzung mit Jeremy und ...«

Ich versuchte, ihr den Mund zuzuhalten, aber es war schon zu spät. Hadleys Polizist stand plötzlich hinter mir. »Wie heißt diese June mit Nachnamen?« fragte er geschäftsmäßig. »Und wo können wir sie erreichen?«

10

Sie verhafteten June noch in derselben Nacht. Wahrscheinlich hatten sie eine Computertaste gedrückt und festgestellt, daß Junes Ehemann vor vier Jahren durch einen unglückseligen Zufall von seiner Frau in den Kopf geschossen worden war.

Sobald wir zu Hause waren, fing Penny an, die Rechtsanwälte im Telefonbuch nachzuschlagen. Es war schon fast Mitternacht, aber sie wollte nicht warten.

»Wieso zum Teufel mußte ich das auch sagen? Wieso mußte ich dermaßen ins Fettnäpfchen treten? Ich kann's nicht fassen, daß ich mich dermaßen dämlich benommen habe.«

»Es ist meine Schuld. Ich hätte dir am Telefon sagen sollen, daß er umgebracht wurde. Es kam mir nur so brutal vor.«

Schließlich fiel Penny Marta Evans ein, eine Anwältin, die vor einigen Jahren, als wir die Firma neu strukturiert hatten, für uns gearbeitet hatte.

»Mord?« Martas Stimme klang schlaftrunken. »Hast du gesagt, daß jemand bei Best Printing *ermordet* wurde?«

»Es war Jeremy, nein, du kennst ihn nicht. Er wurde in der Dunkelkammer in den Kopf geschossen – und sie haben June Jasper zum Verhör festgenommen.«

»Verdammt. Wie spät ist es? Okay, okay, ich werde sofort etwas unternehmen. Ich setze mich telefonisch mit ihnen in Verbindung oder ich gehe persönlich hin.« Sie unterbrach sich und versuchte offenbar, sich zu erinnern. »Ist June nicht diese Schwarze?«

»Genau. Und, Marta ... June hat bei einem Schußwaffen-Unfall vor vier Jahren ihren Mann erschossen. Und sie hatte was mit Jeremy...«

»Verstanden, ich bin schon unterwegs.«

Penny und ich sahen einander erleichtert an. »Und jetzt«, sagte ich, »solltest du mir erzählen, was June zu dir gesagt hat.«

»Na ja, vor allem, hast du gewußt, daß June und Jeremy ein Paar waren?«

»Der Gedanke kam mir erst vor ein paar Tagen.«

»Sie waren schon einen Monat zusammen.«

»Das nenne ich Diskretion. Auch gegenüber dem Kollektiv.«

»Sie wollten es so. Nach dem, was zwischen dir und Ray vorgefallen war...«

»Hey«, sagte ich gereizt, »ich hab' das schließlich nicht geplant.«

»June sagte jedenfalls, daß sie beide erst mal Stillschweigen darüber bewahren wollten. Deshalb gerieten sie bei der Arbeit auch ständig aneinander.«

»Und ich dachte, sie hingen sich zum Hals raus und nicht *am* Hals«, warf ich trocken ein. Ich wollte Penny aufziehen wie sonst, aber die Worte blieben mir in der Kehle stecken bei dem Gedanken, daß Jeremy, der nervige, aber harmlose, beflissene Jeremy uns in Zukunft keinen Anlaß mehr geben würde, über seine Schusseligkeit zu stöhnen. »Red weiter.«

»Sie haben mehr oder weniger zusammengelebt, erzählte June. Deswegen kam es ja überhaupt zu dem Streit. Er wollte seine Wohnung aufgeben und zu ihr ziehen. Das oder überhaupt alles hinter sich lassen und wegziehen. Auf Reisen gehen.«

»Reisen?« platzte ich heraus. »Und June und die Kinder? Und was ist mit uns, mit Best?«

»Genau das hat June auch gesagt. Daß sie nirgendwohin wollte. Und daß sie auch nicht wollte, daß er bei ihr einzog. Daß es ihr so am liebsten sei, er in ihrer Nähe, aber mit seiner eigenen Wohnung.«

»Sehr vernünftig gedacht.«

»Ich nehme an, sie haben eine Weile hin- und hergeredet. Schließlich hatte June genug und sagte ihm, er solle sich verpissen, einfach abhauen und reisen, wohin er wolle, von ihr aus in die Antarktis, je weiter, desto besser. Du weißt ja, wie aufbrausend sie sein kann. Sie sagt, sie hat eine Tasse nach ihm geworfen oder irgendwas. Und dann auf einmal rastete Jeremy aus. Völlig unerwartet. Sie hat sowas noch nie erlebt. Brüllte rum, daß er es nicht nötig hätte, sich ihre bescheuerte Anstellerei noch länger gefallen zu lassen – sie sei schließlich nicht die einzige heiße

Nummer in der Stadt. Und überhaupt, für ihn würde jetzt alles anders, er sei gerade in einer tollen Phase, aber allmählich gehe ihm die Geduld aus und er hätte es bis obenhin satt, sich ewig ihren Scheiß anzuhören und so weiter und so weiter...«

»Jeremy...«, ich verstummte. Ich konnte es einfach nicht glauben. Aber ich konnte auch nicht June *nicht* glauben. Ich wußte einfach nicht, was ich glauben sollte. Und plötzlich fiel mir Frans Geschichte ein, daß Jeremy B. Violet verwüstet hätte. Ich hatte ihre Story für eine Lüge gehalten, aber jetzt ... und wie zur Hölle war Jeremy an die Hundertdollarscheine in seiner Tasche gekommen? Er war kein Dealer dieser Größenordnung.

»Penny, ich hab' dir ein paar Sachen noch nicht erzählt. Zum Beispiel das mit Fran. Fran war vorhin da. Sie kam unmittelbar, nachdem wir Jeremy gefunden hatten, stürzte herein und warf sich über ihn in dem Glauben, er sei Elena – das Haar, nehme ich an. Und sie erzählte uns, daß Jeremy letzte Nacht den Sabotageakt bei B. Violet verübt hätte. Sie hat ihn dabei erwischt.«

»Sie hat *was*?« schrie Penny. »Sie hat ihn bei B. Violet erwischt und nichts davon gesagt? Warum ist sie nicht dageblieben, bis die Polizei kam?«

»Vielleicht, weil sie sich das mit Jeremy nur zusammenspintisiert hat«, sagte ich. »Vielleicht hatte sie im Suff eine Art Blackout und hat die Einrichtung selbst demoliert.«

»Oder sie hat gemerkt«, meinte Penny ruhiger, »daß sie in den Augen der Polizei ein recht handfestes Motiv hatte, Jeremy umzulegen.«

»Oder«, ich vollendete den Satz nicht. Die Möglichkeit, daß Fran Jeremy tatsächlich umgebracht hatte, nahm zum ersten Mal reale Gestalt für mich an.

»Aber wenn sie's nicht war«, sagte Penny, »wer dann?«

An der Vordertür war ein leises, aber hartnäckiges Klopfen zu hören. Mein Herz sprang sofort im gleichen Rhythmus an.

»Ich schau nach.« Ich spähte durch den Spion. »Es ist Zee«, verkündete ich.

Zee sah zum ersten Mal, seit ich sie kannte, nicht wie aus dem Ei gepellt aus. Ihr perfekt geschnittenes schwarzes Haar war zum Pferdeschwanz zurückgenommen und ließ ihr eher breitflächiges Gesicht wie einen blaßgoldenen Mond hervortreten. Sie trug Jeans, Turnschuhe und ein dunkles Sweatshirt und war völlig außer Atem.

»Penny, Pam, bitte laßt mich rein«, flüsterte sie flehend, als ich die Tür öffnete. Sie drängte sich an mir vorbei und packte uns beide am Arm. »Es ist was Furchtbares passiert! Im Betrieb. Da waren Polizisten. Sie haben eine Leiche rausgetragen.«

Ich konnte ein Schaudern nicht unterdrücken. Wir hatten uns beide um diesen letzten schrecklichen Anblick gedrückt.

»Ich weiß«, sagte ich möglichst behutsam. »Es ist … es war Jeremy.«

Sie brach in einen wilden, krampfhaften Tränenstrom aus und rieb sich mit den Handballen hektisch die Augen. Ihr ganzer Körper zuckte wie ein Fisch auf dem Trockenen. Penny nahm sie in den Arm, und ich streichelte ihr Haar. Es war schwerer, als es aussah, steif und schimmernd wie lackiertes Peddigrohr.

Wir führten sie zum Sofa, und Penny fragte: »Wie kommt es, daß du es gesehen hast, Zee?«

Das Weinen wurde heftiger, fast hysterisch. Penny wiegte sie hin und her und murmelte leise, »Schon gut, schon gut«, aber ich fragte mich unwillkürlich, was Zee so spät nachts noch am Pioneer Square gemacht hatte. Sie hatte keinen Wagen und wohnte oben am Beacon Hill. Was tat sie um Mitternacht im Ravenna-Viertel? Warum hatte sie die Polizisten nicht gefragt, was los war? Warum war sie hergekommen, statt uns anzurufen, und warum war sie so sicher gewesen, daß wir wissen würden, was los war?

Ich schob diese Gedanken erstmal beiseite und stand auf, um uns eine Kanne Tee zu machen. Als ich Wasser aufgesetzt hatte und zurückkam, hatte Zee sich etwas gefaßt.

»Penny und Pam, danke, jetzt geht's schon besser. Tut mir leid, wie ich mich aufgeführt habe. Ich glaube, ich gehe jetzt lieber wieder.«

»Du wirst nirgendwohin gehen«, sagte Penny mit überraschender Strenge. Sie hörte auf, Zee zu wiegen, und hielt sie fest.

»Bitte, ich gehe nur zu Ray, nur ein paar Blocks weiter.«

»Laß ihn doch um Himmels Willen schlafen«, sagte ich barsch, was mir einen ärgerlichen Blick von Penny eintrug. »Ich wollte sagen, willst du denn gar nicht wissen, was mit Jeremy passiert ist?«

»Ja«, Zee schien zu zögern, fast zurückzuweichen. »Ich will es wissen.« Sie richtete sich halb auf; ihr blasses, gelbliches Gesicht war rotfleckig, das dicke Haar fiel ihr in die Augen. »Was ist mit ihm ... passiert?«

Ich erzählte ihr, wie Hadley und ich ihn in der Dunkelkammer gefunden hatten, und wie Fran zusammengebrochen war, weil sie dachte, es sei Elena. Das schien sie schon nicht mehr mitzubekommen.

»Er hat in der Dunkelkammer gearbeitet«, wiederholte sie. »Hat er etwas entwickelt?«

»Ja.« Ich erinnerte mich an die zum Trocknen aufgehängten Quadrate und Rechtecke. Ich hatte nicht weiter darauf geachtet. Jetzt fiel mir ein, daß sie nichts mit Best Printing zu tun haben konnten. Aufs Geratewohl fragte ich: »Wolltest du dich dort mit Jeremy treffen, Zee? So um zehn oder halb elf?«

Ihr Mund öffnete sich und schloß sich dann unvermittelt fest wie eine Tresortür. Penny starrte sie an, erstaunt und beunruhigt. »Zee, war da was zwischen Jeremy und dir? Du kannst es uns ruhig sagen, wir sagen es Ray nicht weiter.«

Die Tresortür tat sich auf wie von Zauberhand. »Mit Jeremy? Diesem widerlichen kleinen Frettchen? Lieber wäre ich tot, ich meine ... wie könnt ihr nur denken, daß ich und er ... Nein, ich bin nur aus einem einzigen Grund hingegangen, aus demselben Grund wie immer ...«

Sie brach jäh ab, warf uns einen wilden Blick zu und sprang dann auf. »Ich geh' jetzt zu Ray. Es ist mir egal, wie spät es ist. Ray wird mich verstehen, Ray ist nicht wie ihr! Er vertraut mir!«

Damit war sie zur Tür hinaus. Völlig überrumpelt ließen wir sie gehen. Der Teekessel pfiff. Von oben kam ein leicht verärgertes: »Stellt das verdammte Scheißding ab!«

Penny und ich pilgerten einträchtig in die Küche und kamen der Bitte nach.

»Na ja«, meinte sie schließlich, »ich weiß nicht so recht, ob ich für das Amateurdetektivgeschäft geschaffen bin. Wann rufen wir den Kommissar an und präsentieren ihm den Mörder?«

»Wen hast du dir denn für die Rolle ausgeguckt?« fragte ich verdrießlich. »June haben sie schon verhaftet. Ich nehme an, es ist möglich, daß sie ihm folgte und ihn erschoß, aber ich kann es einfach nicht glauben.«

»Und wenn es Ray war?« spekulierte Penny. »Er hat das mit Zee und Jeremy herausgefunden, entbrannte in typischer Latin-Lover-Leidenschaft...«

»Keine Macho-Phantasien, bitte. Du kannst doch nicht im Ernst glauben, daß Zee und Jeremy es in der Dunkelkammer getrieben haben! Sie war hinter den Negativen her. Warum wohl?«

Penny bewegte den Teefilter in der Kanne hin und her, bevor sie ihn herausnahm. »Aber Fran. Warum war Fran da? Sie war immerhin die einzige, die ein Motiv hatte.«

Ich nahm vorsichtig einen Schluck Tee. »Ich werde der Polizei jedenfalls noch nichts erzählen. Laß uns noch abwarten.«

Penny nickte müde. »Ich glaube, wir haben für heute nacht genug Aufregung gehabt.«

Ich war völlig ihrer Meinung.

Die Uhr schlug eins, als plötzlich etwas in mir ›klick‹ machte. »Und wenn nun«, fragte ich aufgeregt, »wenn nun gar nicht Jeremy gemeint war?«

»Wovon redest du?«

»Was ist, wenn... wegen dem Rotlicht... und weil Jeremy den Kopf über das Becken gebeugt hatte, als er die Negative spülte, und sie konnten sein Gesicht nicht sehen?«

»Für wen könnten sie ihn denn gehalten haben?«

»Für Elena natürlich. Elena.«

11

Das vordringlichste Problem am nächsten Morgen war, June aus den Klauen der Polizei zu befreien. Penny und ich waren früh auf. Wir riefen beim Revier an und wurden von einem Apparat zum anderen weitergereicht. Entweder hatte der betreffende Beamte noch nie etwas von June gehört, oder es hieß, sie sei irgendwann im Laufe der Nacht auf freien Fuß gesetzt worden. Weder June noch Marta Evans waren telefonisch zu erreichen, was im Grunde nicht verwunderlich war. Es war knapp sieben. Wer die ganze Nacht auf den Beinen gewesen war, hatte jetzt wohl kaum Lust, ans Telefon zu gehen. Sam dagegen gehörte zu den Frühaufstehern, und während wir unser Müsli aßen und er sich einen sogenannten ›Pep-Drink‹, bestehend aus Milch, Hefe, Lezithin, Eiern, Erdbeeren, Joghurt und Honig, nebst seinen üblichen vier Tassen Kaffee einverleibte, um für alle Eventualitäten des Tages gerüstet zu sein, versorgten wir ihn mit den Neuigkeiten. »Und was sagt die Gruppe zu all dem?« war sein ganzer Kommentar. Er bezeichnete unser Kollektiv grundsätzlich als ›die Gruppe‹, ein Modewort aus vergangenen Zeiten, das sich für mich immer anhörte, als seien wir eine Jazzcombo. Eigentlich mochte ich Sam, aber er konnte mir in einem Maße auf den Geist gehen, wie es bei Jude undenkbar gewesen wäre. Wenn sie nicht dabei war, wirkte er immer ein bißchen öde und spröde und leicht hilflos, als fehle ihm dauernd die richtige Antwort. Sams kommunikative Fertigkeiten waren ein anschauliches Beispiel für die neuesten Untersuchungsergebnisse zur Männer- und Frauensprache. Er floß über vor Begeisterung, wenn es um ein Thema ging, das er selbst aufgebracht hatte, zum Beispiel Computersoftware – und Judes feministischer Einfluß hatte es immerhin zuwege gebracht, daß er uns niemals ins Wort fiel, wenn wir unsere Lieblingsthemen wälzten, den Umsturz des weißen kapitalistischen Patriarchats zum Beispiel. Aber abgesehen von ein paar bekräftigenden ›Mhms‹ oder ›Ach Tatsächlichs‹

oder gewissen mimischen Reaktionen war er als Gesprächspartner eine absolute Null. Er hörte dir mit der Höflichkeit eines Türknaufs zu, um dann, nach einer nervenzerfetzenden Pause, mit einer Frage daherzukommen, die an lakonischer Ignoranz kaum zu überbieten war, wie etwa: ›Was sagt die Gruppe zu all dem?‹

»Du meinst, zu dem Komplott, sämtliche Männer im Kollektiv zu beseitigen?« sagte ich. »Na ja, soweit ich gehört habe, will Ray sich einen Bodyguard zulegen.«

Penny warf mir einen verweisenden Blick zu. Sie reagierte nicht so allergisch auf Sam wie ich. In ihren Augen war er ein ›echt anständiger Junge‹.

»Bisher wissen nur wir es, Sam«, sagte sie besänftigend.

»June weiß es«, hielt ich dagegen. »Und Zee. Und Zee muß es Ray erzählt haben, als sie zu ihm ging. Jeremy braucht es nicht mehr zu wissen. Bleibt nur noch Elena. Ich denke, wir sollten sie besser anrufen, bevor sie ahnungslos in den Betrieb spaziert.«

Penny nickte. »Was ist mit B.V.? Sollen sie es in der Zeitung lesen? Oder auf einem Steckbrief?«

»Hadley war schließlich dabei«, erinnerte ich sie. »Ich bin sicher, daß sie es den anderen gesagt hat.«

»O Gott«, Penny fing plötzlich an zu weinen. »Wir reden hier so leichtfertig daher – als ob es gar nicht wirklich geschehen wäre, als ob es nicht Jeremy wäre, der sterben mußte.«

Ich spürte, wie mir die Tränen in die Augen schossen, und schämte mich, daß ich ihn nicht mehr gemocht hatte, daß sogar jetzt noch so viele Verdächtigungen gegen ihn in meinem Kopf herumspukten, ja daß ich sogar flüchtig das abscheuliche Gefühl hatte, er habe irgend etwas getan, wofür er verdiente, was er bekommen hatte.

»Also dann bis später«, sagte Sam und verdünnisierte sich hastig, solange es noch mit Anstand möglich war. »Ich hoffe, ihr findet den Mörder.«

»Gott sei Dank müssen nicht wir nach ihm suchen«, sagte ich zwischen zwei Schluchzern.

Aber natürlich mußten wir es.

Um acht Uhr ging bei June immer noch niemand ans Telefon. Also beschlossen Penny und ich, selbst bei ihr vorbeizuschauen. In der Zwischenzeit war Jude nach unten gekommen und hatte Sams Mangel an Reaktion durch einen wahren Sturzbach hastig hervorgestoßener Fragen, mitfühlendes Brummen, Zungenschnalzen und solidarische Ausrufe wettgemacht. Mir wurde wieder mal überdeutlich klar, woher ihre fast schon übertriebene Fähigkeit rührte, andere Leute beim Erzählen anzufeuern. Am Anfang ihrer Beziehung mit Sam dürfte sie dazu Hammer und Meißel gebraucht haben. Merkwürdig, wie wenig es auffiel, wenn sie zusammen waren. Sie hatten sich ein perfektes Ergänzungsmuster antrainiert.

Hadley rief an.

»Wie geht's dir?«

»Ich bin müde, irgendwie traurig, und grüble über Jeremy nach.«

Beinahe erzählte ich ihr von Zees nächtlichem Besuch, beschloß dann aber, das vorläufig für mich zu behalten, bis ich noch einmal darüber nachgedacht hatte. »Hast du Elena gesehen...oder Fran?«

»Elena ist jetzt hier bei mir. Kein Lebenszeichen von Fran.«

Hadley wirkte genauso angespannt wie ich. Wahrscheinlich hörte Elena zu. Ich war nicht sicher, ob ich erwähnen sollte, daß die Kugel möglicherweise ihr gegolten hatte. Heute nacht war mir der Gedanke wie eine Offenbarung erschienen, im hellen Morgenlicht kam er mir an den Haaren herbeigezogen vor. Außerdem, wenn Elena schon wegen Fran und der Zerstörung von B. Violet völlig aus dem Häuschen war, wie würde sie dann erst auf die These reagieren, daß sie gerade knapp einem Mordanschlag entronnen war?

»Sag Elena –«, ich stockte. Was sollte sie Elena sagen? Sie sollte für ein paar Wochen untertauchen? Das Land verlassen, bis das alles vorbei war? »Sag Elena, daß sie nicht zur Arbeit zu kommen braucht. Wir werden heute sowieso nicht normal arbeiten. Penny und ich gehen jetzt zu June, um herauszubekommen, was sie weiß, falls sie überhaupt irgendwas weiß.«

»Okay«, sagte Hadley. »Ruf mich später an. Vielleicht können wir uns treffen.«

»In Ordnung. Gute Idee.«

Und auf einmal freute ich mich darauf.

Die Wohnung am Capitol Hill, in der June mit ihren Kindern lebte, schien ausgestorben. Es war ein Betonblock im Stil der sechziger auf Stützpfeilern, zwischen denen man parken konnte. Irgendwie wirkte das Ganze verlassen. Zugezogene Vorhänge, fest geschlossene Fenster, obwohl sich ein weiterer heißer Tag ankündigte.

Wir klopften mehrmals, und Penny rief mit gedämpfter Stimme: »June, bist du da?« Nichts rührte sich. Entweder schlief sie tief, oder sie hatte nicht an den Ort zurückkommen wollen, an dem Jeremy und sie zusammengewesen waren. Falls sie überhaupt schon frei war. Wir beschlossen, noch zu ihrer Mutter hinüberzufahren, um zu hören, was sie wußte.

Mrs. Rich wohnte bei Junes verheirateter Kusine und ihrem Mann in einem verschachtelten, von Rosenbüschen umgebenen zweistöckigen Haus im Central District. Die Rosen blühten verschwenderisch an diesem Sommermorgen, noch strahlend frisch vom Tau.

»Sie schläft«, sagte Junes Mutter an der Tür. Mrs. Rich war eine starkknochige Frau, etwas hellhäutiger als June, mit derselben resoluten Energie. Ihre Augen unter dem rotgelben Turban waren braun und mandelförmig. Ihr Blick war nicht besonders freundlich. Dabei hatte sie uns das letzte Mal, als wir zur Hochzeit der Kusine hier waren, wie Familienmitglieder in die Arme geschlossen.

»Wir wollten nur hören, ob es ihr gutgeht«, sagte Penny.

»Wer ist da, Mama?« rief June aus einem der hinteren Räume.

»Penny und Pam«, gab Mrs. Rich zurück. »Schläfst du noch, oder...?«

»Nein, ich kann nicht mehr schlafen«, sagte June. »Laß sie rein, Mama. Ich komme gleich.«

Wir saßen auf der Couch, als June ins Wohnzimmer kam. Sie sah erschöpft und gleichzeitig angespannt aus, Wut und Schmerz hatten ihre schwungvolle Fröhlichkeit ausgelöscht. »Wie wär's mit Kaffee, Mama«, sagte sie, und zu uns gewandt mit dem schwachen Versuch eines Lächelns: »Ich fürchte, ich werde meinen Schönheitsschlaf heute sowieso nicht bekommen.«

Sie sank neben uns auf die Couch, und Penny legte den Arm um sie. »Sie haben dich doch nicht lange dabehalten?«

»Nö. Nicht allzu lange. Was hatten sie schon gegen mich in der Hand? Der Typ war ja nur mein Freund, und wir hatten ja nur Streit, und er wurde ja nur ein oder zwei Stunden später abgemurkst.« Junes Stimme troff vor Ironie. »Warum also sollten sie mich verdächtigen?«

»Aber sie haben dich nicht festgehalten oder ins Gefängnis gesteckt, oder?« fragte Penny. Ich hörte ihrer Stimme an, daß sie sich schuldig fühlte. Schließlich hatte die Polizei erst durch sie von dem Streit erfahren.

»Quark. Wo denkst du hin. Sie haben mir bloß ein paar Fragen gestellt. So in der Art, ›Wie lange bumst du schon mit dem weißen Jungen, Mädchen, he?‹ und ›Wo hattste eigentlich die Waffe her?‹ und ›Sieht so aus, als hättste was gegen Männer, so wie du se der Reihe nach abknallst.‹ Sie haben mir extra einen schwarzen Cop geschickt. Der sollte die Wahrheit aus mir herauskriegen. Jemand aus meiner eigenen ›Kultur‹, der über die mörderischen Instinkte von uns schwarzen Mädels Bescheid weiß.«

Mrs. Rich kam mit dem Kaffee. »Ich bin so wütend, ich könnte kotzen, wenn ich sehe, wie sie sie behandeln. Als wäre sie Abschaum. Keiner von denen glaubt doch, daß das, was damals passiert ist, nur ein Unfall war. Mein Baby ist keine Killerin, niemals, und ihr wißt, daß ich den Jungen nie leiden konnte.«

»Spätestens heute Nacht kam mir der Gedanke, daß keiner von uns Jeremy wirklich kannte«, sagte ich.

»Ha«, sagte June und nippte an ihrem Kaffee. »Das brauchst du mir nicht zu sagen! Ich hätte nie gedacht, daß ich je erleben würde, daß ein weißer Typ mich wie den letzten Dreck behandelt. Letzte Nacht war's soweit. Ich möchte sowas nie wieder erleben. Oder ich werd' wirklich jemanden umbringen.«

»Fran sagt, daß Jeremy B. Violet verwüstet hat. Sie sagt, sie hat ihn dabei erwischt, wie er alles kurz und klein schlug.«

Das mußte June erst verdauen. »Meint ihr, er ist deshalb umgebracht worden? Vielleicht von diesem Bulldozer Fran? Sie wäre dazu fähig, dessen bin ich sicher.«

»Ich weiß nicht. Auf jeden Fall war sie in letzter Zeit meistens so betrunken, daß sie nicht mehr wußte, was sie tat. Wer weiß, ob sie überhaupt gesehen hat, daß Jeremy B. Violet zerstörte, oder ob sie es nicht selbst war.«

»Ich könnte ihm kein Alibi für letzte Nacht geben, selbst wenn ich wollte«, sagte June. »Wir gingen nach dem Treffen zusammen weg, aber dann hatte er einen Dope-Deal. Sagte er jedenfalls.« June schüttelte den Kopf. »Meiner Ansicht nach hat er mit anderen rumgemacht. Deswegen haben wir uns auch gestritten. Er sagte, er wollte so schnell wie möglich raus aus der Stadt, ganz wegziehen. Als ich sagte, nicht mit mir, ich gehe nirgends hin mit meinen beiden Kindern, wo du sowieso bei jeder Frau Stielaugen kriegst, ging es plötzlich los. Das ganze Gerede über meine angebliche *Anstellerei.* Damit kommen sie dir immer als erstes, wenn sie mit jemand anders rumbumsen.«

»Ruhig, June«, sagte ihre Mutter.

Junes runde, braune Augen füllten sich mit Tränen. »Er hatte eine andere, er hat mich nur benutzt. Er gab sich lieb und nett und tat so, als hätte er die Kinder gern und alles, aber er war ein gottverdammtes Arschloch, und es tut mir nicht leid, daß er tot ist!«

Nach diesem unvermittelten Ausbruch marschierte sie hocherhobenen Hauptes aus dem Zimmer. Ihre Mutter ging ihr nach. Penny und ich blieben ratlos und verlegen sitzen. Ich dachte an Zee und ihre Verabredung mit Jeremy und zermarterte mir den Kopf, was das alles wohl zu bedeuten hatte. Ich konnte mir einfach nicht vorstellen, daß Zee etwas mit ihm hatte, aber was steckte sonst hinter dem, was er June ins Gesicht geschleudert hatte? Auf keinen Fall würde ich June von Zees rätselhaftem Auftauchen heute nacht erzählen.

Mrs. Rich kam zurück. »Ihr solltet jetzt lieber gehen«, sagte sie. »June ist wirklich müde, sehr müde.«

»Können wir irgend etwas tun?« fragte Penny.

Mrs. Rich lächelte bitter. »Findet raus, wer diesen Kerl umgebracht hat und dankt ihm in meinem Namen.«

12

Nachdem wir Mrs. Rich verlassen hatten, machten Penny und ich Halt für eine zweite stärkende Tasse Kaffee und einen Donut, bevor wir zum Betrieb fuhren. Keiner von uns war nach Reden zumute, wir waren beide niedergeschlagen wegen June.

Die Sonne begann am Himmel zu glühen wie eine glimmende Zigarette, die ein orangerotes Loch in ein hellblaues Tischtuch brennt. Ein weiterer Höhepunkt der Hitzewelle, kündigte der Radiosprecher mit leichter Hysterie in der Stimme an. Die Temperaturen würden möglicherweise 31 Grad im Schatten und mehr erreichen. Ich war froh, daß ich ein ärmelloses Top trug, bedauerte aber, mich nicht auch noch für Shorts entschieden zu haben. Vielleicht sollten wir uns den Tag einfach freinehmen und schwimmen gehen?

»Was soll das bitte werden, wenn's fertig ist?« empfing uns Ray, als wir bei Best Printing ankamen. Er tigerte wütend auf und ab und fuhr auf uns los wie ein wildgewordenes Kastenteufelchen. »Keine Nachricht, kein gar nichts. Ich komme früh hierher, will mich in die Arbeit stürzen, und wo steckt die ganze Bande? Keine Zee, kein Jeremy und keine June, keine Elena, und ihr zwei seid auch nicht da! Hab ich da irgendwas nicht mitgekriegt? Ist heute vielleicht ein Feiertag? Das Sunshine-Festival? Ein wilder Streik? Kein Mensch geht ans Telefon, und niemand läßt sich blicken. Mittlerweile ist es fast elf, und *keiner außer mir ist hier*!«

»Hat Zee dir nichts erzählt letzte Nacht?« sagte Penny und hob die Hand, um ihn zum Schweigen zu bringen.

»Ich habe Zee letzte Nacht nicht gesehen«, brüllte Ray. »Was sollte sie mir erzählen?«

»Aber sie sagte doch, daß sie zu dir wollte«, stotterte ich.

»Laß nur, Pam«, sagte Penny. »Ray, hör zu.« Ihre Stimme wurde leise und merkwürdig dünn. »Hier ist letzte Nacht was passiert. Etwas Schreckliches. Jemand hat Jeremy erschossen.«

»Jeremy erschossen?« wiederholte er verständnislos. »Wo ist er? Im Krankenhaus?«

Ich schüttelte den Kopf.

Penny schüttelte den Kopf.

»Doch nicht tot?!« Ray sank schwer auf das Sofa. »Diese verdammten Weiber!« schrie er.

Penny öffnete den Mund und schloß ihn wieder. Sie setzte sich neben ihn und legte den Arm um seine Schultern. Er fing an zu weinen, fassungslos, wie ein kleines Kind, wie er geweint hatte, als wir unseren ersten Streit hatten. Es war das erste Mal, daß ich jemand wirklich *um* Jeremy weinen sah, weil es ihm etwas ausmachte. Es machte mich verlegen und beschämte mich, daß ich nicht genauso hatte weinen können, daß meine Tränen heute morgen wie die Pennys eher dem Entsetzen vor dem Geschehenen, vor dem Gedanken an Mord, entsprungen waren als der Trauer um Jeremy als Person.

Aber ich konnte Ray nicht trösten; die Zeit war vorbei, in der wir einander beistehen konnten. Ich überließ ihn Penny und ging nach hinten zur Dunkelkammer.

Je mehr ich darüber nachdachte, desto merkwürdiger fand ich Zees Besuch letzte Nacht. Sie war außer sich gewesen, als sie von Jeremys Tod hörte, aber sie hatte nicht nach den Einzelheiten gefragt. Statt dessen war sie auffallend besorgt um die Negative, die er entwickelt hatte, und hatte so gut wie zugegeben, an dem Abend mit ihm verabredet gewesen zu sein. Und die ganze Zeit war sie so erpicht darauf gewesen, zu Ray zu gehen, und hatte immer wieder betont, daß er sie verstehen würde, aber wenn sie nicht zu ihm gegangen war, wohin dann?

An der Tür zur Dunkelkammer blieb ich stehen. Heute brannte kein Licht, weder rotes noch weißes. Ein Zittern überlief mich. Das Bild von Jeremys schmalem, hingestreckten Körper heute nacht stand nur allzu deutlich vor meinen Augen. Ich knipste das Deckenlicht an und steckte den Kopf durch die Tür. Alles war normal, völlig ruhig; auf dem Boden war nicht einmal der kleinste Blutfleck zu sehen.

Ich schaute hinüber zu der Leine, an der die Negative zum Trocknen aufgehängt waren.

Die Leine war leer.

Ich rief die Firma an, für die wir heute mit einem Auftrag beginnen sollten und blies die ganze Sache ab. Besser, sie waren heute wütend auf uns als hinterher tagelang frustriert, weil wir mit der Arbeit nicht nachkamen. Ich sagte dem Herstellungsleiter die Wahrheit – daß unser Fotograf ganz plötzlich gestorben sei –, doch auch das konnte seinen Unmut nicht besänftigen. »Können Sie die Fotoarbeiten denn nicht außer Haus geben?« wollte er wissen.

Die Räder des Kapitalismus stehen niemals still.

Penny hatte Ray bei der Hand genommen und wollte ihn nach Hause bringen. Sie sagte mir, sie würde nicht wiederkommen. »Die letzte Nacht hat mich fertiggemacht. Ich bin kurz vor dem Zusammenklappen.«

Nachdem die beiden gegangen waren, saß ich eine Weile alleine herum, hörte das Telefon klingeln, konnte mich aber nicht aufraffen, ranzugehen, versuchte nachzudenken. Schließlich zog ich den Telefonstecker heraus. Das Sonnenlicht strömte heiß und stark durch die Fenster. Wie konnte nur so plötzlich alles dermaßen schiefgehen? Letzte Woche hatte ich keine größere Sorge gehabt als mein mangelndes Interesse an Männern – und jetzt? Vandalismus und Mord direkt hintereinander. Solche Dinge passierten einfach nicht – jedenfalls nicht Leuten wie uns ...

Ich mußte am Schreibtisch eingenickt sein, weil ich mit einem Schrei hochfuhr, als mir jemand auf die Schulter tippte.

»Ach, du bist's«, sagte ich schwach, als ich Hadleys Gesicht erkannte. Ich schob meine Brille auf die Nase zurück. »Bin ich eingedöst oder was?«

»Ich war beunruhigt, als ich nichts von dir hörte«, sagte sie. »Ich hab' mehrmals versucht anzurufen ...« Sie hielt die baumelnde Telefonschnur hoch und lachte. »Bißchen mit den Nerven runter, hm?«

»Was ja wohl durchaus verständlich ist«, sagte ich. Wir lächelten uns zu, und ich rieb mir den Schlaf aus den Augen.

»Hör mal«, sagte Hadley nach einer Pause, »hättest du Lust auf ein Picknick?«

»Was, jetzt?«

»Na ja, es ist Mittagessenszeit, und der Tag ist viel zu herrlich, um drinnen zu hocken. Wir könnten rüber in den Gas Works Park gehen, uns ins Gras legen, reden. Es würde dir guttun, Pam.«

»Ich hab' sowieso nicht den Eindruck, daß ich hier heute noch irgendwelche Arbeit schaffe«, sagte ich seufzend und ließ den Blick durch den Raum wandern.

»Um so besser. Komm schon, schließ ab.«

Sie hatte einen Picknickkorb auf dem Beifahrersitz ihres Pick-up und einen riesigen chinesischen Drachen in Gestalt eines Kraken; länglich, mit Bändern als Tentakeln. Eine leuchtende Schönheit in Purpur, Grün und Rot.

»Ein Geschenk«, sagte Hadley, machte die Tür auf und holte ihn heraus.

»Danke!« Ich war einen Augenblick völlig sprachlos. »Ist es symbolisch gemeint? Ich meine – ein Krake?«

»Wenn wir nicht genug Wind haben, können wir ihn als Sonnenschirm benutzen«, lächelte Hadley. »Los komm.«

Der Gas Works Park war Seattles erster postindustrieller Erholungspark. Sie hatten die alten Industrieanlagen nicht abgerissen, sondern sie einfach bunt angemalt und eine Landschaft mit Hügeln, Pfaden und Spielplätzen um sie herum geschaffen. Der Blick wanderte von hier aus über den Lake Union nach Downtown Seattle, wo die erst in jüngster Zeit hochgeschossenen Wolkenkratzer der Stadt ein ganz neues Gesicht verliehen.

Hadleys Picknickkorb enthielt frische Brötchen, Ziegenkäse, Tomaten und Erdbeeren und eine Flasche kühles, edles Tafelwasser, damit alles besser rutschte. Nach dem Essen ließen wir den Drachen fliegen. Dieselbe leichte Brise, die die weißen Segelboote pfeilschnell über den Lake Union jagte, hielt unseren Kraken in einer ganz respektablen Höhe. Mit einem einträchtigen Seufzer ließen wir uns ins Gras fallen. Mir war, als seien alle meine Ängste und Befürchtungen dem winzigen bunten Ding da oben angeheftet – sie waren nicht weg, aber sie tanzten und flatterten wenigstens in sicherer Entfernung in der blauen Luft.

»Willst du mich nicht auf den neuesten Stand bringen?« fragte Hadley. Sie saß da, die langen Beine bis zum Kinn hochgezogen wie eine riesige Grille. Ihr Haar schimmerte silbern und ihre Augen waren leuchtender als der Himmel, so leuchtend, daß ich nicht hineinschauen konnte.

»Gut. Um mit dem Anfang zu beginnen: Als Penny und ich letzte Nacht so gegen Mitternacht heimkommen, klopft es auf einmal und Zee steht vor der Tür. Sie war völlig fertig. Sie sagte, sie hätte gesehen, wie eine Leiche aus dem Betrieb getragen und abtransportiert wurde. Sie wollte wissen, wer die oder der Tote war. Aber als wir ihr sagten, daß es Jeremy war, machte sie irgendwie den Eindruck, als hätte sie es schon gewußt oder vermutet. Dann stellte sie komische Fragen, ob wir Negative in der Dunkelkammer gesehen hätten und ob er an irgend etwas gearbeitet habe. Ich sagte, ich hätte mehrere aufgehängte Negative gesehen. Dann wollte ich wissen, ob sie vielleicht aus irgendeinem Grund mit Jeremy dort verabredet war. Da flippte sie aus, sagte, sie wollte zu Ray, und ging. Heute morgen nun erfahren wir, daß sie gar nicht bei Ray aufgekreuzt ist. Er war im Büro, als Penny und ich hinkamen, und wußte überhaupt nicht, was los war – als er es erfuhr, fing er an zu weinen. Er war der erste, der wirklich um Jeremy trauerte.«

»Armer Kerl«, sagte Hadley. Ich nickte und unterließ es, ihr von Rays Bemerkung über die verdammten Weiber zu erzählen. Nach allem, was ich wußte, hatte er nicht unrecht.

»Also ging ich heute in die Dunkelkammer, und die Negative waren weg.«

»Meinst du, die Polizei hat sie mitgenommen, als Beweismaterial?«

»Hätten sie uns das nicht sagen müssen? Wir standen doch bis zuletzt dabei. Wenn sie zurückgekommen wären, um die Räume zu durchsuchen, hätten sie einen Durchsuchungsbefehl gebraucht.«

»Also ist möglicherweise Zee letzte Nacht zurückgegangen...« griff Hadley meinen eigenen, unausgesprochenen Verdacht auf. »Diese Negative waren vielleicht ein Beweis...«

»Für etwas, an dem sie und Jeremy gemeinsam arbeiteten.«

Wir sahen zu, wie der Drache herabsauste und sich wieder hochschwang, herabsauste, herabsauste. Ich rappelte mich hastig auf und rannte ein paar Mal auf dem Hügelkamm hin und her, in dem Versuch, die tragende Brise wiederzufinden. Schwitzend, aber zumindest vorerst erfolgreich, ließ ich mich dann wieder neben Hadley nieder.

»Und was ist mit June?« fragte sie.

»Frag nicht. Diese Schweine haben sie wirklich scheußlich behandelt. Die Anwältin hat sie freibekommen. Ich hoffe, daß sie sie nicht wieder festnehmen. Meiner Ansicht nach bräuchten sie dafür irgendeinen Beweis, einen Zeugen oder die Waffe oder sowas.«

»Du glaubst nicht«, sagte Hadley vorsichtig, »daß die Möglichkeit besteht...«

Ich schüttelte den Kopf. »Ich kann es nicht glauben. Ich kann einfach nicht. Ich weiß, daß sie Streit hatten, aber June ist nicht verrückt.«

»Na gut. Ich habe den Morgen mit Elena verbracht. *Sie* war jedenfalls völlig verrückt, als ich ihr von gestern abend erzählte.«

»Hast du sie angerufen?«

»Nein, sie kam zu einer unchristlichen Stunde vorbei, um nach Fran zu schauen. Wenn ich besser nachgedacht hätte, hätte ich ihr vielleicht nicht erzählt, daß Fran heute nacht aufgetaucht ist und daß ich ihr die Wagenschlüssel gegeben habe. Aber mein erster Gedanke war, sie zu beruhigen, daß Fran nichts zugestoßen ist.«

»Im Gegensatz zu Jeremy. Wie hat sie auf seine Ermordung reagiert?«

»Mit Heulen und Zähneklappern.«

»Glaubst du, sie dachte, daß es Fran war?«

»Darauf bin ich gar nicht gekommen.«

»Ich hab mich gefragt ... es ist weit hergeholt, aber trotzdem ... Mir kam der Gedanke, daß vielleicht gar nicht Jeremy gemeint war. Daß Jeremy und Elena sich in mancher Hinsicht sehr ähnlich sehen ...«

»Und daß jemand dachte, er sei Elena? Aber das ist doch noch unvorstellbarer. Wer sollte Elena umbringen wollen?« Sie sah mich forschend an. »Du denkst doch nicht, daß Margaret oder Anna sie loswerden wollten, nachdem sie B. Violet verwüstet haben?«

Es klang, so laut ausgesprochen an diesem sonnigen Nachmittag, mehr als lächerlich. Ich murmelte: »Und was ist mit ihrem Ex-Mann? Sie hat sich mit ihm wegen des Sorgerechts herumgestritten; vielleicht wollte er Rache. Und wie sieht's mit den ganzen Drohbriefen aus, die sie bekam, nachdem sie von der Schule geflogen war? Oder mit ein paar von den Feministinnen, die ihr manchmal ganz gern den Mund stopfen würden? Elena hat in den letzten Jahren eine ganze Menge Leute gegen sich aufgebracht.«

»Aber *Mord*, Pam?«

»Es kann genauso viele Gründe dafür gegeben haben, Elena zu ermorden, wie Jeremy.«

Hadley schauderte plötzlich und zog an der Drachenschnur. »Wenn das wahr wäre, dann wäre Elena noch immer in Gefahr.«

»Wo ist sie jetzt?«

»Sie ist wieder nach Hause gegangen, um ihre einsame Wache neben dem Telefon wiederaufzunehmen. Warten auf Fran.«

Wir sahen uns an. »Ich glaube, ich habe mehr Mitgefühl mit Liebenden als du, Pam«, sagte Hadley.

»Hmhm.«

Danach sagten wir nicht mehr viel, lagen einfach nur da und sahen den Drachen zu. Ich fing an zu gähnen, meine Gedanken verwirrten sich. Sie drehten sich und flatterten wie die leuchtenden

Formen aus Nylon und Papier am Himmel. Fran, Elena, Ray, June, Zee, Margaret, Anna. Auf und ab, einander ausweichend, hochschnellend, wieder herabsausend. Einer von ihnen mußte es getan haben, aber wer?

Etwas später wachte ich auf, das Gesicht in das süß duftende Gras gedrückt, völlig sonnenverbrannt. Hadley schlief neben mir, sie atmete mit leicht geöffnetem Mund. In ihrer halb geschlossenen Hand hielt sie immer noch die Spule mit der Drachenschnur, aber unser Drache hatte sich längst ein ganzes Stück weiter unten am Abhang niedergelassen. Es war ein friedvoller Augenblick, und ich weckte sie nicht auf.

Ich wünschte mir, wir könnten immer hier liegen bleiben, als ob nichts geschehen wäre.

13

Nach dem Ausflug in den Gas Works Park fuhren Hadley und ich auf eine Tasse Kaffee zu ihr nach Hause. Ich hatte Sonnenbrand auf Gesicht und Schultern, und mein Hirn fühlte sich an wie ein heißes Brötchen im Backofen. Meine Haut reagierte leicht fiebrig auf Berührung, fast erotisch fiebrig. Ich wollte Hadley gegenüber eine entsprechende Bemerkung machen, ließ es dann aber und hielt statt dessen meinen Kopf aus dem heruntergekurbelten Fenster, um ihm Kühlung zu verschaffen.

Hadley lebte in einer großen WG in einem riesigen, verwinkelten alten Kasten mit Blick auf den Lake Washington. Wohn- und Eßzimmer waren mit dunklem Walnußholz getäfelt und hatten gelbe Rosentapeten. An den Fenstern mit Seeblick wucherte ein wahrer Pflanzendschungel, auf den jedes tropische Land stolz gewesen wäre. Hier und da hingen die üblichen Poster mit politischen Statements, manche noch aus längst vergangenen Vietnam-Tagen – weiße Tauben und gereckte Fäuste –, andere riefen zu Frauentanzgruppen oder kostenlosen Klinikleistungen auf. Irgendwie war es wie die meisten Häuser, die die siebziger überlebt hatten, ein kleines Museum zum Thema Gegenkultur im Wandel: Im Bücherregal stand neben dem alten *Ramparts* das *Co-Evolution Quarterly* und das *Runner's Magazine*; eine Haschpfeife lag fröhlich neben einer Flasche mit Vitamin-B-Komplex-Tabletten gegen Streß; und das *Managerial Women* vertrug sich prächtig mit einer Ausgabe von *Lesbian Nation*.

Hadley führte mich hinauf – drei Treppen hoch – in ein riesiges Zimmer unter dem Dach mit romantischen Mansardenfenstern und einem Oberlicht. Der Fußboden verschwand völlig unter orientalischen Teppichen, an den weißgekalkten Wänden hingen Masken und Schnitzereien, vermutlich archäologische Nebenprodukte der Karriere ihrer Mutter. Hadley warf eine kleine elektrische Espressomaschine an, holte zwei zarte Porzellantassen hervor und stellte sie auf einen runden Walnußholz-Tisch mit Klauenfüßen neben einem der Mansardenfenster. Es gab den Blick frei auf den Hintergarten mit Reihen frisch angelegter Gemüsebeete und mehreren Kastanienbäumen, die dem Haus mit ihren frischen grünen Blättern Kühle gaben.

»Morgens, wenn die Sonne hereinfällt, ist es besonders schön hier«, sagte Hadley.

Ich konnte mir einen verstohlenen Blick auf ihr Bett, das unter dem Oberlicht stand, nicht verkneifen. Ein handgewebter Überwurf in Türkis und Schwarz bedeckte die Matratze, die auf einem Bettgestell aus Messing ruhte; sie machte einen zugleich festen und federnden Eindruck.

»Es muß schön sein, hier nachts zu liegen und in die Sterne zu gucken«, sagte ich.

»O ja.«

Sie sah verlegen aus, ich mußte plötzlich schwer schlucken, und dann kochte der Espresso über und Hadley lief hin, um zu retten, was noch zu retten war, und lachte: »Ich mache ihn immer zu voll.«

Obwohl mein Herz definitiv zu schnell schlug, beschloß ich, das Gespräch über ihr Zimmer fortzusetzen, als sei es ein ganz alltägliches und naheliegendes Thema. Schließlich *war* es ja auch ein alltägliches und naheliegendes Thema, oder etwa nicht? »Mir scheint, du hast dir das beste aus zwei Welten hier herauf gerettet«, sagte ich und setzte mich an den Tisch. »Gesellschaft, wenn du sie brauchst, aber auch Frieden und Ruhe.« Ich dachte, mit wem sie wohl zusammen ist? Wer hier oben bei ihr schläft? Meine Glieder waren schwer und träge vor Hitze und Lust; eine weit sinnlichere Flüssigkeit als Blut schien durch meine Adern zu strömen, Öl vielleicht, überwältigend und berauschend.

Hadley nickte, ganz vom Kampf mit der Maschine in Anspruch genommen. Ihr Gesicht war vom Dampf gerötet. »Ja, es ist schön, einen Ort zu haben, an den du dich zurückziehen kannst. Ich habe schon in WGs gewohnt, wo ich mir ständig anhören mußte, was irgend jemandes Therapeut heute gesagt hatte, sobald ich nur den Fuß vor mein Zimmer setzte.«

Sie stellte den Espresso vor mich hin und setzte sich ebenfalls. Durch das Mansardenfenster strömte der Duft der Kastanienbäume herein. Es war ungefähr vier Uhr. Ich fühlte mich sehr schwach. Ich dachte, was ist, wenn sie mich jetzt einfach fragt: Hast du Interesse an mir? Habe ich mich schon entschieden? Es ist eine Entscheidung, die mein ganzes Leben verändern wird... Ich hing an ihrem Gesicht wie trunken.

In Hadleys Augen stand tatsächlich eine Frage, aber es war nicht die, um die meine überhitzten Gedanken kreiselten.

»Wie können wir herausfinden, ob Zee und Jeremy gemeinsam in etwas verwickelt waren?«

»Was?« Hastig nahm ich einen Schluck Kaffee, um mein Hirn wieder auf Touren zu bringen. »Wir könnten sie einfach fragen, schätze ich.«

»Würde sie es uns sagen?«

»Vielleicht. Vielleicht auch nicht. Hängt davon ab, ob sie uns traut... Na ja, wohl eher nicht.« Ich schluckte noch mehr Kaffee, eine kräftige Dosis wie stärkende Medizin. Was hatte mir meine verrückt gewordene Phantasie da eben bloß vorgegaukelt, daß Hadley und ich... gleich jetzt... nein, das war natürlich ausgeschlossen.

»Weißt du, wo Zee wohnt?«

»Beacon Hill. Mit ihrer Tante zusammen. Aber Hadley – wir können doch nicht einfach so hereinplatzen und sie ausfragen. Wir sind schließlich keine Detektivinnen. Wir sind nicht qualifiziert dafür, wir könnten alles vermasseln.«

In Hadleys Blick lag Enttäuschung. Sie strich ihr grau-blondes Haar hinter die Ohren. »Was ist schon ein Detektiv? Jemand, der herausfinden will, was passiert ist. Willst du das etwa nicht? Ich jedenfalls will es. Wir haben schließlich ein legitimes Interesse an dem Ganzen. Und ich möchte rauskriegen, wie alles zusammenhängt, was es zu bedeuten hat. Wir sind bestimmt immer noch qualifizierter dazu als irgend so ein männlicher Detektivverschnitt, den sie auf den Fall ansetzen werden. Mensch, Pam – schließlich kennen wir die Leute, oder?«

Ich vergrub das Gesicht in den Händen. »Nein«, sagte ich. »Das Gefühl habe ich nicht mehr. In diese Geschichte sind zu viele Leute verwickelt, ich blicke einfach nicht mehr durch.«

»Genau das sagt meine Mutter von WGs«, lachte Hadley. Sie zog mir die Hände vom Gesicht, erst die eine, dann die andere, und hielt sie fest. Ihr Finger waren lang und trocken und kühl. Ich spürte, wie eine Veränderung mit ihnen vorging, als wir uns berührten.

»Mord ist keine Spielerei«, sagte ich schwächlich. »Und ich kenne dich noch nicht lange genug, als daß ich unbedingt zusehen möchte, wie du wegen unserer Schnüffelei umgelegt wirst.«

»Pam«, setzte sie an, dann hob sie den Kopf, als lausche sie auf etwas. Ich hörte, wie von irgendwo weit unten ihr Name gerufen wurde. »Hadleeeeey... Teeeelefoooon.«

»Bin gleich zurück«, murmelte sie, ließ abrupt meine Hände los und verschwand.

Auf dem Tisch lagen ein Schreibblock und ein Paar Stifte. Um die verrückte Anwandlung abzuwehren, den Raum hastig nach Spuren ihres Lebens und Liebens zu durchsuchen, wozu meine neuentdeckte Leidenschaft mich abstoßenderweise trieb, fing ich an, eine Liste zu erstellen. Eine fein säuberliche Liste mit der Überschrift:

MORDMOTIVE

(Ich glaube, das hatte ich mal irgendwo in einem Buch gesehen; wenn nicht, war es immerhin ein guter Anfang für eine ordentliche Person wie mich, die dazu neigt, ihre Einkaufslisten in Kategorien zu unterteilen: Gemüse, Grundnahrungsmittel, Diverses.)

A. Rache für die Sabotage bei B. Violet (Fran, Margaret, Anna)

B. Folge des Streits zwischen Jeremy & June (June)

C. Kollaboration zwischen Zee und Jeremy – warum? (Zee)

D. Eifersucht – männliche (Ray)

E. Irrtümlich falsche Person getötet – Elena (?)

»Weißt du«, sagte ich zu Hadley, als sie zurückkam, »ich kann mir nicht helfen, aber ich glaube, wir müssen das Ganze von hinten aufrollen – versuchen, den Mörder zu finden, bevor wir wissen, wer B. Violet verwüstet hat. Es passierte unmittelbar nacheinander. Es muß irgendwie miteinander zu tun haben.« Dann sah ich ihr Gesicht. »Was ist passiert? Wer war das am Telefon?«

»Elena. Sie sagt, Fran hat gerade angerufen. Sie sagt, sie hat vielleicht eine Information, die etwas Licht in das Ganze bringt. Sie fragte, ob ich vorbeikommen wollte. Willst du mitkommen?«

»Kommt Fran?«

»Nein. Elena sagt, sie ist immer noch irgendwo abgetaucht.«

Ich konnte mich nicht enthalten, einen letzten schnellen Blick auf die türkis-schwarze Bettdecke zu werfen. Dann faltete ich meine Liste zusammen. »Gehen wir.«

Elena wohnte etwa zwölf Blocks weiter, auf der ärmeren Seite von Capitol Hill. Sie hatte die eine Hälfte eines alten Holzhauses gemietet. Es war das bei weitem heruntergekommenste Heim, das ich heute zu sehen bekommen hatte. Das lag zum Teil an dem Chaos, das Kinder unter zehn Jahren naturgemäß mit sich bringen – Fahrräder, Spielzeug, Geschirr und Kleider waren bunt durcheinander über die Veranda verstreut –, und zum Teil am Zustand des Hauses selbst – an den Außenwänden löste sich ein Großteil der stark nachgedunkelten Schindeln vom Untergrund, das Holz der Veranda fing von unten her an zu faulen, und die Haustür wies an einer Seite mysteriöse schwarze Brandmale auf.

Es war ein deprimierender Ort, dem nicht einmal die neuen, gestreiften Vorhänge an den Fenstern und die pink- und lilafarbenen Rhododendren vor der Tür ein bißchen Fröhlichkeit einhauchen konnten. Mir wurde wieder einmal bewußt, wie arm Elena war, seit sie ihren Lehrerinnenjob und beinahe sogar ihre Kinder verloren hatte. Einmal, kurz nachdem wir uns kennengelernt hatten, hatte sie mir Bilder von der Stadt, in der sie aufgewachsen war, gezeigt, einem biederen Collegestädtchen in Indiana. Sie war ein engelhaft aussehenden kleines Mädchen von sechs Jahren und stand mit ihrem Hund vor einem großen weißen Haus mit einer breiten, verglasten Veranda.

Elena erspähte uns, bevor wir klopfen konnten, und riß die Tür auf. »Ich bin so froh, daß ihr da seid.« Ihre blonden Locken waren fettig und ihre Schokoladenaugen rotgerändert. Zwei Kinder drückten sich an ihre Beine.

»Wo ist Franny, wo ist Franny? Du hast doch gesagt, es ist vielleicht Franny?« Das war das kleine Mädchen, Samantha. Sie war ungefähr sechs und hatte die blonden Haare und die Stupsnase ihrer Mutter. Der Junge, Garson, war groß für seine acht Jahre. Er hatte dunkles Haar und ein schmutziges Gesicht. Als er uns sah, zog er sich mißmutig zurück.

»Wie geht's dir?« fragte Hadley und nahm Elenas Hand. »Hast du überhaupt geschlafen?«

»Ich konnte nicht«, sagte Elena, versuchte zu lächeln und zog uns herein. »Ich war so besorgt, und jetzt noch dieser Anruf.«

Das Wohnzimmer kam mir dunkel vor, vielleicht, weil es draußen so strahlend hell war. Allmählich nahmen die Möbel Gestalt an – eine Polstergarnitur vom Sperrmüll mit Schonbezügen, zwei Tische, bedeckt mit Buntstiften und Fingerfarben. An einer Wand klebte ein ungerahmter Vermeer-Druck, an der anderen ein Plakat des Lesbian Mothers Defense Fund. Der Teppich war übersät mit Puzzleteilen und Legosteinen, die knirschende Geräusche unter unseren Sohlen machten, als wir Elena in die Küche folgten. Samantha und Garson hingen wieder vor dem Fernseher.

Elena holte drei Bier aus dem Kühlschrank.

»Für mich keins, danke«, sagte ich und versuchte, nicht allzu mißbilligend zu klingen. Zum ersten Mal ging mir auf, daß Elena heute wohl schon einiges getrunken hatte. Ihre Bewegungen waren unkoordiniert und nachlässig; sie sprach langsam, als hätte sie Mühe mit der Aussprache.

Ich sah zu Hadley hinüber und suchte in ihrem Gesicht nach einer Bestätigung für meinen Eindruck – hatte sie nicht gestern abend gesagt, daß auch Elena mit Alkoholproblemen zu kämpfen hatte? Aber sie öffnete bloß ihre Flasche und fragte: »Warum fängst du nicht einfach von vorne an, Elena? Was hat Fran gesagt?«

»Sie war betrunken«, sagte Elena sorgfältig akzentuiert und voller Abscheu, ganz offensichtlich blind für ihren eigenen Zustand. »Sie fing an, von heute nacht zu reden, wie sie dachte, ich sei tot, aber dann war es Jeremy. Sie sagte ... eine Menge dummes Zeug ... sie ...«

»Zum Beispiel?« unterbrach ich.

»Ach, ist nicht wichtig«, Elena schüttelte den Kopf. »Wichtig ist, daß sie Angst hat, wegen dem Mord an ihm verhaftet zu werden, weil er doch B. Violet verwüstet hat. Sie will sich verstecken, bis sie den Mörder gefunden haben.«

»Du glaubst ihr also?« fragte Hadley. »Daß er es getan hat?«

»Wer sonst?« Elena wich ihrem Blick aus, und ich sah, wie ihre Hand sich um die Bierflasche krampfte. »Natürlich glaube ich ihr. Ich weiß nur einfach nicht, was danach passiert ist, ich meine, als sie ihn entdeckt hatte.«

»Am Morgen nach dem Sabotageakt war er noch am Leben«, warf ich ein.

»Erzähl mir nochmal von heute nacht«, bat Elena Hadley. »Was hat sie gesagt, wie hat sie sich verhalten, als du sie sahst?«

Hadley mußte den ganzen Vorfall schon mehrmals mit ihr durchgegangen sein. Sie wiederholte ruhig: »Sie hielt Jeremy für dich. Dann wurde ihr klar, daß sie mordverdächtig war, nachdem sie Jeremy letzte Nacht dabei erwischt hatte, wie er B. Violet demolierte. Sie war betrunken, aber sie konnte noch zusammenhängend denken. Deshalb habe ich ihr die Schlüssel gegeben. Außerdem war ich selbst ganz schön durcheinander wegen des toten Jungen und all dem.«

»Wer wurde umgelegt?« fragte Garson interessiert und kam in die Küche.

»Niemand, den du kennst«, sagte Elena.

»Wann gibt's Essen, Mom? Ich hab' Hunger.«

»Wenn ich es sage«, schnappte Elena. »So, und jetzt verzieh dich.«

Garson trottete mit gesenktem Kopf und hängenden Schultern davon, ein Bild unschuldigen Leidens.

Elena entschuldigte sich. »Ich bin nicht ich selbst. Ich...« Sie sank auf ihren Plastik-Küchenstuhl zurück. Tränen sammelten sich in ihren rotgeränderten Augen und liefen ihr über die Wangen.

»Vielleicht sollten die Kinder heute abend woanders schlafen«, schlug Hadley vor und legte den Arm um sie. »Vor allem, wenn die Möglichkeit besteht, daß Fran hier auftaucht. Es würde es leichter machen.«

»Ich könnte sie fahren«, bot ich an. »Ich wäre froh, was tun zu können.« Vor allem wäre ich froh, hier wegzukommen. Die betrunkene und vor Selbstmitleid triefende Elena war kein schöner Anblick. Wie konnte Hadley nur soviel Mitgefühl aufbringen – für alle beide?

Elena versuchte sich zusammenzureißen; sie gab durch ein Nicken zu verstehen, daß sie die Idee gut fand. »Bring sie zu Jill und Marie«, sagte sie endlich. »Sie werden es verstehen.«

»Kannst du dich an irgendwas erinnern, was Fran noch gesagt hat«, bohrte Hadley weiter. »Am Telefon hast du doch gesagt ...«

»Sie sagte – aber das hat sie sich wohl aus den Fingern gesogen –, daß Jeremy ein Informant war.«

»Ein Informant?« wiederholte ich. »Wessen Informant? Was meinte sie damit?«

»Sie hat gesagt, er bekam von jemand Geld, sie hat beobachtet, wie er bezahlt wurde ... frag mich nicht«, unterbrach sie sich abrupt. »Ich weiß, es klingt idiotisch.«

»Ein Spion bei Best Printing? Von einem unserer Konkurrenten angeheuert?« Ich mußte lachen. »Oder vielleicht beauftragt, B. Violet auszuspionieren? Und Fran ertappte ihn bei seinen Nachforschungen. Komm schon, Elena«, sagte ich. »Jeremy ein Informant? Das ist doch lächerlich! Woher will sie das wissen? Wo hat sie ihn gesehen?«

»Ich weiß es nicht, und ich will auch nicht mehr darüber reden. Mein Gott, wo ist sie bloß?«

Sie legte den Kopf auf den Küchentisch und schluchzte.

14

Es war kurz nach sechs, als ich die Kinder bei Elenas Freundinnen absetzte. Hadley hatte ihnen die Situation am Telefon erklärt, und Jill und Marie stellten keine Fragen. Sie schickten Samantha und Garson einfach mit einem ermunternden Klaps zu den andern Kindern spielen; im Hinterhof wuselte eine ganze Horde davon herum. Wir tauschten noch ein paar oberflächliche Bemerkungen, dann saß ich wieder am Steuer von Hadleys Pick-up. Sie hatte gesagt, sie würde von Elena aus zu Fuß nach Hause gehen, und ich könnte ihr das Auto später zurückbringen. Ich machte mich auf den Heimweg, zum Abendessen, schlug dann aber aus einem plötzlichen Impuls heraus eine andere Richtung ein.

Ich beschloß, noch zum Beacon Hill zu fahren und nachzusehen, was Zee machte.

Das Haus von Zees Tante war klein und adrett, mit Blick auf die Autobahn. Auf der Parzelle war unlängst neuer Rasen ausgesät worden; zwischen Stöckchen gespannte Drähte markierten die ausgesäten Stellen, auf denen sich schon der erste Hauch von frischem Grün zeigte. Die Vorhänge waren zugezogen und das Licht über dem Eingang brannte, obwohl es noch früh am Abend war. Sonst schien alles ganz normal. Ich war erst einmal hier gewesen, als ich Zee nach Hause gefahren hatte. Sie hatte mich noch hereingebeten, und ich war für eine Minute mitgekommen. Ihre Tante war eine schöngekleidete, kleine, mollige Frau mit schwarzen Augen. Auf den Philippinen war sie mit einem Gewerkschafts-Anwalt verheiratet gewesen, der Anfang der siebziger Jahre verschollen war und mittlerweile für tot galt. Sie selbst war ebenfalls verhaftet und verhört worden, aber es war ihr gelungen, das Land zu verlassen. Sie lebte nun seit sechs Jahren in den Staaten und arbeitete als Krankenschwester in einem großen Krankenhaus in Seattle. Damals hatte sie mir und Zee Tee und Kekse angeboten; als sie sie holen ging, sah ich, daß sie leicht hinkte.

Ich klopfte. Keine Antwort. Ich klopfte wieder, diesmal lauter.

Eine Nachbarsfrau im Haus nebenan streckte den Kopf aus dem Fenster. Sie war Chinesin, vielleicht auch Koreanerin. »Niemand da. Ladies nicht da. Weg.«

Im ersten Moment dachte ich, sie wollte mich wegschicken. Ich starrte sie erstaunt an. Dann erst wurde mir klar, was sie meinte, und ich fragte: »Wo sind sie hingegangen? Wissen Sie, wo sie hingegangen sind?«

»Nicht hier, nicht hier. Sie gehen morgens, sie haben Tasche. Sie gehen Taxi. Gehen heim.«

»Heim? Sie meinen, auf die Philippinen?«

»Nicht hier, nicht hier. Gehen fort, gehen heim«, sagte die Frau und verschwand wieder hinter dem Vorhang.

»Allright, Detective Nilsen«, sagte ich zu mir, »was nun? Die Passagierliste für den Morgenflug nach Manila checken?«

Ich nahm das Haus noch einmal genauer in Augenschein. Es bestand kein Zweifel. Trotz des neuen Rasens – die Vorhänge waren fest zugezogen, und alles machte den undefinierbaren Eindruck, den Häuser hervorrufen, deren Eigentümer für längere Zeit weggefahren sind.

Es war natürlich immer noch möglich, daß die beiden einfach irgendwohin in Urlaub gefahren waren. Aber der Zeitpunkt schien mir angesichts von Jeremys Tod doch etwas seltsam gewählt, und außerdem hatte Zee letzte Nacht nichts von einer Reise gesagt.

Dahinter mußte mehr stecken, als auf den ersten Blick zu erkennen war – auf jeden Fall sicher mehr, als ich mit meinen plötzlich beinahe zufallenden Augen entdecken konnte. Ich hatte eindeutig erst mal ein Nickerchen nötig.

Sam und Jude waren in der Küche und machten Abendbrot, als ich hereinkam.

»Penny schläft«, teilten sie mir mit.

»Genau das habe ich auch vor.«

»Willst du nicht erst was essen?«

Der Fischeintopf duftete verführerisch, aber ich war zu müde, um hungrig zu sein. »Hebt mir was auf. In ein, zwei Stunden bin ich wieder wach.«

Als ich erst einmal auf dem Bett lag, war ich sofort weg. Ich hatte letzte Nacht nur ein paar Stunden geschlafen, und die Sonne heute nachmittag und das beklemmende Gefühl, daß alles immer rätselhafter und verworrener wurde, hatten mich völlig geschafft. Ich fiel rasch in einen so tiefen und traumlosen Schlaf, daß es eine ganze Weile dauerte, bis ich merkte, daß mich jemand wachzurütteln versuchte.

»Pam«, es war Penny, »Pam, komm schon, wach auf. Es ist wichtig. Wach auf.«

»Nnnnnngh«, gähnte ich. »Will nicht.«

Sie schüttelte mich weiter. »Pam. Pam. Los, mach schon.«

»Verdammt nochmal«, sagte ich, plötzlich völlig klar. In meiner Stimme schwang irrationale Wut darüber, daß mich jemand ins Bewußtsein zurückgezwungen hatte. »Was zur Hölle ist denn jetzt schon wieder los?«

»Sie«, flüsterte sie.

»Sieh was? Ich könnte gut noch ein paar Augen voll Schlaf gebrauchen.«

»Schsch«, sagte sie. »Nicht so laut. Zee ist hier.«

»Nein, ist sie nicht. Sie macht Urlaub, sie ist weg«, meuterte ich. »Wie spät ist es überhaupt, zum Teufel?« Ich setzte mich auf. Das Zimmer war dunkel, das Fenster auch. Ich mußte Stunden geschlafen haben. Ich fühlte mich gräßlich.

»Es ist Mitternacht«, wisperte Penny. »Ich möchte nicht, daß Sam und Jude aufwachen. Pam, ich brauche deine Hilfe. Zee und Ray sind unten. Sie möchte uns was erzählen. Sie will, daß wir sie verstecken.«

Ich wurde mit jedem Wort wacher. »Aber sie und ihre Tante sind verreist, die Nachbarin sagte ... Sie ist hier? Und Ray auch?«

»Das versuche ich dir doch die ganze Zeit zu sagen«, sagte Penny geduldig. »Bist du jetzt endlich wach?«

»Ich glaub' schon«, sagte ich, stand auf und reckte mich. »Wenn ich nicht noch träume.« Zu meiner Überraschung stellte ich fest, daß ich vollständig angezogen war, gerüstet, den Dingen ins Auge zu blicken. Einmal auf den Beinen, ging es mir etwas besser. »Sie möchte, daß wir sie verstecken«, sagte ich in plötzlichem Begreifen. »Vor wem?«

Unten im Wohnzimmer brannte eine einzelne Lampe, in deren gedämpftem Licht Rays schwarzes Haar und sein Bart wie Teer schimmerten. Zee kauerte mit untergeschlagenen Beinen in einem großen Sessel im Schatten; ihre Finger zerrten nervös an einem Knopf ihrer kurzärmeligen Seidenbluse.

»Zee, was ist passiert?«

»Ich...«

Ray unterbrach sie. »Zee braucht einen sicheren Platz, an dem sie eine Zeitlang bleiben kann.« Gereizt, besorgt, ein bißchen zu herrisch, wandte er sich an Penny statt an mich. »Das hier ist meiner Meinung nach der beste Ort.«

»Warum läßt du sie nicht selbst reden?« sagte ich. »Zee, was geht hier vor? Eure Nachbarin erzählte mir, du und deine Tante seid fort, mit Koffern, in einem Taxi.«

»Meine Tante ist für eine Weile zu Verwandten nach New York gefahren.« Zees Gesicht wirkte jetzt gefaßt, sie sprach ganz ruhig. »Du hast recht, es geht etwas vor. Aber sie hat nichts mit dem Ganzen zu tun, und ich wollte nicht, daß sie irgendwelche Fragen beantworten muß.«

»Fragen worüber?«

»Über mich und Jeremy.«

Ich hätte erwartet, eine stärkere Reaktion auf Rays Gesicht zu sehen, wenn auch nicht gerade rasende Eifersucht, dann doch wenigstens etwas verletzten Stolz. Aber er lächelte Penny freundlich zu, die gerade unkontrollierbar und ausgiebig gegähnt hatte.

»Dann hatte June also recht, wenn sie eifersüchtig war«, sagte ich.

»Nein. Es war nicht so etwas zwischen uns. Es war nicht die Art von Verhältnis«, sagte Zee rasch.

»Aber du wolltest dich letzte Nacht aus irgendeinem Grund im Betrieb mit Jeremy treffen?«

»Ja«, sagte Zee. Dann verstummte sie und starrte auf ihre Füße, als ob sie sich wundere, wohin sie sie getragen hatten. »Ich war früher dort. Ich dachte, wenn Jeremy vielleicht noch nicht da wäre, könnte ich ... etwas ... erledigen, was nur mich anging. Wir wollten uns um elf treffen. Ich war schon um zehn da, und da sah ich die Polizeiautos überall. Ich versteckte mich in einer Einfahrt gegenüber und beobachtete das Ganze. Schließlich sah ich, wie ihr weggingt, und dann trugen sie eine Bahre heraus. Deshalb bin ich letzte Nacht zu euch gekommen. Ich wollte wissen, was passiert war.«

»Aber du bist danach nicht zu Ray gegangen.«

»Nein, bin ich nicht. Ich ... ich mußte nochmal in den Betrieb.«

»Um etwas zu vernichten«, tastete ich mich vor.

»Nein«, sagte Zee entschieden. »Um etwas zu retten.«

Ich schaute zu Ray hinüber. »Weißt du, worum es hier die ganze Zeit geht?«

»Ich vertraue Zee«, sagte er. »Ich denke, wir alle sollten Zee vertrauen.«

Aus dem Augenwinkel sah ich Penny schon wieder gähnen, und fuhr plötzlich auf sie los. »Langweilen wir dich? Du hast wohl schon den vollen Durchblick, was?«

Sie gähnte erneut. »Es ist rein körperlich, Liebes. Kein Ausdruck meines mangelnden Interesses. Aber du hast recht, ich glaube, ich ahne, worum es geht.«

»Und um was?«

»Du selbst hast mir die Idee in den Kopf gesetzt. Als du sagtest, daß da Negative zum Trocknen aufgehängt waren, und dann, als dir auffiel, daß sie am nächsten Morgen verschwunden waren. Zee hat sich heute nacht eigens danach erkundigt. Ich schließe daraus, daß sowohl sie als auch Jeremy ein Interesse an diesen Negativen hatten, und zwar vermutlich ein gemeinsames Interesse.«

Sie machte eine Pause und fuhr mit den Fingern durch ihr Igelhaar. »Daraus schließe ich jedoch nicht zwangsläufig, daß Zee etwas mit seiner Ermordung zu tun hatte.«

»Aber was haben sie – was hast *du*«, ich sah wieder Zee an, »überhaupt mit den Negativen gewollt?«

»Fälschung«, sagten Penny und Zee wie aus einem Mund, und Zee fuhr fort: »Wir haben Papiere für illegale Einwanderer gefälscht.«

Sie hatte Jeremy durch Best Printing kennengelernt, erzählte Zee. Aber sie hatte ihn davor schon ein- oder zweimal bei einer Demonstration gesehen und einmal bei einer Veranstaltung für die Anti-Marcos-Gruppe, bei der sie sich engagierte. Sie hatte ihn deshalb für einen Sympathisanten gehalten. Eines Tages, beim Mittagessen, waren sie über die Situation auf den Philippinen ins Gespräch gekommen. Er war zutiefst schockiert. Er sagte, er hätte sich nie träumen lassen, daß es dort dermaßen schlimm stand. Er fragte, ob er irgend etwas tun könne. Irgendwie helfen. Vielleicht war Zee vertrauensseliger gewesen, als es für sie gut war. Sie hatte ihm erzählt, daß es ein großes Problem für Leute wie sie selbst gab, Studentinnen und Studenten, die sich politisch engagiert hatten oder die aus politisch exponierten, liberalen Familien kamen und die jetzt Angst hatten heimzukehren, die lieber in den Staaten bleiben wollten. Sie bekamen keine Aufenthaltsgenehmigung, jedenfalls die meisten von ihnen, weder eine Arbeitserlaubnis, noch durften sie weiter studieren. Sie selbst kannte einige, die zurückgegangen waren und sofort ins Gefängnis kamen.

Es war Jeremys Idee, jawohl, er selbst hatte es vorgeschlagen. Was für Papiere brauchten sie, wollte er wissen. Arbeitserlaubnisse, Green Cards, Aufenthaltsgenehmigungen, Dokumente? Sollte es nicht möglich sein, sie einfach herzustellen? Duplikate zu machen, sie auszufüllen und zu unterschreiben? Immerhin arbeiteten sie doch in einer Druckerei.

Wann hatte das alles angefangen? Vor sechs Monaten, vielleicht auch vor sieben. Sie hatten eine Weile gebraucht, bis sie die nötigen Informationen beisammen hatten und herausfanden, wie sich die Dokumente am besten herstellen ließen. Von da an hatten sie sich regelmäßig alle zwei Wochen getroffen. Die Negative an der Trockenleine letzte Nacht waren Abzüge einiger neuer Formulare, die die Regierung in Umlauf gebracht hatte.

Im Laufe eines halben Jahres hatten sie so zwanzig oder dreißig Leute mit neuen Papieren versorgt.

»Ich nehme an, sie haben ganz schön für die Dokumente bezahlt«, sagte ich in Gedanken an das dicke Bündel Banknoten in Jeremys Portemonnaie.

Zee sah erstaunt aus. »Nicht viel«, sagte sie. »Jeremy und ich haben nichts dafür genommen. Nur die Materialkosten und einen kleinen Zuschuß. Wir haben es aus politischen Gründen getan.«

Ich sagte langsam: »Elena hat heute die Vermutung geäußert, daß Jeremy ein Informant war. Fran hat ihr wohl erzählt, sie habe gesehen, wie er Geld annahm ... Sie meinte, er wollte vielleicht B. Violet ausspionieren.«

Penny schnaubte ungläubig. »Elena ist eine dieser halbgaren Linken, die überall Infiltration wittern. Jeremy war fast ein Jahr bei Best, und diese Fusionsidee ist immerhin erst letzte Woche aufgetaucht. Wie sollte er also auf B. Violet angesetzt sein? Wieso denkt sie nicht, daß er bei uns herumgeschnüffelt hat?«

»Vielleicht *hat* er ja bei uns herumgeschnüffelt«, sagte Ray.

15

Es war drei Uhr morgens, als ich endlich wieder einschlafen konnte. Ich hatte mir eine Stunde lang die Geschichte von Zee angehört und dann zwei Stunden darüber gegrübelt. Penny hatte Zee ein Bett auf dem Dachboden zurechtgemacht, und Ray war irgendwann nach Hause gegangen.

Ich lag im Bett und sah durch das Fenster auf die Straßenlampen und stellte fest, daß meine Haltung Jeremy gegenüber sich in den vergangenen achtundvierzig Stunden radikal geändert hatte. Vor dem Mord war ich ihm durchaus wohlgesonnen gewesen, auch wenn er mich manchmal ein bißchen genervt hatte. Er hatte eher mütterliche Gefühle in mir geweckt, keine romantischen, auch wenn ich zugeben mußte, daß er ganz gut aussah. Er war zu dünn, zu hübsch, zu jung; er trug zu viele Ohrringe, rauchte zuviel Dope. Und doch machte es manchmal Spaß, mit ihm herumzualbern oder mein weises Haupt über seine naiven Bemerkungen zu schütteln. Ich war immer sehr viel nachsichtiger mit ihm gewesen als mit den anderen, hatte Witze über seine Umstandskrämerei gemacht, sie aber mit einem Schulterzucken akzeptiert. Jeremys Vergeßlichkeit, sein zögerndes Lächeln, wenn er dich bat, irgend etwas noch einmal zu wiederholen, oder wenn er sich entschuldigte – so war er eben.

Aber was, wenn er nun eben nicht ›so‹ war? Was, wenn Jeremys nette Jungenhaftigkeit, seine zerstreute Unbestimmtheit nur vorgetäuscht waren? Was, wenn der wirkliche Jeremy der war, der zu June gesagt hatte, sie sei nicht die einzige heiße Nummer in der Stadt? Der ein paar hundert Dollar in der Tasche herumtrug, der Papiere fälschte – der ein Informant war, irgendwen bespitzelte, Informationen an irgendwen weitergab?

Es war schwer zu glauben. Ich dachte an den Tag im letzten Jahr zurück, als Jeremy in den Betrieb gekommen war. Damals hatte Kay unsere Reproarbeiten gemacht. Sie war eine Person, mit der schwer auszukommen war, reizbar, aufbrausend, und in den letzten Monaten hatte es ihretwegen eine Menge Streit gegeben. Schließlich hatte sie verkündet, daß sie gehen wolle. Wir legten ihrem Abgang nichts in den Weg, fragten uns aber insgeheim, wie es jetzt weitergehen sollte. Noch am selben Nachmittag war ein blonder junger Mann mit Ohrringen und Korkenzieherlocken in der Tür erschienen.

›Was ist denn das hier? Oh, wow, ein Druckerei-Kollektiv! Was für eine tolle Idee! Wirklich toll! Hey, ich hab' in Kalifornien Typographie und Fotografie gelernt, ihr braucht wohl nicht zufällig jemanden, oder?«

Ein FBI-Informant hätte niemals solchen Dusel gehabt, ein FBI-Informant wäre schon vor Monaten durchschaut worden, ein FBI-Informant hätte seine Zeit nicht bei Best Printing verschwendet. Schließlich waren wir ja nicht irgendeine ultralinke Gruppe, die die Revolution schürte. Wir waren einfach bloß eine Druckerei.

Automatisch ging ich im Geist die verschiedenen Aufträge durch, die wir in dieser Zeit gehabt hatten. Plakate für Wohltätigkeitsveranstaltungen und Flugblätter für kollektiv organisierte Buchläden, für Essens- und Fahrradkooperativen, Pamphlete für Kriegsgegner, Broschüren für feministische Firmen, ein paar Bücher jedes Jahr, über Themen wie Vergewaltigung, Rassismus, Völkermord ... Es stimmte schon, fast jede linksgerichtete, feministische oder progressive Gruppe hatte das eine oder andere Mal mit uns zu tun gehabt ...

Ein Kälteschauer überlief mich, ich kuschelte mich tiefer unter meine Decke. Es war mir gerade in den Sinn gekommen, daß eine Druckerei wie die unsere der ideale Ort war, um ein Auge auf die verschiedenen alternativen Gruppierungen in der Stadt zu haben. Gar nicht erst nötig, ihnen nachzuschnüffeln und herauszufinden, wo sie residierten. Sie kamen ganz von selbst, eine Flugblattvorlage in der Hand, und setzten ernsthaft ihr politisches Anliegen auseinander. Wer an dieser Schaltstelle saß, wußte von jeder nur denkbaren Veranstaltung, noch bevor sie ausgeschrieben war, konnte jeden Fetzen Literatur lesen, bevor er erschien. Abgesehen davon war es ein wundervoller Zugang zu allen möglichen Gerüchten – welche Gruppen gerade nicht miteinander sprachen, zum Beispiel. Meinungsumschwünge im Blick auf die jeweilige Parteilinie; wer in die Stadt kommen wollte, wer sie verließ, wer gerade da war.

Und welch unschätzbarer Bonus, in der Dunkelkammer zu arbeiten! All die unzähligen Negative entwickeln zu können – eins für uns, eins für *die* –, ganz zu schweigen von den Fotos, die du machen konntest – mit deiner geheimen Kamera – Fotos von allen möglichen Leuten, die in die Druckerei kamen.Es war ein alptraumhafter Gedanke, ein Gedanke, den ich beharrlich weit von mir wies. Nicht Jeremy, nicht Jeremy! Wir hätten es gemerkt.

Und doch, was hatten wir eigentlich konkret über Jeremy gewußt? Er äußerte sich freimütig – aber über nichts Besonderes. Er lebte allein in einem kleinen Apartment im Universitätsviertel. Er hatte ein paar Freunde, die ihn von Zeit zu Zeit anriefen, einmal hatte er auch eine Freundin gehabt, fiel mir ein ... hatten diese Leute es gewußt? Oder waren sie auch FBI-Agenten oder Informanten gewesen? Und was würde das FBI nun tun, wo er tot war? Würden sie Nachforschungen anstellen? Schon bei dem bloßen Gedanken rollte ich mich so winzig wie möglich zusammen. Seit dem Tag, an dem unsere Eltern starben, hatte ich mich nicht mehr so schrecklich gefürchtet.

Am nächsten Morgen fühlte ich mich zumindest zeitweilig sehr viel besser. Die Sonne schien durch die Küchenfenster und vergoldete die Arbeitsflächen und den Boden mit ihrem Licht, als ich herunterkam, um Kaffee zu machen. Es war schon gegen zehn, und alle waren ausgeflogen. Auf dem Tisch lag eine Nachricht von Penny:

›Pam, ich hab nicht besonders gut geschlafen und bin in den Betrieb gegangen. Ich möchte die Arbeit nicht zu sehr schleifen lassen. Hadley hat ihren Wagen abgeholt, wollte aber nicht, daß ich dich wecke. Ich ruf dich später wegen der Alphabetisierung an.‹

Alphabetisierung? Ich starrte ein paar Minuten auf das Wort, bis mir klar wurde, daß Penny auf Zee in ihrem Dachbodenversteck anspielte. Wir hatten sie manchmal im Spaß ›XYZ‹ genannt. Mein Gott, ich hatte sie völlig vergessen. Sie würde geröstet werden, wenn sie den ganzen Tag da oben blieb. War es tatsächlich nötig, Zee zu verstecken? Im hellen Morgenlicht erschien mir das übertrieben melodramatisch.

Ich machte zwei Tassen Kaffee und nahm sie mit hinauf zu der schmalen Tür gegenüber dem Badezimmer, die zur Bodentreppe führte. Sie war verschlossen.

»Zee, ich bin's, Pam. Ich habe dir Kaffee mitgebracht.«

Ich hörte die Stufen knarren, als sie herunterkam, dann drehte sich der Schlüssel im Schloß.

»Glaubst du wirklich, daß das nötig ist?« fragte ich und reichte ihr eine Tasse.

»Ich weiß nicht. Aber ich bin lieber vorsichtig.«

Sie drehte sich um, und ich stieg hinter ihr die Treppe hinauf. Der Dachboden war einmal Pennys und mein bevorzugter Spielplatz gewesen, und noch heute war er für mich mit glücklichen Erinnerungen verbunden, auch wenn er mittlerweile zur Rumpelkammer für Koffer, Schachteln, alte Matratzen, Skier und Rodelschlitten, Hula-Hoop-Reifen und Rollschuhe verkommen war. Es war nicht so warm hier oben, wie ich gedacht hatte, jedenfalls noch nicht so früh am Morgen.

Zee setzte sich auf ihre Matratze und nippte gedankenvoll an ihrem Kaffee. Barfuß, ohne Make-up und mit zurückgenommenem Haar sah sie sehr viel ernsthafter aus als gewöhnlich, und jünger.

»Gehst du auch in den Betrieb?« fragte sie.

»Ich habe mich noch nicht entschlossen. Ich weiß, die Arbeit wartet, aber irgendwie kann ich's dort nicht aushalten. Außerdem hing in den letzten paar Tagen alles so in der Luft. Ich weiß nicht, was ich denken soll. Manchmal habe ich das Gefühl, ich könnte das ganze Puzzle zusammensetzen, wenn ich nur ein bißchen Zeit hätte.«

»Laß dich nicht zu tief in die Sache verwickeln, Pam. Nicht daß du Scherereien bekommst.«

»Ausgerechnet du sagst mir, ich soll mich raushalten, wo wir dich hier oben verstecken und du selbst bis zum Hals drinsteckst? ... Wovor hast du Angst, Zee? Denkst du, die Polizei kommt darauf, daß du und Jeremy illegalen Einwanderern zum Bleiben verholfen habt?«

Sie nickte, mied jedoch meinen Blick.

»Aber du hast die Negative doch mitgenommen, und sonst gibt es doch nichts, das dich mit Jeremy in Verbindung bringen könnte, oder?«

Zee schwieg einen Augenblick. »Nein«, sagte sie. »Aber trotzdem sind in den letzten Wochen ein paar komische Dinge passiert. Das macht mich nervös. Ein Junge ... ein Junge, dem wir eine Arbeitserlaubnis verschafft hatten, wurde bei einer Arbeitsstelle, um die er sich beworben hatte, abgelehnt, ohne daß ein Grund genannt wurde. Sie haben seine Bewerbungspapiere dabehalten. Glücklicherweise lauteten sie auf einen falschen Namen, und wir haben ihm neue besorgt. Aber daß sie die Papiere einbehalten haben, ist ungewöhnlich. Es ist beunruhigend.«

»Waren alle Leute, denen ihr geholfen habt, politisch engagiert? Ich meine, waren sie alle Marcos-Gegner?«

»Sie waren alle anti-Marcos, ja. Aber das kann ganz Verschiedenes bedeuten. Viele Menschen auf den Philippinen sind mittlerweile gegen Marcos, aber nicht jeder tut etwas. Viele können es auch gar nicht«, fügte sie hinzu und schaute zu mir herüber, als ob es ihr wichtig wäre, daß ich verstand. »Es ist gefährlich. Tausende sind im Gefängnis, manche nur wegen irgendwelcher Kleinigkeiten. Weil sie irgendeinem kleinen Beamten Widerworte gegeben haben oder so. Ich habe von einem alten Mann gehört, der bloß hinging und um seine Pension bat, wohlgemerkt, die Pension, die ihm zustand. Und sie warfen ihn ins Gefängnis. Sie haben ihn zusammengeschlagen, das mußt du dir mal vorstellen, und ins Gefängnis gesteckt. So etwas ist dort an der Tagesordnung.«

»Aber die Filipinos, die du hier in Amerika kennst, sind sie auch gegen Marcos, oder ist es ihnen egal, weil sie ja nicht dort leben?«

Zee blickte mich forschend an, als versuche sie festzustellen, wie weit mein Interesse ging.

»Nun ja, du mußt dir klarmachen«, begann sie langsam, »es gibt verschiedene Generationen von Filipinos hier: die erste Einwandererwelle, die zweite, die dritte. Es heißt, die erste Welle, das waren Leute, die hergebracht wurden oder freiwillig herüberkamen, um in Kalifornien auf den Feldern zu arbeiten. Kennst du Carlos Bulosan, den Schriftsteller? Nein? Er hat über dieses Leben geschrieben. Einen wunderschönen Roman – *Amerika ist im Herzen*. Diese Männer, es waren meist Männer, gingen manchmal zurück, manchmal blieben sie auch und holten sich ein Mädchen herüber, heirateten, gründeten Familien. Sie sind schon so lange hier wie viele der Einwanderer aus Europa.

Die zweite Welle, das waren die Jungs aus dem Krieg, weißt du.« Als sie mein Erstaunen sah, erklärte sie geduldig: »Die Filipinos haben im Krieg für die Vereinigten Staaten gekämpft. Sie dachten, weil sie von den Vereinigten Staaten regiert würden, Abkommen mit ihnen hatten und so weiter, würden die USA sie vor den Japanern schützen. O nein, natürlich sind die Japaner einmarschiert. Sie haben viele Tausende getötet. Manila war die am schlimmsten zerbombte Stadt im ganzen Krieg, schlimmer als Warschau. Das hast du nicht gewußt, nicht wahr? Nein, die Amerikaner wissen das nicht... Aber nach dem Krieg erließ der Kongreß ein Gesetz, das besagte, daß alle Filipinos, die im Krieg gekämpft hatten, Staatsbürger werden konnten. Das taten sie dann auch und kamen hierher, um in den Genuß des Guten Lebens zu kommen. Alles, was sie sich wünschten, Auto, Haus, Fernseher, so hatten sie es zu Hause gehört. Wir alle hören das unser ganzes Leben lang, wie großartig das Leben in Amerika ist.«

»Und die dritte Welle?«

»Das sind meist Angehörige bestimmter Berufssparten, Ärzte und Krankenschwestern, Ingenieure, Computerprogrammierer oder so. Es ist gar nicht so schwierig, hier rüber zu kommen, wenn man etwas Geld hat und ein paar Verwandte – fast alle haben hier ein paar Verwandte –, und wenn man einen Beruf hat oder studiert. Marcos schert sich nicht sonderlich darum, wenn qualifizierte Arbeitskräfte das Land verlassen. Weil die Philippinen sie sich ohnehin nicht leisten können. Und dann werden sie nur liberal und unzufrieden. Außerdem schicken sie alle Geld nach Hause. Er verliert also nicht besonders viel.«

»Was ist mit den Studenten, den Radikalen?« fragte ich. »Sind sie nicht so etwas wie die vierte Welle?«

»Wenn wir wirklich so radikal wären«, Zee lächelte ein wenig bitter, »dann würden wir auf den Philippinen bleiben und uns den Guerillas anschließen. Ihr«, sie machte eine weitausholende Geste in Richtung auf die unteren Stockwerke, »ihr habt eure eigenen Vorstellungen davon, was radikal ist. Aber hör mir gut zu, ja?« Ihre Stimme wurde scharf. »Wir haben jahrelang unter dem amerikanischen Imperialismus gelebt, und wir hassen dieses Leben. Wir hassen Coca-Cola und die Soldaten und Matrosen und die Luftwaffe in Subic und Clark, wir hassen es, wie unsere Frauen sich prostituieren und wie unsere Männer zu Schwarzmarkthändlern werden. Daß wir für eure Konzerne in Fabriken arbeiten und irgendwelche kleinen Zulieferteile herstellen müssen, nicht einmal ganze Gegenstände. Aber wir kommen trotzdem in die Vereinigten Staaten, wenn wir in Schwierigkeiten sind oder studieren wollen, denn wohin sollten wir sonst gehen? Wir kommen her, wir können bei unseren Verwandten wohnen oder studieren, an euren schmucken Universitäten mit ihren tollen Studenteneinrichtungen und Swimmingpools, und wir können in der Bibliothek sitzen und Marx und Fannon und überhaupt jedes Buch lesen, das wir lesen wollen, ohne daß uns jemand stört und die Zehen einzeln abschneidet oder Elektroden an unseren Genitalien befestigt oder sowas.«

»Zee«, sagte ich und legte ihr die Hand auf den Arm, »Zee ...«

Sie schüttelte mich ab. »Wir kommen nach Amerika, weil wir zur Mittelschicht oder zur Oberschicht gehören und weil wir nicht wissen, wie man kämpft oder ob wir das überhaupt wollen, und weil wir hierher kommen *können.*« Sie weinte jetzt, die Arme eng um den Oberkörper geschlungen. »Aber wenn du hier irgend etwas tust, je sichtbarer du wirst, desto weniger kannst du zurückgehen, du mußt einfach dableiben, du hast keinen Einfluß auf die Amerikaner, weil sie dir nicht zuhören. Sie glauben dir nicht, wenn du erzählst, was auf den Philippinen geschieht. Du bleibst einfach da, du bleibst einfach. Und ganz allmählich verlierst du den Bezug, und es wird auch für dich ein bißchen irreal. Du lebst in einem anderen Land, und du vergißt. Es fängt an, unmöglich zu erscheinen. Du glaubst es selbst nicht mehr.«

Das Morgenlicht fiel in einem hellen, geraden Streifen über ihre Schultern und meine Beine, wie wir einander gegenübersaßen. Wir weinten beide.

»Du hast mich nie gemocht, Pam, nicht wahr?« sagte sie nach einer Weile.

»Ich ... tut mir leid, Zee, wie ich mich benommen habe. Können wir nochmal von vorn anfangen?«

»Ja.« Sie nickte und streckte die Hand aus.

Wir schüttelten uns die Hände, ein bißchen feierlich. Dann mußten wir beide lachen.

Zee sagte: »Weißt du, das mit Ray und mir, es ist nicht ...«

»Ich will gar nichts über dich und Ray wissen. Es macht mir nichts aus, wirklich. Ich habe überhaupt nichts dagegen. Ich freue mich für euch, und ich schäme mich für mein schlechtes Betragen. Aber das ist jetzt wirklich unsere geringste Sorge.«

»Pam, ehrlich ...«

Es klingelte an der Haustür.

16

Ich ging zum Dachbodenfenster und spähte hinaus. Außer einem unauffälligen, marineblauen Sedan, von dem ich mir nicht vorstellen konnte, wem er gehörte, konnte ich kein Auto auf der Straße entdecken.

»Ich schließe hinter dir ab«, sagte Zee.

Ich lief die Treppe hinunter und öffnete die Tür beim zweiten Klingeln. Der Mann trug einen Polyester-Anzug, der farblich haargenau auf sein Auto abgestimmt war. Meine Güte, das FBI!

»Mrs. Nilsen?« Er zeigte mir seinen Ausweis. Fred Parker, Lieutenant Detective, Seattle Police Department.

Einer von DENEN.

»Darf ich reinkommen? Ich habe ein paar Fragen zu einem Ihrer Angestellten, Jeremy Plaice.«

Ich bat ihn herein. Er war ein hochgewachsener, blonder Mann mit glattrasiertem, freundlichem Gesicht. Beim Gehen zog er das eine Bein etwas nach, wie von einer alten Verletzung, und glich es mit dem anderen aus.

Wir setzten uns ins Wohnzimmer. Ich kam mir vor, als müßte ich einen entfernten Verwandten oder Freund meiner Eltern unterhalten, bis sie aus der Stadt zurück waren.

»Tee oder Kaffee?« fragte ich wohlerzogen.

Lieutenant Detective Parker schüttelte höflich den Kopf. Er hatte ein kleines Notizbuch und einen Stift gezückt.

»Pam oder Pamela?«

»Pam. Penny, meine Schwester, ist im Betrieb.«

»Ja, ich weiß. Ich habe schon mit ihr gesprochen.«

Der Mann stand früh auf. Ich hoffte, daß Penny ihre Sache gut gemacht hatte. Trotzdem spürte ich meine Nerven. Warum hatte sie nicht angerufen und mich vorgewarnt? Was, wenn nun unsere Geschichten nicht übereinstimmten?

»Was kann ich für Sie tun?« fragte ich ohne große Begeisterung. »Ich habe meine Aussage doch schon zu Protokoll gegeben.«

»Lassen Sie uns die Ereignisse in der Nacht des Mordes noch einmal durchgehen. Können Sie mir zunächst erzählen, was Sie an dem bewußten Abend vorher gemacht haben? Und was Sie dann sahen, als sie in den Betrieb kamen?«

»Also gut. Ich habe bis gegen 18 Uhr im Betrieb gearbeitet, zusammen mit Ray Hernandez. Er war auch da. Dann ging ich ...«

»War Mr. Hernandez zu diesem Zeitpunkt noch dort?«

»Ja ... er sagte, er wolle später Schluß machen.« Ich versuchte, mir mein Zögern nicht anmerken zu lassen und bestimmt zu klingen. Ich hatte vergessen, daß Ray an einem Auftrag arbeitete, den er noch fertig machen wollte. »Auf jeden Fall ging ich, und machte ein paar Erledigungen – brachte etwas in die Reinigung, holte einen Film ab, den ich zum Entwickeln gegeben hatte –, und um 19 Uhr traf ich mich mit Hadley Harper zum Abendessen im *Doghouse* Restaurant. Sally Gassett, die Kellnerin, wird sich daran erinnern.«

Er stenografierte alles mit. Dann fragte er: »Mrs. Harper ist eine Freundin von Ihnen?«

Ich nickte. Ich hatte keine Lust, die Fusionsgeschichte früher ins Gespräch zu bringen als irgend nötig. Ich fuhr fort: »Wir aßen also zusammen und so weiter, und dann, gegen 20.30 Uhr, fuhren wir im Betrieb vorbei. Ich wollte mir zehn Dollar aus der Kaffeekasse borgen. Ich, das heißt, wir sahen ein rotes Licht in der Dunkelkammer und gingen hinein. Jeremy lag irgendwie verkrümmt auf dem Boden. In seiner Schläfe war ein Loch, und da war etwas Blut.«

»Das war so gegen 20.30 Uhr?«

»Ungefähr, vielleicht ein bißchen später.«

»Der Anruf bei der Polizei kam um 21.02 Uhr.«

»O natürlich, es muß später gewesen sein ... ich hatte keine Uhr dabei.«

Lieutenant Detective Parkers Augen huschten automatisch zu meinem Handgelenk. Wenn er das Zifferblatt meiner Armbanduhr hochgehoben hätte, hätte er darunter Haut gesehen, an die niemals Sonnenlicht gekommen war. »Lüg nie die Polizei an«, hatte ich immer wieder gehört. Aber ich wollte ihm nicht von Fran erzählen, wollte nicht diese ganze Sache von ihr und Elena und der Fusionsgeschichte aufrollen, das alles war ein viel zu großes Kuddelmuddel.

Lieutenant Detective Parker sagte nur: »Sonst war niemand im Betrieb? Kam niemand nach Ihnen?«

»Nein«, sagte ich. Da war es. Meineid oder Falschaussage oder wie sie dazu sagten.

Er wechselte das Thema. »Wie viele Angestellte hat Best Printing?«

Hatte Penny ihn nicht ins Bild gesetzt? Oder wollte er mich nur auf die Probe stellen? »Wir haben keine Angestellten, wir sind ein Kollektiv.«

Mir fiel auf, daß er das nicht notierte.

»Die Firma läuft auf Ihren und Penny Nilsens Namen«, sagte er.

»Ja ... aber wir alle teilen uns die Gewinne und die Arbeit.«

»Wie viele sind Sie?«

»Hat Ihnen das Penny nicht gesagt?«

Er schaute mich bloß an. Weder geduldig noch ungeduldig. »Es ist eine reine Formalität – verschiedenen Leuten dieselben Fragen zu stellen.«

Das will ich meinen, dachte ich. Ich fing an, leicht zu schwitzen. Er schien nicht mehr ganz der harmlose, freundliche Typ, der er am Anfang gewesen war.

»Es sind – waren – sieben. Ray Hernandez, Zenaida Oberon, Penny, ich, Elena Perrault, Jeremy und June Jasper. Sie müssen June kennen. Sie wurde noch in derselben Nacht zum Verhör festgenommen.«

Der Gedanke daran machte mich wütend, aber Parker nickte nur.

»Können Sie mir etwas darüber sagen, wo die anderen an diesem Abend waren?«

»Nein. Ich habe keine Ahnung, wo sie alle waren.«

»Was können Sie mir über Jeremy selbst sagen? Was für ein

Mensch war er? War er vielleicht in irgend etwas verwickelt, das mit zu diesem ... Geschehnis geführt haben könnte?«

»Ich habe gehört«, ich legte bewußt eine Pause ein, »daß er ein FBI-Informant war.«

Lieutenant Detective Parker hob nicht einmal die Augenbrauen. »Ach, das ist interessant ... Sie denken, er könnte getötet worden sein, weil er Informationen über Sie weitergab?«

»Das habe ich nicht gesagt. Ich weiß nicht einmal mit Sicherheit, ob es stimmt, daß er Informant war. Aber das müßten Sie ja leicht über das FBI erfragen können.«

»Das ist nicht immer so einfach.« Parker warf mir ein überraschend freimütiges Lächeln zu. »Informanten laufen unter Decknamen und erstatten manchmal nur einem einzigen Mann Bericht ... wir werden trotzdem sehen, was wir herausfinden können. Sie denken also nicht, daß es ein Streit unter Liebenden war?« wechselte er noch einmal abrupt das Thema. »Keine Eifersucht oder so? Über was war seine Freundin denn so erbost?«

Ich schüttelte den Kopf. »June würde nie jemanden umbringen.«

»Abgesehen von ihrem ersten Mann«, sagte Parker sanft.

Ich biß mir ärgerlich auf die Lippen, mußte seine Technik aber wider Willen bewundern. Seit er hier war, hatte er mich permanent in Hochspannung gehalten. Und dabei hatte ich keinen blassen Schimmer, was er eigentlich dachte.

»Wie steht's mit den anderen?« fragte Parker. »Zee, Ray, Elena? Wie kamen sie mit Jeremy aus?«

»Prima«, sagte ich etwas dümmlich. »Es war ziemlich einfach, mit Jeremy gut auszukommen. Ein bißchen schusselig, aber liebenswert. Solange er seine Stereo-Kopfhörer hatte, war er glücklich.« Und seinen täglichen Joint.

»Wir hatten Schwierigkeiten, Freunde oder eine Familie ausfindig zu machen«, sagte Parker.

»Oh, er hat aber eine Familie. Eltern oder Geschwister, er hat dauernd von ihnen geredet. Sie leben irgendwo in Südkalifornien. Er hatte vor, sie in Kürze zu besuchen. Fullerton, glaube ich.«

Lieutenant Detective Parker schrieb sich das auf. »Danke, Mrs. Nilsen. Das wäre alles. Wir melden uns bei Ihnen, wenn wir noch irgendwelche weiteren Informationen brauchen. Wenn Ihnen noch irgend etwas einfällt«, er schaute auf meine Armbanduhr, »zögern Sie nicht, mich anzurufen.« Er gab mir seine Karte.

Ich war irgendwie überrascht, daß er ging. Ich hatte erwartet, noch weiter auf Herz und Nieren geprüft zu werden, zumindest, daß er fragte, ob ich irgendwelche Vorstellungen hätte, wer Jeremy ermordet haben könnte. Er hatte mich nicht einmal gefragt, wer mir gesagt hatte, daß Jeremy ein Informant sei, oder was für Informationen er hätte weitergeben können. War *er* nun blöd oder ich?

»Ach übrigens«, sagte er, als ich ihn zur Tür brachte, »wir konnten Mrs. Oberon nicht finden. Die Nachbarin sagte, sie und ihre Tante seien weggefahren. Irgendeine Idee, wohin das sein könnte?«

Seine Augen waren plötzlich durchdringend auf mich gerichtet. Ich war völlig unvorbereitet.

»Ein Notfall«, stammelte ich. »Ich weiß auch nichts Näheres, da war nur eine kurze Notiz.« Ich brach ab. Was hatte Penny ihm erzählt, was hatte sie ihm nicht erzählt?

Er wartete einen Augenblick, daß ich weiterredete. Dann lächelte er freundlich. »Ich bin sicher, wir werden uns noch einmal mit Ihnen in Verbindung setzen, Mrs. Nilsen«, sagte er, schon im Gehen. »Auf Wiedersehen. Schönen Tag noch.«

»Wiedersehn«, stotterte ich schwächlich.

Widerling. Na, immerhin hast du noch nichts rausgekriegt.

Ich wartete gut zehn Minuten, um ganz sicher zu sein. Dann ging ich hoch und klopfte an die Dachbodentür. Zee ließ mich herein.

»Wer war das?«

»Ein Bulle. Ein Detective.«

»Ein Detective.«

»Keine Angst«, sagte ich. »Ich hab' nicht schuldbewußt hier hoch gesehen. Aber...«

»Was?«

»Sie suchen dich. Sie wollen dir nur ein paar Fragen stellen. Dieselben wie uns allen.«

»Was hast du ihm gesagt?« Zee tigerte rastlos auf dem winzigen Fleck zwischen all dem Gerümpel, den wir für sie freigeräumt hatten, auf und ab, die Hände in den Taschen ihrer Jeans.

»Nicht viel. Ich habe ihm auf jeden Fall die Arbeit nicht gerade erleichtert, das steht fest. Er wird wahrscheinlich wiederkommen. Mein Gott, warum mußte das passieren? Wer hat Jeremy umgebracht, Zee? Und warum? Könnte es jemand gewesen sein, den du kennst? Jemand, den Jeremy erpreßt hat oder so?«

»Nein«, sagte Zee. »Es lief alles über mich. Sie haben nie mit Jeremy gesprochen.«

»Aber er wußte, wer sie waren, oder?«

Sie schaute unglücklich drein.

»Der Detective schien keineswegs überrascht, als ich ihm sagte, ich hätte gehört, daß Jeremy möglicherweise ein FBI-Spitzel war. Wie finden sie solche Dinge eigentlich heraus, frage ich mich. Schreiben sie hin und fordern unsere Akten an?«

»Sei vorsichtig, Pam. Bitte sei vorsichtig. Es könnte sehr viel gefährlicher sein, als du denkst.«

Sie hatte aufgehört, auf und ab zu gehen, und stand nun mit dem Rücken zu mir, den Blick starr aus dem Fenster gerichtet. Das Gefühl, mich in einem Gefängnis zu befinden, in einer Zelle, flog mich an, ging wieder vorbei.

Ich platzte heraus: »Zee, was passiert wirklich mit den Leuten, die auf die Philippinen zurückgehen? Mit Leuten, die hier politisch aktiv waren?«

Sie drehte sich langsam um, als müsse sie sich aus einer Art Trance reißen. »Ich könnte dir von Bennys Bruder erzählen. Er ging zurück. Du kennst Benny. Benito. Nicht? Der Junge, der mit mir bei der Zeitung arbeitet. Genau der. Er und sein Bruder Amado waren beide auf den Philippinen in der Studentenbewegung.

Amado gehörte zu den Anführern einer Demonstration, einer illegalen, vor einigen Jahren. Dann kam er zum Studium hierher. Er war an der Universität Washington eingeschrieben, wollte sein Ingenieursdiplom machen. Er war auch hier aktiv. Er war derjenige, der mit der Zeitung anfing. Und er reiste herum und hielt Vorträge. Na ja, eines Tages, dieses Frühjahr, hatte er sein Diplom in der Tasche und sagt, er müsse jetzt nach Hause. Er meint, vielleicht ist es gefährlich, aber er ist hier in Amerika nie behelligt worden, also wissen sie vielleicht nicht viel oder sogar gar nichts über seine Aktivitäten hier. Und erinnern sich vielleicht auch nicht an das, was er vorher auf den Philippinen getan hat...«

Zee saß nun wieder neben mir auf der Matratze. Sie hatte meine Hand genommen. Ihre eigene Hand war zart und eiskalt. Es war, als wolle sie mir die volle Bedeutung dessen, was sie sagte, mit der ganzen Kraft ihres Willens einprägen.

»Benny sagte – und wir anderen sagten es auch alle –, ›geh nicht!‹ Aber wir wußten nicht mehr so genau, was überhaupt auf den Philippinen los ist. Immer wieder wurde das Leben dort plötzlich einfacher, als ob sich die Lage entspannte. Es gab auf einmal nicht mehr so viele Verhaftungen, ein paar Versprechungen, ein bißchen Hoffnung. So war es auch, als Amado beschloß zurückzukehren. Weißt du, Marcos hatte letztes Jahr gesagt, daß das Kriegsrecht aufgehoben sei.«

Zees schön geschwungene Lippen verzogen sich zu einem bitteren Lächeln.

»Kannst du dir vorstellen, daß wir darauf hereingefallen sind? Aber wir fielen darauf herein. Wir wollten es so gern glauben... Und so fuhr Amado nach Hause, im April, glaube ich, am fünften April. Wir veranstalteten noch eine Abschiedsparty für ihn. Eine Woche später bekam Benny ein Telegramm: Amado ist tot.«

Ihre Hände umschlossen die meine wie ein kalter Schraubstock. Ich konnte nicht sprechen.

»Er wurde gefoltert. Seine Leiche wurde gefunden... nein, es ist zu entsetzlich. Benny – er konnte es einfach nicht glauben. Er war wie wahnsinnig. Er wollte hinfahren und Marcos persönlich umbringen. Eine solche Verschwendung! Zu denken, daß Amado umgebracht wurde wie ein räudiger Hund und dann einfach auf die Straße geworfen wie Abfall.«

»Aber mit welcher Begründung haben sie ihn verhaftet? Wie konnten sie es wissen?«

Zee weinte nicht, aber ihr blasses, gelbliches Gesicht war noch bleicher geworden. Die schwarzen Augen waren verschleiert vor Schmerz. »Wir wissen es nicht. Wir wissen nie, wie sie uns finden und warum«, sagte sie. »Aber deshalb wollen wir nicht zurück.«

17

Ich beschloß, am Nachmittag nicht in den Betrieb zu gehen, sondern im Garten zu arbeiten. Nach der Hitze der letzten Tage hingen der Grünkohl und der Salat ziemlich in den Seilen. Der Garten wenigstens war ein Ort, an dem ich etwas bewirken konnte. Ich war noch immer erschüttert über das, was Zee mir erzählt hatte. Noch ein Land auf der Welt, um das man sich Sorgen machen mußte – von *einem* Toten wußten wir, wie viele mochten es noch sein?

Ich hackte und jätete, wässerte und schnitt mit wahrer Inbrunst. Nach ein paar Stunden fing ich an, mich besser zu fühlen, das Gefühl der weichen braunen Erde unter den nackten Fußsohlen, schwarze Ränder unter den Nägeln, Schweiß auf Stirn und Rücken. Tief atmete ich den Duft von Grün, lebensstrotzendem, überwältigendem Grün ein, bis mir ganz schwindlig wurde und ich mich hinsetzen mußte.

Während meiner Gartenaktion hatte zweimal das Telefon geklingelt, aber ich hatte mich nicht stören lassen. Gegen vier jedoch, nach einer ausgiebigen Dusche, hielt ich es für an der Zeit, mal wieder ranzugehen. Hadley natürlich; wie hatte ich sie vergessen können.

»Hallo«, sagte sie. »Gibt's was Neues?«

»Nicht viel. Ich bin von einem Detective ausgefragt worden.«

»Ich auch.«

»Fred?«

»Mhm.«

Ich wollte sie fragen, ob er sie mit der Zeit drangekriegt hatte, mit dieser mysteriösen Lücke zwischen 20.30 und 21.02, und ob sie Fran erwähnt hatte, wagte dann aber aus Vorsicht nicht, Frans Namen am Telefon zu nennen. Aus demselben Grund schwieg ich auch über die Sache mit Zee. Außerdem hatte sie gesagt, ich solle es niemandem erzählen.

»Aber deswegen rufe ich nicht an«, fuhr Hadley fort.

»Ach?«

»Nee. Ich wollte fragen, ob du vielleicht Lust hast, dir heute abend ein Softball-Spiel anzusehen. Mein Team spielt.«

»Klingt prima. Was soll ich anziehen? Mein altes Cheerleader-Kostüm?«

»Sag bloß. Die ›Zauberhaften Zwillinge von der Roosevelt High‹?«

»Sollte bloß ein Witz sein. Wir waren beide häßliche Entlein, richtig widerliche Streberinnen.«

»Ein Glück.«

»Fand ich damals weniger. Wann und wo?«

Sie sagte es mir. Danach machte ich mich ans Kochen. Einmal quer durch den Gemüsegarten, frische Gartenfrüchte, in Butter geschwenkt, dazu Kräuterreis.

Ich setzte den Reis auf, schnippelte das Gemüse und ging dann nach oben zu Zee und brachte ihr einen Becher Eistee. Unterm Dach herrschte mittlerweile eine Gluthitze. Zee lag in BH und Höschen auf der Matratze, umgeben von alten Zeitungen.

»Wir wollten sie immer mal zum Altpapier geben«, meinte ich entschuldigend.

»Sie sind unglaublich interessant«, sagte Zee. »Manchmal kann ich kaum fassen, wie die amerikanische Presse arbeitet. Über manche Dinge berichten sie fast schockierend offen und bei anderen sind sie dermaßen zugeknöpft. Und immer wissen sie so genau, was richtig und was falsch ist. Ich glaube, das werde ich an den USA nie verstehen.«

»Was?«

»Diese Selbstbezogenheit, wie kleine Kinder. Ihr merkt nicht einmal, daß der Rest der Welt förmlich besessen von euch ist. Seit ich lesen kann, sind die Zeitungen in Manila jeden Tag voll von Artikeln über das, was Amerika denkt, was Amerika tut, über unser Verhältnis zu Amerika. Es hat fast was von einer Liebesgeschichte; wir hassen euch, wenn wir uns abgewiesen fühlen, und wir lieben euch, wenn ihr uns das Gefühl gebt, ihr würdet uns ernstnehmen. Imelda und Ferdinand leben von Gunstbeweis zu

Gunstbeweis, wie ausgehaltene Geliebte oder eher wie Prostituierte, Edelnutten, die so tun, als wären sie frei, als gäbe es da jemanden, der sie liebt, während sie in Wirklichkeit nur ausgenutzt werden. Wie wir alle.«

Der Dachboden war so eng und so heiß wie eine Sauna. Die Hitze brachte mir meinen Sonnenbrand schmerzhaft in Erinnerung. Ich schlüpfte aus den Sandalen, fuhr mir über die schweißnasse Stirn und versuchte, nicht zu hyperventilieren. Die Gene, die meine norwegischen Vorfahren an mich weitergegeben hatten, hatten mich eher für frostige Temperaturen beim Kartoffelbuddeln oder Rentierhüten ausgerüstet. In Manila könnte ich nicht überleben.

»Genau das ist es. Wie Luxuscallgirls!« Zee kam in Fahrt. »Die Vereinigten Staaten benutzen die Dritte Welt, wie ein Mann eine Prostituierte benutzt. Ist dir das auch schon aufgefallen? Erst flirtet er ein bißchen mit ihr, tut so, als hielte er sie für ein menschliches Wesen, gibt vielleicht sogar ein bißchen Geld für sie aus, damit sie sich für ihn hübsch machen kann. Und dann, wenn er bekommen hat, was er wollte – die Bodenschätze, die Kontrolle über die Wirtschaft, eine Müllhalde für irgendwelchen unsinnigen, wertlosen Konsumschrott, mit anderen Worten, die vollkommene Unterwerfung –, dann behandelt er sie auf einmal wie eine Hure. Er heuchelt Mitleid, während er sie gleichzeitig mit Dreck bewirft und dafür sorgt, daß sie keinen Fuß mehr auf den Boden bekommt. Und die ganze Zeit haßt die Frau ihn und wünscht sich doch gleichzeitig insgeheim, daß er sie heiraten möge, hofft, daß er vielleicht, eines Tages ... Weißt du eigentlich, wie viele Frauen auf den Philippinen Prostituierte sind?« Die Worte sprudelten nur so aus ihr heraus. »Wie viele Tausende in winzigen Buden vor Subic Bay und dem Clark-Luftwaffenstützpunkt hausen? Sie kommen vom Land, ihre Familien haben kein Geld – vielleicht ist ihnen ihr Land auch vom Marcos-Clan weggenommen worden. Sie fangen als Hostessen an, zum Beispiel in Manila, in den Nobelhotels, wo die ganzen Geschäftsleute aus dem Westen absteigen. Sechs Monate oder ein Jahr später sind sie dann Stripperinnen in irgendeiner heruntergekommenen Bar bei einer der Militärbasen. Sie verlieben sich in einen Seemann, der sagt, er würde sie heiraten, sie bekommen ein Kind, er macht sich aus dem Staub. Sie geben das Kind zu ihren Eltern, fangen wieder an zu arbeiten, vielleicht an einem noch scheußlicheren Ort, vielleicht irgendwo auf der Straße ...«

Ich hatte das Gefühl, in der nächsten Sekunde ohnmächtig zu werden. »Zee, warum erzählst du mir das?«

»Weil du eine Feministin bist, oder etwa nicht? Eine amerikanische Feministin. Du solltest wissen, wie der Rest der Welt lebt, wie die Frauen leben. Wenn sie nicht sexuell benutzt werden, werden sie in Fabriken gesteckt und ruinieren ihre Augen, indem sie Tag für Tag durch Mikroskope starren und Computer-Chips für Hewlett Packard oder IBM herstellen. Sie verdienen dreißig oder vierzig Cents die Stunde, und wenn sie fünfundzwanzig sind, werden sie entlassen, weil sie alt sind, weil sie blind sind, weil sie vielleicht mehr Geld verlangen könnten oder Schwierigkeiten machen ... Und das sollte dir etwas ausmachen, es sollte dir etwas ausmachen, weil es *dein* Land ist, das sowas macht, und weil es *Frauen* sind, die darunter leiden.«

Mittlerweile hyperventilierte ich wirklich, nicht bloß wegen der Hitze, sondern wegen des erstickenden Gefühls, mitverantwortlich zu sein. Aber ich *wollte* mich nicht verantwortlich fühlen, es war unbehaglich, es tat weh. Ich hörte mich nach Luft schnappen. Unzählige Male hatte ich mir in angenehm klimatisiertem Ambiente Filme angesehen oder Vorträge über die Schrecken und Sünden des Imperialismus angehört, brav nickend wie eine Marionette, wenn an den richtigen Fäden gezogen wird. Wie schrecklich, wie furchtbar, die armen Menschen. Ein Dollar in den Hut, eine Unterschrift unter eine Petition. Und dann wieder hinaus in die laue Abendluft, zu einer Tasse Kaffee, einer Portion Eis, das kurze Aufflackern von Schuld und Begreifen bloß schnell wieder wegschieben. Es lag eine schmerzhafte ausgleichende Gerechtigkeit darin, daß ich mich in diesem Augenblick auch körperlich so elend fühlte. Der Zustand behagte mir ganz und gar nicht.

Aber es gab kein Entrinnen.

Bis Zee auf einmal lachte und die Spannung zerriß. »Du könntest mir was zuliebe tun, wenn du willst...«

»Was? Klar. Alles!«

»Verschwinde von hier, bevor du einen Kollaps kriegst. Du bist rot wie eine Tomate!«

»Zee ... ich wollte noch sagen ... ich bin froh, daß du zu uns gekommen bist.«

»Deshalb bin ich ja gekommen. Weil ich euch vertraue, dir und Penny.«

Wir saßen da und lächelten uns an, dann fiel mir plötzlich der Reis ein. »Sam und Jude werden bald zurück sein. Wenn du bloß nach unten kommen könntest, es ist so heiß hier oben ... Bist du sicher, daß du dir wegen der Polizei Sorgen machen mußt? Ich meine, wir sind doch alle irgendwie in die Sache verstrickt ...«

»Es ist zu gefährlich. Zu Wichtiges steht auf dem Spiel.«

»Aber werden sie nicht viel eher Verdacht schöpfen, wenn du einfach untertauchst?«

»Kann schon sein. Aber es ist besser so, Pam, glaub mir. Jedenfalls im Augenblick.«

»Okay. Sag mir oder Penny Bescheid, wenn du irgend etwas brauchst. Ich gehe heute abend weg, aber vielleicht ...«

»Mach dir keine Gedanken«, sagte sie lächelnd und klopfte auf die Zeitungen. »Ich bin erst bei 1980.«

»Wir müssen wirklich mal dieses Altpapier entsorgen«, seufzte ich.

Penny kam nach Hause und in die Küche. Sie sah müde aus, aber fröhlicher als in den letzten Tagen. »Die Papierlieferung ist angekommen, der Satz ist fertig, wir können morgen anfangen. Ray sagt, er gibt die Reproarbeiten weg ...« Sie nahm eine Möhre und fing an zu knabbern.

»Ist ein Lieutenant Detective Parker vorbeigekommen?«

»Ja. Ich habe ihm einfach alles erzählt. Wie du angerufen hast und wie ich hinkam.« Sie schien irgendwie keine Lust zu haben, darüber zu reden. »Du, Ray sagt, er will morgen unsere Vorlagenmappe mitnehmen und sehen, ob ...«

»Ja, schon gut. Aber kam dir dieser Detective nicht auch irgendwie komisch vor, hattest du nicht auch das Gefühl, daß er dir nicht richtig geglaubt hat, daß da noch was anderes im Busch ist? Er war so erstaunt wegen Zee und schien andererseits überhaupt nicht überrascht, als ich ihm sagte, ich hätte gehört, Jeremy sei ein Informant ...«

»Pam«, Penny drehte sich um und sah mir direkt ins Gesicht, »ich habe heute beschlossen, daß ich nichts mehr mit diesem ... dieser Detektivspielerei zu tun haben will. Ich meine, selbst zu versuchen, den Mörder zu finden, der Polizei Sachen zu verschweigen, relevante Tatsachen. Ich wußte kaum, was ich sagen sollte, als er fragte, wo Zee sei. Ich sagte, es sei ein Notfall eingetreten, und sie sei mit ihrer Tante weggefahren ...«

»Gott sei Dank«, entfuhr es mir.

Aber Penny war noch nicht fertig. »Mir wäre wohler, wenn wir Zee nicht erlaubt hätten, sich hier zu verstecken.« Sie verdrehte die Augen in Richtung Dachboden. »Ich weiß wirklich nicht, warum sie uns da mit hineinziehen mußte.«

»Sie ist eine Frau, sie ist in Schwierigkeiten, sie ist eine aus unserem Kollektiv, sie ist eine Frau«, wiederholte ich mich und versuchte mir nicht anmerken zu lassen, wie enttäuscht ich war. Gerade hatte Zee noch gesagt, daß sie uns vertraute, und jetzt machte Penny einen Rückzieher.

»Ich weiß, ich weiß. Ich verlange ja nicht, daß sie geht. Aber trotzdem will ich nicht noch mehr in die ganze Sache verwickelt werden. Also, kurz und bündig, ich möchte lieber nichts mit ihr zu tun haben, solange sie sich hier versteckt, solange sie überhaupt meint, sich verstecken zu müssen, weil ich keinen Schimmer hab', was dahintersteckt. Ich überlasse dir das lieber.«

»Und Ray.«

Penny sah plötzlich aus, als hätte ich sie an einer empfindlichen Stelle getroffen. »Wenn du meine Meinung hören willst, Ray will genausowenig damit zu tun haben wie ich.«

»Deine Meinung ist mir schnurz«, schnappte ich. »Mir tut's nicht leid, daß wir Zee schützen, und ich schäme mich auch nicht dafür, daß ich mir Sorgen mache, weil ich in unserer eigenen Dunkelkammer über einen Mord gestolpert bin. Und was Ray angeht, ist er ein noch größeres Arschloch, als ich dachte, wenn er seine Freundin in einer solchen Krise im Stich läßt.«

»Sie sind nicht mehr zusammen, und er ist kein Arschloch«, sagte Penny hitzig.

»Was meinst du damit, sie sind nicht mehr zusammen? Woher willst du das wissen?«

»Er hat es mir erzählt«, Penny drehte sich zum Spülbecken und fing an, die Radieschen nochmal zu schrubben.

»Seit wann steht ihr, du und Ray Hernandez, auf so vertrautem Fuß?« fragte ich und trat näher.

»Ach, laß mich in Ruhe«, sagte sie. »Warum begräbst du nicht endlich deinen Groll gegen ihn? Es ist wirklich langsam Zeit.«

Ich war zu wütend, um zu antworten, und verließ türenknallend den Raum. Sollte sie das Abendessen doch verdammt nochmal allein fertigmachen und von mir aus auch allein runterschlucken. Falsche Hexe. Schmeißt sich doch tatsächlich an Ray ran. Blöde Kuh. Läßt Zee im Stich, kümmert sich keinen Deut darum, wer Jeremy ermordet hat, will nicht in die Sache verwickelt werden – bloß nie in etwas verwickelt werden! – und fällt dabei auf jeden rührseligen Schmus rein, den ihr irgendein Kerl auftischt.

Ich rannte einmal um den Block und lief dann weiter zum Park. Als ich zurückkam, hatte mein Zorn sich etwas abgekühlt.

Penny hatte inzwischen gekocht und sich in der Küche zum Essen hingesetzt. Sie wirkte recht verloren mit ihren Eßstäbchen, der Papierserviette und dem Wasserglas. Ihr Stachelhaar hing welk herunter, und auf ihren Wangen glitzerten noch ein paar Tränen.

»Tut mir leid, Zwill«, sagte ich, ging zu ihr und drückte sie ein bißchen.

Sie hielt mich fest. »Mir auch.«

Aber wir sprachen nicht darüber. Und das war ein Fehler.

18

Nach dem Abendessen duschte ich noch einmal und zog saubere Jeans, frische Socken und ein T-Shirt mit der Aufschrift *USA – raus aus Mittelamerika* an. Unzufrieden mit meinem Anblick probierte ich vor dem Spiegel verschiedene Frisuren aus und flocht mir den Zopf einmal links, einmal rechts. Der Ausdruck auf Zees Gesicht, als sie von den Prostituierten und Fabrikarbeiterinnen sprach, ging mir nicht aus dem Kopf. Ich fühlte mich fett, weiß, arrogant. Am liebsten hätte ich mir das Haar kurzgeschoren – neu anfangen, irgend etwas *tun*. Schließlich flocht ich mir die Haare ganz aus dem Gesicht. Offen, exponiert, aber nicht übel, gar nicht übel. Ich zupfte an mir herum und posierte vor dem Spiegel, bis Jude an die Badezimmertür wummerte.

»Na, heißes Rendezvous heute abend, Pam?«

Schon möglich.

Das Softballmatch wurde von zwei Frauenteams ausgetragen, die beide von Frauenfirmen gesponsert wurden. Hadleys Team waren die Heats, wie sie mir erzählt hatte. Das gegnerische Team nannte sich Lesbian Lightning. Es war ein Freitagabend-Spiel auf einem kleinen Spielfeld im North End, und auf den wenigen wackligen Zuschauerbänken drängten sich bereits begeisterte weibliche Fans, die ihre Teams anfeuerten und ihnen gute Ratschläge erteilten, noch bevor das Spiel begonnen hatte.

Hadley war durch ihre Größe auf Anhieb auszumachen. Sie stand inmitten ihres Teams und gab offenbar noch letzte Anweisungen. Mechanisch strich sie immer wieder ihr grau-blondes Haar hinter die Ohren zurück und lächelte ihr schiefes Lächeln. Ihre türkisfarbenen Augen leuchteten sogar aus dieser Entfernung.

Die Heats spritzten plötzlich über das ganze Spielfeld auseinander und nahmen ihre Positionen ein. Einige der Spielerinnen kamen mir vertraut vor; ich erkannte Margaret am dritten Mal und Anna, die Fängerin war. Falls sie mich unter den Zuschauerinnen entdeckt hatten, zeigten sie es jedenfalls nicht. Aber Hadley winkte und lächelte. Dann nahm sie ihren Platz am Wurfmal ein.

Es überraschte mich nicht, daß Hadley gut war, aber ich war doch erstaunt, auf welch hohem Niveau beide Teams spielten. Die Lightnings ließen sich angesichts Hadleys geschickter Würfe nicht lumpen. Das erste Laufmal wurde sofort erreicht, und auch die nächste Spielerin machte ihre Sache nicht schlecht. Die dritte Schlagfrau konnte Hadley aus machen, aber der vierten gelang ein Wahnsinns-Slide, sie servierte den Ball flach im rechten Feld. Keine Outs.

Hadley legte ihre volle Konzentration in den nächsten Wurf. Sie lockerte die Schultern, tänzelte ein bißchen auf der Stelle und maß dabei die Schlagfrau mit zusammengekniffenen Augen. Dann machte sie einen geraden, niedrig angesetzten Wurf quer über das Feld. Schlagfehler. Die Schlagfrau mobilisierte sichtlich ihre Energien für die nächsten Würfe. Der nächste kam etwas höher, schneller. Die Schlagfrau holte aus, verfehlte. Schlagfehler. Hadley lockerte sich erneut, beugte sich nach vorn, richtete sich wieder auf, starrte konzentriert auf den Ball und schickte ihn los.

Klack. Der Ball beschrieb einen perfekten Halbkreis. Ein sicherer Fang, aber die Schlagfrau und alle Frauen an den Malen machten sich bereit loszulaufen, falls nötig. Einen Augenblick atemlose Spannung – die Außenfeldspielerin verfehlte. Rufe, Schreie. Die erste Schlagfrau gewann die Heimbase, die zweite umrundete das dritte Mal und schlitterte auf das nächste zu, als Anna den Ball erwischte und sie mit einem bravourösen Hechtsprung aus machte. Dann, bevor die Zuschauerinnen auch nur blinzeln konnten, flog der Ball hinüber zu Margaret am dritten Mal, die daraufhin blitzschnell eine Lightning-Spielerin auf dem Weg zum Mal aus machte. Drei Outs.

Die Zuschauerinnen tobten vor Begeisterung und ich mit. Und das war erst der erste Durchgang. Ich hörte eine Frau sagen, daß die Heats sich unglaublich gesteigert hätten, seit Hadley angefangen hatte zu werfen. Eine andere redete von dem genialen

Gespann Margaret und Anna am dritten Mal und der Heimbase, die alle Läufe zunichte machten.

Ich fand, daß ich meinen Verdacht gegen Margaret und Anna im Lichte ihrer Softball-Qualitäten überdenken mußte. Konnten zwei so großartige Ballspielerinnen Mörderinnen sein? Oder auch nur Saboteurinnen? Durchaus möglich. Die absolute Konzentration, die aus den zusammengepreßten Lippen sprach, und das schon fast schlafwandlerische Aufeinander-Eingespieltsein der beiden grenzte an Besessenheit. Was, wenn sie sich wirklich durch die Fusion bedroht geglaubt hatten? Gegen ihren Willen gezwungen, sich mit einem straighten Kollektiv zusammenzutun? Waren sie zu derartig starkem Haß auf Elena fähig, daß sie sie beseitigen wollten, daß sie geglaubt hatten, sie umgebracht zu haben? Oder vielleicht hatten sie auch die ganze Zeit gewußt, daß es Jeremy war, vielleicht wollten sie mit Best Printing abrechnen, weil B. Violet verwüstet worden war? Vielleicht haßten sie Männer ja so sehr, daß ...

Die Heats kamen zum Schlag. Hadley war als Schlagfrau nicht weltbewegend. Sie hielt sich ein bißchen zu locker, um den nötigen Druck dahinterzukriegen. Die Werferin der Lightnings war ihr allemal ebenbürtig, aber das Team hatte wendige, schnelle Außenfeldspielerinnen und war gut aufeinander eingespielt.

Wieder waren Margaret und Anna die Stars der Heats. Besonders Anna war unglaublich schnell und wagemutig. Margaret war fast genauso schnell und hatte dazu einen starken Schlag. Sie machte den Homerun des Spiels, und niemand schien sich darüber zu wundern.

Wann immer ich zwischendurch an Zee auf dem hitzewabernden Dachboden dachte, während ich in der milden Wärme des Sommerabends saß, umgeben von lachenden, schreienden, auf und ab hopsenden Frauen, die sich an *dem* amerikanischen Spiel schlechthin ergötzten, war es weniger mit einem Gefühl der Schuld als mit neugewonnener Hoffnung. Wenn diese verflixte Geschichte erst geklärt war, würden Zee und ich Freundinnen werden. Ich würde einen Weg finden, ihr zu helfen, würde mit ihr zusammenarbeiten und ihre Sache unterstützen. Das mit Ray war völlig egal. Gott sei Dank war diese blödsinnige Eifersucht endgültig überwunden.

Die Heats gewannen dreizehn zu sieben.

»Alle Achtung«, sagte ich zu Hadley, als sie ihren Handschuh abstreifte und sich das schweißnasse Gesicht mit einem Handtuch abrieb. »Ihr wart großartig. Ihr wart sogar einfach umwerfend. Wie seid ihr bloß so gut geworden?«

Hadley legte übermütig den Arm um Margaret, die gerade vorbeiging. »Weißnich. Wie sind wir so toll geworden, M.B.?«

»Das war, glaub' ich, unser bestes Spiel bisher«, sagte Margaret und lächelte mir gutgelaunt zu. »Heute abend waren wir echt gut drauf.«

Anna kam dazu. Bei meinem Anblick stutzte sie und setzte eine etwas zurückhaltendere Miene auf. Es gelang ihr jedoch nicht lange, sie beizubehalten. Sie war völlig euphorisch. »Ich bin total high. Keine Spur müde! Am liebsten würde ich mich immer weiter bewegen, immer weitermachen.«

»Laß uns tanzen gehen«, schlug Margaret vor und wandte sich dann mit ungezwungener Höflichkeit an mich. »Hast du Lust mitzukommen, Pam? Ins *Sappho* oder sonstwohin?«

Anna bekam offenbar über Margaret mit, daß sich etwas in meinem Verhältnis zu Hadley geändert hatte und daß ich wohl doch nicht ganz so straight war, wie ich aussah. »Au ja«, sagte sie, fast ohne zu zögern. »Laßt uns tanzen gehen. Los, kommt, ihr beiden.«

Hadley schwieg, schaute mich an und grinste. »Hast du Lust?«

Ich sagte, ich könnte mich überreden lassen.

Wir fuhren zuerst bei Hadley vorbei, damit sie sich frische Kleider holen konnte, und legten dann einen weiteren Zwischenstop bei Margaret und Anna ein, damit alle duschen konnten. Margaret und Anna wohnten mit zwei anderen Frauen und ihren Kindern in einem Haus. Ich trank Bier, spielte Dame mit einem der Kinder und diskutierte dabei jeweils mit derjenigen, die gerade nicht im Bad war, über das Softballspiel. Ich fühlte mich Margaret und Anna gegenüber zwar immer noch etwas gehemmt, aber nicht mehr so sehr. Sie gaben sich wirklich Mühe, nett zu sein und mich einzubeziehen. Anfangs sah es so aus, als täten sie es Hadley zuliebe, aber mit der Zeit schien es mehr und mehr um meinetwillen zu geschehen.

Gegen zehn liefen wir dann in jenem berüchtigten Sündenbabel ein, im *Sappho*, meiner ersten Frauenbar. Auf den zweiten Blick war es gar nichts so Besonderes. Dunkel, laut und überfüllt. Ich hatte gedacht, es würde wie eine Art Initiationsritus in irgend etwas Unterweltliches, faszinierend Perverses sein. Aber es stellte sich heraus, daß das Ganze einer gemischten Bar zum Verwechseln ähnlich war, nur daß es eben nicht gemischt war.

»Du siehst ein bißchen enttäuscht aus«, Hadley grinste, während sie mich zur Tanzfläche zog. Margaret und Anna blieben mit einem Bier und verschiedenen Bekannten in unserer Nische im Hintergrund des Raumes sitzen.

»Nur weil ich nicht Pool spiele.«

»Du spielst nicht Pool, du spielst nicht Softball, wie lernst du überhaupt Leute kennen?« lachte sie, als wir uns den anderen auf der Tanzfläche unter den roten und blauen Lichtblitzen anschlossen.

Der Disco-Beat war in einen langsamen Supremes-Song übergegangen.

Die großartige Rede, die ich in der Zwischenzeit im Geist entworfen hatte – daß ich zwar keine Lesbe sei, aber irgendwie an dem allem interessiert, auch wenn ich nicht so recht wüßte, aber es irgendwie herausfinden wolle, dabei aber nicht ganz sicher sei, sie jedoch wirklich gern hätte, allerdings höchstens als Freundin –, meine ganze scharfsinnige Argumentation löste sich bei der Berührung ihrer Hände an meinem Rücken, beim Druck ihrer Hüften gegen meine in Nebel auf. Sie war so groß, daß ihre Brüste genau in meine Halsbeuge paßten. Sie duftete nach irgendeiner würzigen Seife.

»Ach, ich äh ... ich lerne sie bei Meetings kennen und bei Morden und solchen Sachen.«

Hadley lachte. Sie neigte ihren Kopf, so daß ihr Atem mein Ohr berührte, aber sie sagte nichts. Meine Knie wurden ein bißchen schwach. Wenn Penny ihre Zwillingsschwester jetzt sehen könnte! Was passierte da mit mir? Einen Augenblick lang wirbelte mein Kopf von Theorien, Ängsten, Wünschen, und dann, wie bei einer Waschmaschine am Ende des Waschprogramms, war da plötzlich eine behagliche Stille. Am Grunde jeder Theorie war Hadleys Stimme, Berührung, Duft.

»Uuh, Baby, Baby...«

Es war der letzte langsame Tanz für eine ganze Weile. Wir tanzten wild und schnell, lächelten uns zu und machten Witze, dann kehrten wir zu Margaret und Anna zurück.

Die jäh aufflammende Sympathie und Wärme auf Annas Gesicht, als sie von mir zu Hadley schaute, war schon fast komisch. Während ich es einerseits nicht besonders fair von ihr fand, mich nur als potentielle Lesbe zu mögen und nicht als Person, merkte ich andererseits, wie ich ihr und Margaret gegenüber aufgeschlossener wurde. Ich spürte ein Gemeinschaftsgefühl, den Wunsch, meine Entdeckung mit ihnen zu teilen, um zu sehen, daß sie Wirklichkeit war.

»Ihr gebt ein tolles Paar ab«, sagte sie, als Hadley sich umdrehte, um mit einigen Freundinnen zu plaudern. »Ihr seid beide gute Tänzerinnen. Es macht richtig Spaß, euch zuzusehen.«

Margaret rutschte herüber und nickte mir freundlich zu. »Habt ihr irgend etwas über Jeremy herausgefunden?«

Ich kehrte abrupt in die Gegenwart zurück. »Das werden wir den Bullen überlassen. Wie sieht's inzwischen bei B. Violet aus?«

»Wir waren heute morgen dort«, sagte Anna. »Wir sind immer noch am Aufräumen. Es ist ein fast aussichtsloses Unterfangen. Ich wollte, Fran würde endlich auftauchen, damit wir besprechen können, was wir mit dem ganzen Durcheinander machen sollen.«

»Habt ihr noch nichts von ihr gehört? Habt ihr mit Elena gesprochen?«

Margaret und Anna schüttelten die blonden Köpfe und wechselten einen Blick. »Du denkst wahrscheinlich, ich spinne«, sagte Anna, »aber es würde mich nicht wundern, wenn Elena oder Elena und Fran gemeinsam etwas mit dem Vandalismus bei B. Violet zu tun hätten, vielleicht sogar mit dem Mord.«

Hadley drehte sich um. »Laßt uns nicht schon wieder damit anfangen. Auf, raus mit euch beiden, jetzt wird getanzt. Anna, du hast doch gesagt, du möchtest tanzen, und jetzt sitzt du schon eine Stunde lang hier herum und pichelst.«

»Mecker, mecker«, sagte Anna. »Ich hab einfach nur gemerkt, wie müde ich bin, das ist alles. Es ist so gemütlich, hier zu sitzen.«

»Das kommt vom Bier, das macht dich so müde«, sagte Hadley. Mir fiel auf, daß sie kaum an ihrem Glas genippt hatte.

»Quatsch«, sagte Anna träge. »Ich bin einfach k.o. Ich glaube, ich will gehen. Margaret?«

»Ich auch.«

»Möchtest du noch bleiben, Pam?« fragte Hadley.

»Nur noch ein bißchen. Ich weiß, morgen ist Samstag, aber ich hab noch eine Menge Arbeit nachzuholen.«

»Versucht's nochmal mit einem langsamen Tanz«, schlug Anna mit einem Zwinkern vor und rappelte sich hoch.

Hadley scheuchte die beiden mit einer Handbewegung weg. Als sie gegangen waren, fragte sie ernst: »Haben sie dich in Verlegenheit gebracht?«

»Nein. Na ja, bißchen vielleicht. Ich vermute, weil sie recht haben.«

»Sollen wir Annas Rat folgen? Da kommt gerade wieder ein Langsamer.«

Nach dem langsamen Tanz folgte ein weiterer und dann noch einer, und beim vierten war ich praktisch dahingeschmolzen.

Dann riß die Serie mit einem Feuerwerk von Disco-Hits ab, und Hadley sagte: »Sollen wir jetzt gehen?«

»Ich möchte mitkommen zu dir«, sagte ich tapfer mit belegter Stimme.

»Genau das möchte ich auch.«

Ich hatte mein Auto bei Margaret und Anna stehenlassen und beschloß, es am nächsten Morgen zu holen. Hadley und ich brausten in ihrem Pick-up den Capitol Hill hinauf. Erst als wir in ihrer Straße waren, ganz in der Nähe von Elenas Wohnung, sagte sie etwas. Ich war dermaßen in meine Phantasien und Ängste eingesponnen, daß ich sie erst beim zweiten Mal verstand.

»Da ist Frans Auto. Sie ist wieder da. Und bei Elena brennt Licht.«

Aus ihrem Ton hörte ich heraus, daß der detektivische Ehrgeiz die Oberhand über die romantische Stimmung von eben gewonnen hatte. Auch recht. Schließlich interessierte es mich genauso, was Fran in der Zwischenzeit getrieben hatte.

»Es ist schon nach zwölf«, überlegte ich. »Aber wer weiß, wie lange Fran überhaupt vorhat dazubleiben. Vielleicht ist das unsere einzige Chance.«

»Ganz deiner Meinung«, sagte Hadley resolut.

Die Liebe würde wohl noch ein bißchen warten müssen.

19

Anfangs dachte ich, Elena würde gar nicht aufmachen, obwohl sie durch den Spion guckte und sah, daß Hadley und ich davorstanden.

»Es ist alles in Ordnung, Hadley«, sagte sie durch die angesengte Tür. »Fran ist hier und alles ist okay.«

»Ich möchte mit ihr reden«, sagte Hadley.

»Das geht schlecht. Sie schläft. Sie ist völlig erschöpft.«

»Ich glaube dir nicht, Elena. Los, mach auf.«

Sie öffnete. Fran saß ergeben auf dem Sofa, eine Tasse Kaffee in der Hand.

»Hi, Had«, sagte sie und nickte mir zu. »Pam.«

Sie sah müde, aber relativ gelassen aus. Ihr schwarzes, weißgesträhntes Haar war glatt, ihre ausgeprägte Stirn schimmerte wie Lackpapier. Ihre Augen waren zwar ein bißchen gerötet, aber es fiel kaum auf. Sie entzog sich Hadleys prüfenden Blicken nicht. »Hier habt ihr mich«, sagte sie mit einem Achselzucken. »Wieder unter den Lebenden.«

»Was man nicht von jedem sagen kann«, warf ich ein. »Zum Beispiel von Jeremy.«

Hadley sagte: »Würde es dir etwas ausmachen, uns zu erzählen, wo du die ganze Zeit gewesen bist? Und was du über das, was passiert ist, weißt?«

Die Sanftheit und Wärme ihres Tons versetzten mir einen Stoß. Was für eine Art, unsere Starzeugin zu verhören! Elena, die nervös herumgezappelt hatte, mischte sich ein.

»Kann das nicht warten, Hadley? Fran hat eine Menge durchgemacht. Wir haben die letzten beiden Stunden gebraucht, um die Sache zwischen uns beiden zu klären. Müssen wir jetzt auch noch über Jeremy und das alles reden?«

Ich fand, daß Elena schlimmer aussah als Fran. Als ob sie es wäre, die auf Sauftour gewesen war. Fran wirkte einfach nur müde, aber Elena war angespannt wie eine nervöse Katze. Ihr

Haar war immer noch fettig, in ihrer Wange zuckte ein Muskel. Ein leicht ranziger Geruch haftete ihr an, wie von zu vielen unterdrückten Gefühlen. Emotionen sollten, ähnlich wie Abfall, ab und zu auf den Müll gebracht werden.

Ich hätte wohl nachgegeben und wäre nach Hause gegangen, aber Hadley war bei all ihrer Freundlichkeit unerbittlich.

»Du kannst jederzeit ins Bett gehen, Elena. Mich interessiert nur Frans Geschichte.«

Elena rührte sich nicht vom Fleck, warf Hadley aber einen Blick so voller Verzweiflung und Abneigung zu, daß ich staunte. Ich hatte gedacht, die beiden seien Freundinnen. Was ging hier eigentlich vor?

Fran hatte schon angefangen zu erzählen, in leisem, gemessenem Ton, als ob sie ihre Rede zum wiederholten Male abspule. »Ich weiß, ich habe euch eine Menge zugemutet, euch allen. Ich kann nicht genau sagen, wie es angefangen hat. Ich erinnere mich nur noch daran, daß ich sauer war, auf dich, Pam, und auf Elena, im *Bar & Grill.* Ich gerate in diese Dinge, in diese Besäufnisse, mit der Entschuldigung, daß ich mir selbst gestatte zu fühlen, daß ich mir gestatte, mit mir in Kontakt zu treten, wie ich wirklich bin. Böse und stark und furchtlos. Und dann will ich ausfallend werden.«

Frans tiefe Stimme war jetzt ganz flach, fast tonlos. »Es steckt ein gewisser Fatalismus darin. Als ob sich da etwas aufbaut und dann einfach herausbricht. Ich spüre es. Ich verstehe es nicht. Und schließlich gerät es, wie ihr euch denken könnt, außer Kontrolle. Trotzdem macht es mir Angst, es aufzugeben. Es war immer der einzige Weg, den ich kannte, mich selbst einmal für eine Weile loszuwerden. Das Schlimmste ist, zu wissen, daß ich ohne das Trinken die ganze Zeit ich selbst sein muß.«

Elena machte eine gequälte Geste in ihre Richtung, aber Fran wischte sie weg. »Eines der Dinge, die ich heute getan habe, war, daß ich die AA angerufen habe. Die Frau, mit der ich gesprochen habe, hat mir echt geholfen. Sie sagte: »Ich war auch mal an dem Punkt, an dem Sie jetzt sind.« Und ich wußte, daß sie die Wahrheit sagt. Ich habe deshalb vor, morgen hinzugehen. Vielleicht eine Weile lang jeden Tag, und zu versuchen aufzuhören ... ich werde aufhören, ich werde.«

Sie sah uns der Reihe nach wie aus weiter Entfernung an, als ob sie auf der anderen Seite eines Flusses stünde und zurückblickte. »Nicht, daß ich um irgendwelche Glückwünsche bitte. Es ist schwer zuzugeben, Alkoholikerin zu sein. So, als ob du in aller Öffentlichkeit sagst, du seist eine Versagerin, du habest keine Kontrolle über dich. Ich würde es nicht tun, wenn ich nicht solche Angst hätte.« Sie lachte kurz auf und lächelte dann Hadley an. »Unsere Väter waren beide Trinker, Had. Wie hast du es nur geschafft, nicht auch zu trinken?«

»Ich habe auch meine Probleme«, sagte Hadley und erwiderte das Lächeln mit echter Zuneigung. »Zum Beispiel bin ich lesbisch.«

»Ja, aber lesbisch bin ich auch.«

Elena brach plötzlich in Tränen aus und lief aus dem Zimmer. Fran machte Anstalten, sich zu erheben, blieb dann aber sitzen. »Das alles war schlimm für sie ... Aber ich vermute, ihr seid hauptsächlich hergekommen, weil ihr herausfinden wollt, was ich über Jeremys Tod weiß, oder?«

»Fang ganz am Anfang an«, sagte Hadley. »Ihr wart im *Bar & Grill*, und Elena und Pam gingen gegen halb elf.«

Fran schüttelte reuevoll den Kopf. »Laß uns das Zeitelement fürs erste mal ausklammern«, sagte sie. »Falls ich meine Uhr trug, erinnere ich mich jedenfalls nicht, je darauf geschaut zu haben. Ich weiß nicht, wie lange ich wo war. Aber ich weiß, daß ich wütend war und trank und daß ich dann das *Bar & Grill* verließ. Ich kann mich nicht mehr erinnern, ob ich gefahren bin. Ich weiß nur noch, daß ich plötzlich vor B. Violet stand und sah, daß das Licht brannte. Daß ich reinging und Jeremy erwischte.«

»Was tat er denn gerade, als du ihn entdecktest?«

»Er zerschnitt Negative. Das Büro und der Arbeitsraum waren schon verwüstet.«

»Hattest du keine Angst«, fragte Hadley. »Daß er völlig ausrasten könnte?«

»Glücklicherweise war ich selbst völlig ausgerastet«, sagte Fran, »und ging direkt auf ihn los, wobei ich nach dem ersten griff, was ich sah – dem Stück Glas aus dem Leuchttisch. Das nächste, woran ich mich bewußt erinnere, ist der nächste Morgen.«

Ich fragte: »Warum hast du nicht die Polizei angerufen? Ihn angezeigt?«

»Weil ich zuerst keinerlei Erinnerungen mehr an irgend etwas hatte. Ich lag einfach nur da, zwischen den Trümmern von B. Violet, mit scheußlichen Kopfschmerzen, und hatte keinen blassen Schimmer, was passiert war. Ich erinnerte mich nicht, daß ich hergekommen war und alles kurz und klein geschlagen hatte, aber ich war sofort überzeugt, daß ich es getan hatte. Mein einziger Gedanke war, so schnell wie möglich zu verschwinden, bevor jemand kam. Ich konnte meine Autoschlüssel nicht finden, also ging ich zu Fuß. Ich ging den Hügel hinunter zum Arboretum und hielt ein Nickerchen, entdeckte schließlich, daß ich noch etwas Geld in der Tasche hatte, und ging frühstücken. Beim Essen kam dann langsam wieder die Erinnerung ...«

»Oder besser gesagt, zu diesem Zeitpunkt fingst du an, dir deine Geschichte über Jeremy zurechtzulegen«, so hätte ich wohl gestern noch gesagt. Heute abend dagegen versuchte ich nach Kräften, mich in Frans Lage zu versetzen, die schreckliche Welt, in der sie gelebt hatte, zu begreifen, so gut ich konnte – ein in tausend Splitter zersprengtes Puzzle.

Hadley blieb freundlich, aber fest. »Was hast du nach dem Frühstück gemacht?«

»Gekotzt und mich besser gefühlt. Mittag gegessen. Ich bin noch eine Weile herumgelaufen und hab' ein dutzendmal daran gedacht, dich und Elena anzurufen.« Fran nickte Elena zu, die still wieder ins Zimmer zurückgekommen war. »Ich hätte anrufen sollen, ich weiß ... Statt dessen ging ich ein Bier trinken. Ich dachte, daß würde mein Hirn ein bißchen klären, mich wieder auf die Beine bringen, meinem Gedächtnis auf die Sprünge helfen. Das tat es auch. Zumindest die ersten paar. Ich wußte wieder, daß nicht ich die Sabotage verübt hatte, sondern Jeremy, und ich fragte mich, wieso. Hatte er es getan, weil er Frauen dermaßen haßte? Oder weil er die Fusion so fürchtete? Ein paar Bier später beschloß ich, ihn anzurufen und mit der Tatsache zu konfrontieren. Dann wieder fand ich es noch besser, zu seiner Wohnung zu gehen und die Wahrheit so herauszufinden, wenn nötig, aus ihm herauszuprügeln ...«

»Hast du in dieser ganzen Zeit noch an irgend jemanden sonst gedacht?« platzte ich wider Willen heraus. »Zum Beispiel daran, daß deine Freundinnen sich um dich Sorgen machen, daß wir anderen dich in Verdacht hatten?«

Fran zuckte die Achseln, in die Defensive gedrängt. »Eigentlich nicht. Ich hatte vielleicht ein etwas schlechtes Gewissen, weil ich Elena nicht Bescheid sagte, aber nach einer Weile war sogar das weg. Ich hatte immer stärker das Gefühl, daß ich einer wichtigen Sache auf der Spur war. Je mehr ich über Jeremy nachdachte, desto streitlustiger wurde ich. Einfach daherzukommen und B. Violet kaputtzumachen! Der Kerl verdiente die schlimmste Abreibung seines Lebens – aber nicht den Tod«, fügte sie mit einem Blick zu mir hinzu. »Ich versuche nur zu erklären, wie mir zumute war. Ich bin ihm an diesem Abend nicht gegenübergetreten.«

Ich mißtraute ihr noch immer. Vielleicht erinnerte sie sich einfach nicht mehr daran, wie sie Jeremy umgebracht hatte, vielleicht hatte sie es völlig verdrängt. Wie sie ihn erst in seiner Wohnung gesucht hatte und dann in den Betrieb kam und ihn umbrachte. Und dann später noch einmal dort auftauchte, als Hadley und ich dort waren. Und schon alles vergessen hatte.

»Woher wußtest du überhaupt, wo er wohnte, Fran?« fragte ich scharf.

»Ich fand seine Adresse im Telefonbuch. Als ich hinkam, entdeckte ich, daß das Haus in Studios und Apartments unterteilt war. Ich zog einfach den Plan im Treppenhaus zu Rate. Dann wartete ich.«

»Um wieviel Uhr war das?«

»Es war noch nicht dunkel, aber die ersten Leute kamen von der Arbeit nach Hause.«

»Wo hast du gewartet?«

»Es gab da eine Hintertreppe, so eine alte Holztreppe, außen am Haus. Ich stieg in den dritten Stock hinauf, wo sein Apartment lag, und wartete in der Ecke am Geländer.«

»Kam er nach Hause?«

»Ja. Durch die Vordertür. Er war aber nicht allein. Es waren noch ein paar Typen bei ihm, in Jogginganzügen.«

Hadley und ich wechselten einen Blick. Ich konnte mich nicht enthalten zu fragen: »In was für einem Zustand warst du?«

»Ich fing an, ein bißchen nüchterner zu werden. Ich war mehr oder weniger imstande zu beurteilen, wo ich mich befand und was ich tat.«

»Wer waren die Männer? Konntest du sie sehen? Konntest du etwas hören?«

»Anfangs konnte ich etwas hören. Sie kamen alle zusammen herein und knipsten das Licht an. Das Fenster war offen. Ich duckte mich und hörte, wie Jeremy sagte: »Hast du es bekommen?«

»Ja«, sagte jemand. Gemurmel, dann sagte Jeremy, »Augenblick«, und schloß das Fenster. Ich linste über die Fensterbank und sah einen der Männer, wie er ihm ein Päckchen gab. Dann fiel eine Tür zu. Ich nahm an, es seien die beiden Männer. Ich versuchte, die Hintertür leise zu öffnen, aber sie war abgeschlossen. Also ging ich die Treppe wieder hinunter, und als ich hochsah, war Jeremys Licht aus. Ich drückte mich an die Hauswand und sah ihn zur Vordertür herauskommen, in sein Auto steigen und wegfahren.«

»Allein?«

»Ja, wenigstens habe ich die beiden Kerle nicht gesehen.«

»Ich frage mich, ob sie ihm zu Best gefolgt sind und ihn umgebracht haben«, sagte Elena und sprach damit zum erstenmal, seit sie wieder ins Zimmer gekommen war. »Es waren offensichtlich FBI-Leute oder etwas sowas. Wenn Jeremy ihnen nun falsche Informationen gab oder zuviel wußte?«

»Für mich sieht es eher nach einem Drogendeal aus«, sagte ich.

»Alle wußten, daß Jeremy ein bißchen dealte. Bedenkt, daß er fragte: ›Hast du es bekommen?‹ Aber ich dachte immer, er wäre ein ganz kleiner Fisch ...«

Hadley unterbrach unsere Spekulationen. »Wir wollen Fran ihre Geschichte weitererzählen lassen. Es ist jetzt so gegen sechs oder sieben am Abend des Mordes. Was hast du dann gemacht, Fran?«

Fran wirkte verlegen. »Ich ging los und trank noch ein paar Bier. Ich schätze, ich dachte, wenn ich gar nicht erst wieder Bodenfühlung bekomme, kann ich meinen Mut aufrechterhalten und brauche mir nicht den Kopf zu zerbrechen, was Elena oder sonst jemand tut und was mit B. Violet passiert ist. Ich hatte also mein Bier und fühlte mich schon wieder besser, und es kam mir in den Sinn, ich könnte doch zu Best Printing gehen und nachschauen, ob Jeremy dort war. Ich hatte immer noch weder mein Auto noch meine Autoschlüssel. Ich wußte nicht, was damit passiert war. Also nahm ich den Bus, marschierte in euren Betrieb und erlebte den Schock meines Lebens, weil ich dachte, Elena läge tot am Boden. Und dann bekam ich es auch mit der Angst zu tun. Daß die Bullen kommen würden, weil er ermordet war, und daß sie mir Fragen stellen würden. Ich mußte einfach weg.«

An ihren Fluchtdrang erinnerte ich mich noch sehr gut. »Wohin bist du dann gegangen?«

»Ich wollte mein Auto holen, kam aber irgendwie nie dort an. Ich trudelte in einer Bar ein, trank ein paar Bier, und noch ein paar, ließ mich von Freundinnen nach Hause mitnehmen und trank dort weiter, nehme ich an. Mittlerweile war es wieder Nachmittag.«

»Zu diesem Zeitpunkt hast du Elena angerufen und ihr gesagt, daß du glaubst, Jeremy sei ein Informant gewesen.«

»Ja, ich glaube, so war es. Es erschien mir sehr wichtig, es irgend jemandem zu sagen. Sonst weiß ich nicht mehr viel von diesem Tag. Alles ist irgendwie verwischt. Es ging mir körperlich ziemlich schlecht. Ich fühlte mich zittrig, nickte immer wieder ein. An dem Abend feierten sie eine Party...«

Sie verstummte unsicher, mit einem Blick auf Elenas zusammengepreßte Lippen. »Aber das ist jetzt alles vorbei, völlig vorbei. Heute nachmittag habe ich die Frau bei AA angerufen, und jetzt bin ich wieder da. Ich will mich ändern, und ich will helfen, wo ich kann. Das Schlimme ist vorbei, wirklich, Elena...« Fran sah auf einmal furchtbar verletzlich und traurig aus. Sie streckte ihrer Geliebten die Hand hin.

»Es ist vorbei, ich weiß«, wiederholte Elena wenig überzeugend. »Laß uns jetzt schlafengehen, okay?«

Draußen saßen Hadley und ich erst einmal eine Weile schweigend in ihrem Pick-up. »Ist Fran nun von deiner Verdächtigenliste gestrichen?« fragte sie.

»Ich glaube schon. Es sei denn, das alles sind Erfindungen, eine Lügengeschichte, die sie sich ausgedacht hat.« Ich schüttelte den Kopf. »Zwei Typen in Jogginganzügen...«

»Vielleicht gibt es einen Weg, ihre Geschichte zu erhärten.«

»Was meinst du damit?«

»Wie stehst du zu Einbruch und Hausfriedensbruch?«

»Willst du in Frans Apartment gehen und nach Beweisen suchen?«

»Ich dachte eigentlich mehr an Jeremys.« Sie sah mir ins Gesicht. »Bist du dabei, Miss Pam?«

»*Detective* Nilsen, bitte. Ja, ich denke schon.«

20

Es war kurz nach zwei Uhr nachts. Der Himmel war tiefschwarz mit einem Netz glitzernder Sterne, in der Luft lag der Duft von Rosen. Die Temperatur hatte sich immerhin so weit abgekühlt, daß es ohne Jacke ungemütlich war, aber wir zogen wohl ohnehin besser etwas über unsere T-Shirts – Lila und Hellblau sind nun mal nicht unbedingt die idealen Einbrecher-Farben. Wir parkten einen Block von Jeremys Apartment entfernt und pirschten uns vorsichtig an.

»Laß uns die Hintertreppe nehmen, von der Fran erzählt hat«, flüsterte Hadley. »Mal sehen, ob wir so reinkommen.«

Ich nickte, und wir schlichen um die Ecke und dann leise die Treppe hoch. Die baufällige Holztreppe mündete in jedem Stock auf einen schmalen Treppenabsatz, von dem eine Tür ins Treppenhaus führte. Der Zugang zum dritten Stock war offen – nachdem Hadley ein Messer hervorgezaubert und behutsam am Schloß gerüttelt hatte. Sie probierte denselben Trick noch einmal an Jeremys Wohnungstür, diesmal jedoch erfolglos. Die Tür hatte einen doppelten Riegel. Hadley schien davon weder überrascht noch entmutigt. Sie winkte mir, ihr wieder nach draußen auf den schmalen Treppenabsatz zu folgen, und deutete auf ein Fenster. Jeremys Fenster. Zwischen Geländer und Fensterbank gähnten ungefähr anderthalb Meter.

»Du bist kleiner.«

Ich schüttelte heftig den Kopf, dann besann ich mich. Das Fenster hatte einen breiten Sims und oben eine Art Vorsprung. Es schien halbwegs möglich, mit einem Spagatschritt vom Geländer des Treppenabsatzes den Sims zu erreichen. Dann könnte ich mich an dem oberen Vorsprung festhalten und beten, daß er nicht so morsch war, wie der Rest des Gebäudes aussah.

»Na gut, ich versuch's.«

Ich kletterte auf das Geländer, und Hadley hielt mich am Knöchel fest. Ich spreizte das Bein über den Abgrund und berührte den Sims mit meinem linken Zeh, dann mit dem ganzen Fuß. Ich lehnte mich hinüber und bekam den Vorsprung zu fassen. Er machte den Eindruck, als könne er mein Gewicht halten.

»Laß los«, sagte ich zu Hadley, wagte aber nicht hinunterzuschauen. Der Duft des Frühsommers wurde mir auf einmal überdeutlich bewußt, vermischt mit dem scharfen, beißenden Geruch der Angst.

Ich balancierte jetzt auf dem Sims, die linke Hand um den Vorsprung gekrallt, als gelte es mein Leben, mit der rechten tastete ich blindlings über das Fenster. Ich konnte nicht feststellen, ob es sich hochschieben ließ oder verriegelt war, vielleicht war die Führung ja auch mit Farbe verklebt. Mein linker Fuß rutschte ein bißchen auf einer Masse, die sich anfühlte wie getrockneter Kaugummi.

»Ist es zu?« flüsterte Hadley.

»Kann ich nicht sagen«, murmelte ich zwischen den Zähnen, während ich mit der ganzen Kraft der Rechtshänderin am Fenster rüttelte und ein plötzliches Nachgeben spürte. »Nein, es klemmt, aber jetzt geht's. Es geht.«

Ich schaffte es, das Fenster ungefähr zehn Zentimeter weit hochzuschieben, dann klemmte es wieder. »Augenblick.« Meine Hand, bisher um den Vorsprung gekrallt, machte ein scharrendes Geräusch, als sie heruntergleitt. Ich kauerte mich auf den Sims, beide Hände innen am Fenster, und versuchte mit der Schulter gegen die Scheibe zu drücken, ohne das Gleichgewicht zu verlieren. Es war zwecklos. Ich wandte den Kopf, so daß ich Hadley wieder sehen konnte.

»Ich glaube, es geht nicht.«

»Macht nichts. Schaffst du es zurück auf den Treppenabsatz?«

Ich überdachte kurz meine akrobatische Position. »Ich fühle mich zwar im Augenblick sicher, aber ich hab' keine besondere Lust, mich zu bewegen.«

»Ich gebe dir Hilfestellung.« Sie stellte sich auf das Geländer und streckte eines ihrer langen Beine herüber. Mein gesamter linker Arm befand sich mittlerweile im Zimmer und schob und drückte noch immer. Der andere Arm angelte nach Hadleys Bein.

»Ich glaube nicht, daß wir beide hier raufpassen.«

»Ich weiß«, sagte sie. »Nimm mein Bein als Balancehilfe. Ich stehe sicher. Ich helf dir rüber.«

»Okay«, sagte ich. Und dann schaute ich aus irgendeinem idiotischen Grund nach unten. Sofort sackte mein Magen in rasendem Tempo einen halben Kilometer abwärts, und ich fühlte, wie ich blaß wurde. Drei Stockwerke sind ganz schön viel höher, als es von unten aussieht. Instinktiv zuckte ich zurück und schlug hart mit dem Kopf gegen das Fenster.

»Pam, alles in Ordnung? Was machst du da? Pack mein Bein, los.«

Meine Mutter sagte immer, ich hätte einen Kopf wie aus Gußeisen, auch wenn das wahrscheinlich nur eine Entschuldigung dafür war, daß sie diesem harten Körperteil bei diversen Familienpicknicks Kopfnüsse zu erteilen pflegte. Auf jeden Fall war mein Hinterkopf heftig genug gegen die Scheibe gekracht, um das Fenster so weit zu lockern, daß ich es vollends aufschieben konnte.

»Hey, wir sind drin«, flüsterte ich ein bißchen benommen, und fing an, mich hineinzuhangeln. »Geh außen rum zur Tür, ich lasse dich rein.«

Ich wagte nicht, Licht zu machen, aber glücklicherweise war es nur ein Zimmer mit Küche und Bad, was auch im Dunkeln keine allzugroßen Schwierigkeiten machte. Einmal stolperte ich und rutschte auf ein paar Magazinen oder Zeitungen aus. Ich schaffte es, mich zur Tür zu tasten und sie zu öffnen. Hadley kam herein und knipste ihre Taschenlampe an.

»Ich hab' zum Glück schon immer einen harten Kopf gehabt«, sagte ich.

»Den Eindruck habe ich auch. Ein toller Stunt. Du solltest zum Film gehen.«

»Ja, echt schade, daß die Marx Brothers nicht mehr im Geschäft sind.«

»Ich dachte eigentlich eher an James Bond. Ich könnte den Part der Gespielin übernehmen ... Glaubst du, daß die Polizei irgend etwas Lohnendes dagelassen hat?« fragte sie und ließ den Strahl ihrer Lampe durch den Raum wandern.

»*Irgendwer* ist hier eingekehrt, sagte der dritte Zwerg empört.«

»Und es war bestimmt nicht Schneewittchen.«

Jeremys Studio war spärlich möbliert, weit auffallender aber war, daß Bett und Fußboden übersät waren mit allem möglichen Zeug, das von Rechts wegen in Schubladen und Schränke gehörte. Kleidungsstücke und Wäsche lagen in wildem Durcheinander mit Aschenbechern, Bierflaschen und benutzten Kaffeetassen, deren vereinigte Gerüche sich mit der stickigen Luft eines abgeschlossenen Raumes mischten.

»Was wohl seine Angehörigen sagen, wenn sie herkommen und das hier sehen«, sagte ich und hob ein paar Socken auf, um die Titel der darunter liegenden Magazine entziffern zu können. *Reader's Digest, Hustler, Rolling Stone, High Times, Newsweek.*

»Bist du nicht auch überrascht, daß sie noch nicht da sind?« fragte Hadley, die im Inhalt einiger Schubladen herumstöberte, die auf das heruntergeklappte Schrankbett ausgeleert worden waren. »Immerhin ist es schon zwei Tage her.«

»Vielleicht waren die Bullen unter anderem hier, um nach ihren Adressen zu suchen. Ich bin ganz sicher, daß Jeremy Familie hatte. Er hat oft genug davon erzählt.«

»Dieses Chaos sieht nach Rauschgiftmafia oder FBI aus, meinst du nicht?«

Ich war mittlerweile bei einem Stapel zusammengehefteter Zeitungsausschnitte angelangt. Sie lagen in einer Briefmappe, die zwischen Tisch und Sofa gerutscht war. Als ich sie rasch überflog, fiel mir ein, daß Hadley ja noch gar nicht wußte, daß Zee bei uns war und daß zwischen Zee und Jeremy mehr als eine zufällige Verbindung bestanden hatte. Ich hatte eigentlich vorgehabt, ihr davon zu erzählen, wenn auch nicht alles, nur war mir immer noch nicht klar, wie ich das anfangen sollte, ohne Zees Vertrauen zu mißbrauchen.

Aber Hadley hatte inzwischen einen Stoß *Hustlers* und Softpornos unter dem Bett zutage gefördert. »Der Typ war ja widerlich«, sagte sie. »Arme June.« Sie riß plötzlich eines der Hefte mitten durch. »Mein Gott, mich würgt's hier drin.«

Auch ich konnte ein Schaudern nicht unterdrücken. June hatte wirklich Besseres verdient. Wir alle. Die Lektüre von Pornos war zwar noch nie Grund für den Ausschluß aus einem linken Kollektiv gewesen und noch weniger für einen Mord, aber wenn ich gewußt hätte, daß Jeremy ein *Hustler*-Fan war, hätte er die Schwelle von Best Printing nie übertreten, und einen Augenblick lang tat es mir nur deswegen leid, daß er tot war, weil ich ihm das nicht ins Gesicht sagen konnte.

Ich hatte immer noch die Zeitungsausschnitte in der Hand und fragte mich, ob sie irgendwie wichtig waren. Sie stammten aus verschiedenen amerikanischen Tageszeitungen, der *Seattle Times*, der *New York Times*, der *Washington Post* und ein paar linken Blättern. Es gab auch verschiedene Ausschnitte aus philippinischen Zeitungen, einige englisch und einige in Tagalog, wie ich vermutete. Sie datierten sämtlich aus den letzten drei Jahren, und praktisch alle betrafen Bombenanschläge und Protestkundgebungen in Manila. Als ich sie näher an die Lampe hielt, konnte ich Markierungen erkennen. Namen waren unterstrichen, einige dünn, andere mit Textmarker. Sonst nichts. Keine Randbemerkungen, nichts, das Aufschluß darüber gegeben hätte, weshalb die betreffenden Agitatoren für Jeremy interessant gewesen waren.

Hadley war im Badezimmer verschwunden. »Urgh«, hörte ich sie stöhnen. Sie öffnete das Medizinschränkchen. Einem Impuls gehorchend, nahm ich die Zeitungsausschnitte aus der Mappe und stopfte sie in meine Jackentasche.

Dann ging ich zu ihr. Ich hatte gedacht, ich würde sie in die Betrachtung einer Spritze versunken finden, aber anscheinend hatte sich ihr Kommentar auf den Zustand der Toilette und des Waschbeckens bezogen, die ekelhaft verdreckt waren. Jetzt befestigte sie aus irgendeinem rätselhaften Grund einen schönen Ohrring an ihrem Ohrläppchen, wobei sie leise vor sich hin summte. Der Ohrring war aus Gold und Türkis und wie ein S geformt.

»Schade, daß nur einer da ist«, sagte sie, »ich habe ihn im Medizinschränkchen gefunden. Ich hab mich schon immer gefragt, was all die Leute, die nur ein Ohr durchstochen haben, mit dem anderen Ohrring machen.«

»Jeremy hatte nicht nur ein Loch, er hatte mindestens fünf.«

»Das stellte ihn vor dieselbe Schwierigkeit... Ich glaube, den werde ich behalten.« Sie lachte und drehte mich um, dirigierte mich aus dem Badezimmer hinaus. »Hier drin ist nichts. Laß es uns mit der Küche versuchen.«

Zehn Minuten später hatten wir unsere Durchsuchung beendet. Wir fanden kein Dope, keine belastenden Briefe, keine geheimnisvollen Kassettenrecorder oder Bänder, keine Geldverstecke, nichts, was Jeremy mit dem organisierten Verbrechen oder einer organisierten Spionagetätigkeit in Verbindung bringen konnte. Nur jede Menge Dreck, ein Dutzend Pornomagazine und die Handvoll Zeitungsausschnitte mit unterstrichenen Namen.

Ich wollte sie mit nach Hause nehmen, noch einmal durchsehen und Zee zeigen. Der eine Name kam mir irgendwie bekannt vor. Ich wußte nicht mehr, wo oder wann ich ihn gehört hatte, aber meiner Ansicht nach war es erst vor kurzem gewesen. Zee würde ihn vielleicht zuordnen können oder meinem Gedächtnis auf die Sprünge helfen.

»Willst du etwas mit den Pornos machen?« fragte ich Hadley, als wir uns zum Gehen rüsteten.

»Seine Familie schonen oder June etwas beweisen?«

Ich schauderte. »Nein, laß uns machen, daß wir hier wegkommen.« Ich litt mehr und mehr unter Verfolgungswahn. Wenn nun das ganze Haus unter Bewachung stand? Wenn uns draußen Polizisten in Zivil empfingen? Wenn Schläger der Drogenmafia uns auf dem Weg zum Auto auflauerten? Waren Hadleys neuer Ohrring und meine Zeitungsausschnitte das wert?

Wir nahmen wieder die Hintertreppe und achteten dabei sorgfältig darauf, nicht zu schnell zu gehen und uns auch sonst unauffällig zu verhalten. Diesmal gingen wir nicht zur Vorderseite des Hauses, zur Straße, sondern benutzten die schmale Gasse hinter dem Haus, für alle Fälle.

Doch nichts geschah. Die ganze Gegend schien völlig ausgestorben, nicht mal ein paar Studentenjünglinge drückten sich in der warmen, rosendurchdufteten Juninacht herum. Wir lachten befreit, als wir wieder im Auto saßen mit dem Gefühl, noch einmal davongekommen zu sein.

21

Es war ein idyllischer Traum, einer dieser Filme aus den frühen vierziger Jahren über ein Inselparadies, wo alle Sarongs trugen und Blumen im Haar, aus Muschelschalen tranken und sich malerisch unter Baldachinen aus Palmblättern auf schwellend-grünen Moospolstern räkelten.

Ich fragte mich, was ich hier trieb. Ich stand im flachen Wasser der blauen Bucht, mehrere Fotoapparate umgehängt und ein Notizbuch in der Hand. Ich trug einen Strohhut, eine riesige Sonnenbrille und Bermudas. Die Inselbewohner lachten zu mir herüber. Immer mehr liefen am Ufer zusammen, deuteten mit den Händen auf mich und winkten.

Dann erschien ihre Sprecherin, ihre Königin, zu meiner Begrüßung. Anmutig und mit zurückhaltender Würde schritt sie über den Sand. Ihr Haar war tiefschwarz, ein Sarong in Rot und Gold schlang sich um ihre Hüften. Das Filmorchester stimmte die Ouverture zu *South Pacific* an. Es war Zee. Sie begrüßte mich mit den Worten: »Die Revolution hat begonnen.« Ich merkte plötzlich, daß ihr ein Karabiner über der Schulter hing und daß sie Tarnkleidung anhatte.

Zum Glück war ich plötzlich ebenso zweckmäßig gewandet, wenn ich auch kein Gewehr hatte, sondern immer noch meine Fotoapparate. Diese Apparate waren ziemlich merkwürdig. Es waren Polaroidkameras, die ständig Bilder ausspuckten, auch wenn ich mir gar nicht bewußt war, auf den Auslöser gedrückt zu haben. Meist waren es Schnappschüsse von irgendwelchen Kampfhandlungen oder Todesszenen. Auf manchen erschienen Gesichter von Menschen – wichtige Porträts von Leuten, die ich kannte und doch nicht wiedererkannte.

Wir kämpften uns durch den Dschungel einen Hang hinauf. Auf den Lianen saßen leuchtend bunte Papageien. Der Anstieg war äußerst steil. Zee ging voran und erzählte mir dabei von den Bräuchen und der Geschichte ihres Volkes. Ich war tief beeindruckt. Ich wußte, daß sie im Recht waren, wenn sie alles taten, um ihr Land zurückzubekommen.

Dann merkte ich, daß der Berg, den wir bestiegen, ein Vulkan war. Zee war weg, alle anderen waren weg, da stand nur noch ich mit meinen Kameras, wieder in Bermudas, Strohhut und Sonnenbrille. Erst herrschte Stille, dann hörte ich es. Im Innern des Vulkans rumorte es, er zischte und blubberte. Er wütete, er brüllte, er stand kurz davor, auszubrechen und kochende Lava zu speien. Das Licht war plötzlich blendend hell.

Mit einem Ruck wachte ich auf. Es war heller Tag, Hadleys Espresso-Maschine zischte. Sie saß am Tisch vor dem Fenster, über irgend etwas gebeugt. Als ich meine Brille aufsetzte, sah ich, daß sie eifrig in eine Kladde schrieb. Ihr Haar schimmerte silbrig im Morgenlicht und war wie üblich hinter die Ohren gestrichen. Sie trug einen billigen Kimono, der ihr nur bis knapp zu den Oberschenkeln reichte. Ihre Beine waren nackt und sehnig, die Füße wirkten riesig.

»Ich hoffe, du schreibst alles genau auf«, rief ich quer durchs Zimmer. »Jedes einzelne Detail.«

Hadley schaute über die Schulter und lachte. Sie tat so, als ob sie vorlese: »Liebes Tagebuch, mein Orgasmus letzte Nacht hat 7,8 auf der Richterskala erreicht, und das, wenn man bedenkt, daß Miss Pam nie zuvor mit einer Frau zusammen war.«

»Na, das wirst du jedenfalls in Zukunft nicht mehr sagen können.«

»Nee.« Hadley schlug ihr Heft zu und stand auf, um zwei Tassen zu holen. Ich hätte gern gewußt, was sie wirklich geschrieben hatte. Ich hatte niemals Tagebuch geführt. Plötzlich fühlte ich mich ein bißchen gehemmt, suchte hastig meine Kleider zusammen, zog mich an und setzte mich ihr gegenüber an den Tisch.

Der Morgen nach einer leidenschaftlichen Nacht kann sich in zwei Richtungen entwickeln, zumindest meiner Erfahrung nach. Entweder bleibt die Anziehung, und beide können nicht aufhören, einander zu berühren, einander zu begehren. Oder du sitzt höchst verlegen und angespannt herum und fragst dich:

»Was habe ich nur in diesem Menschen gesehen? Waren das wirklich wir letzte Nacht?«

Ich hatte plötzlich das niederschmetternde Gefühl, daß uns ein Morgen der zweiten Kategorie bevorstand. Hadley schwieg. Ihre leuchtenden Türkisaugen blickten abwesend. Sie berührte mich leicht am Arm, als sie mir Kaffee einschenkte, aber sie setzte sich nicht.

»Ich muß noch schnell ins Bad«, sagte sie, »bin in einer Minute zurück.«

Ich wartete. Beklommen und mittlerweile restlos überzeugt, daß das hier schiefgehen würde. Was wußte ich überhaupt von ihr? Nichts. Wenn sie nun mit einer anderen liiert war? Wenn sie von mir enttäuscht war, wenn sie mich zu straight, zu phantasielos, zu irgendwas fand?

Ich nippte an meinem Kaffee und starrte auf ihr Notizheft, das vor mir auf dem Tisch lag. Hatte sie es mit Absicht dort liegen lassen, damit ich es selbst lesen konnte: ›Zehnter Juni. Habe letzte Nacht leider einen schrecklichen Fehler gemacht ...‹

Und wenn schon. Ich würde es nicht lesen. Sie mußte es mir schon selbst sagen. Oder sollte ich einfach gehen? Ja. Vielleicht wäre es das Beste, einfach abzuhauen, bevor sie zurückkam. Nein. Verabschiede dich wenigstens ... Tschüß, Hadley. Und vielen Dank für alles ...

Ich hörte unten die Toilettenspülung und grapschte plötzlich nach dem Notizbuch, schlug es auf und las: ›Ich bin verliebt. Ich kann nichts dagegen machen.‹ Schlug es schnell wieder zu und stand zwanglos vor einem Wandbehang, als Hadley wieder hereinkam.

Ich wandte ihr mein strahlendes Gesicht zu. »Erzähl mir von deiner Mutter, Hadley.«

Sie kam zu mir herüber und gab mir einen langen Kuß. Sie hatte die Zähne geputzt. »Mmmmh, du schmeckst gut. Das da kommt aus dem Iran. Dort hat sie meinen Vater kennengelernt. Sie hatte in Barnard ihren Abschluß in Archäologie gemacht und war bei einer Ausgrabung dabei. Es war noch vor dem Krieg, Ende der dreißiger. Mein Vater stammte aus einer texanischen Öldynastie. Sie hatten ihn hingeschickt, um die Ölfelder im Iran zu inspizieren. Ich vermute, es war Liebe auf den ersten Blick. So wurde aus meiner Mutter eine Hausfrau in Houston, und mein Vater machte mit dem Geldverdienen und dem Trinken weiter. Sie langweilte sich zu Tode, und Anfang der sechziger, als ich auf der Highschool war, hielt sie es nicht mehr aus. Sie erfuhr, daß es eine Gruppe gab, eine Organisation, in der gebildete, frustrierte Angehörige der oberen Mittelschicht wie sie für viel Geld Forschungsexpeditionen machen konnten, um die Flora und Fauna der Galapagos-Inseln zu beobachten, die Sitten und Gebräuche französischer Dörfer zu studieren oder in der Türkei an Ausgrabungen teilzunehmen. Meine Mutter fuhr also in die Türkei und half, irgend etwas auszugraben. Die Arbeit begeisterte sie, sie kam zurück und fing an, an der Universität Kurse zu belegen, um in Archäologie zu promovieren. Im nächsten Sommer fuhr sie wieder in die Türkei und schloß ihre Promotion ab. Und im nächsten Sommer fuhr sie wieder, und irgendwann kam sie nicht mehr zurück. Sie wurden geschieden, was meinem Vater einen noch besseren Vorwand lieferte zu trinken – nicht, daß er damals überhaupt noch einen gebraucht hätte.«

»Siehst du sie oft?«

»Hin und wieder. Ich habe sie schon an den verschiedensten Orten besucht. Es war wirklich erstaunlich, ihre Verwandlung zu beobachten. Sie war immer sehr tüchtig, managte den großen Haushalt, unterhielt ihre Gäste, alles, was dazugehört. Aber sie wirkte immer etwas kühl und distanziert, gelangweilt, antriebslos. Und dann auf einmal zu sehen, wie sie eine Ausgrabung in der Türkei überwachte, mit ihrem Strohhut und den Khaki-Shorts. Ihre Begeisterung zu erleben, und wie alle auf sie hörten und sie respektierten. Es war umwerfend.

Aber wir stehen uns nicht wirklich nahe. Sie versteht meine Sexualität nicht, ungeachtet der Tatsache, daß sie es mit meinem Vater nicht ausgehalten hat und wahrscheinlich seit zwanzig Jahren keinen Sex mehr gehabt hat und überhaupt den Eindruck vermittelt, daß sie gar keine Zeit für Männer hat. Der Gedanke, Kraft und Energie in zwischenmenschliche Beziehungen zu investieren, ja gar in Beziehungen zu anderen Frauen, ist ihr fremd. In ihren Augen ist es wohl bloß eine Art Zeitverschwendung. Außerdem hat meine Karriere sie enttäuscht. Ich meine, daß ich keine gemacht habe. Wo ich doch alle Möglichkeiten hatte, aufs Sarah Lawrence ging, Wirtschaftswissenschaften studierte, alles nur Erdenkliche ...«

Hadley hatte sich langsam von dem persischen Wandbehang abgewandt und war zum Tisch zurückgegangen. Sie goß sich eine Tasse Kaffee ein und tippte sanft mit dem Finger auf das Notizbuch. »Ich hatte immer den Eindruck, eine Karriere erfordere Kühle, ja Kälte. Und diese Kälte konnte ich nie aufbringen. Ich war immer zu warmherzig, zu ... ich weiß auch nicht. Es war toll, es war großartig für sie, sich von allem loszumachen, schließlich hatte sie sich jahrelang um meinen Vater gekümmert. Aber plötzlich stand er ohne einen Menschen da. Ich fühlte mich einfach *verantwortlich*.«

Sie strich ihr Haar hinter die Ohren. »Als sie mit dem Ganzen anfing, sich auf die Promotion vorbereitete, war ich noch auf der Highschool. Dann ging ich aufs College. Schon nach einem Semester wußte ich, daß ich lesbisch bin. Auf einmal hatte das Leben einen Sinn. Es war wunderbar. Ich machte mir keinerlei Gedanken, was nach dieser Entdeckung aus mir werden sollte. Zum ersten Mal in meinem Leben fing ich an zu fühlen; mehr wollte ich gar nicht. Dann verließ meine Mutter meinen Vater, und er war allein. Ich ging zu ihm zurück. Ich blieb acht Jahre im Haus meines Vaters, in Houston.«

Ich ging zu ihr hinüber und umarmte sie. Einen Augenblick standen wir so, dann sagte sie: »Na ja, wir wollen das alles nicht ausgerechnet jetzt vertiefen. Erzähl du mal von dir.« Auf einmal lachte sie, drückte mich auf den nächsten Stuhl und setzte sich auf meinen Schoß. »Erzähl mir zum Beispiel, wie es ist, ein Zwilling zu sein. Habt ihr die Leute an der Nase herumgeführt, als ihr klein wart?«

»Natürlich. Besonders in der Grundschule, als wir noch ganz klein waren und uns noch ähnlicher sahen. Später, an der Junior High, schrieben wir manchmal die Klassenarbeiten füreinander. Penny war gut in Mathe und ich besser in Englisch. Entweder wurde es uns mit der Zeit langweilig, oder wir hatten zu arge Gewissensbisse – Penny stand zwei Algebra-Tests für mich durch, ich zwei Englisch-Klausuren für sie. Außerdem gingen mit dem Älterwerden unsere Interessen immer mehr auseinander. Vor allem in der Highschool hatten wir mehrfach ganz schön Zoff. Wir versuchten, uns mit aller Gewalt voneinander abzugrenzen, und mißbilligten unser Verhalten gegenseitig zutiefst. Ich weiß noch, immer wenn Penny mit irgendwelchen widerlichen Typen ausging, war ich wütend. Ich fand, daß es auf mich zurückfiel.«

»Wart ihr gegenseitig eure beste Freundin?«

»In gewisser Weise schon. Es bestand eine grundlegende Loyalität zwischen uns – du tratschst nicht über deine Zwillingsschwester, wie du über jemand anderen tratschen würdest. Aber sonst hatte sie ihre Freunde und ich meine. Nach der Highschool zogen wir beide von zu Hause aus und waren mit ganz verschiedenen Leuten zusammen. Das war die Zeit, in der wir uns am fernsten standen ... Ich vermißte sie. Aber wir waren beide wild entschlossen, unseren eigenen Weg zu gehen. Das lag natürlich nicht zuletzt an den Reaktionen unserer Umwelt – dauernd hieß es: »Sind sie nicht niedlich? Zwillinge, wie süß!« Es war schon schlimm genug, in den fünfziger und sechziger Jahren als Mädchen aufzuwachsen, aber Zwillinge haben etwas an sich, das die meisten Menschen zu völlig verblödeten Verhaltensweisen hinreißt.«

»Aber jetzt seht ihr euch wirklich kaum noch ähnlich«, sagte Hadley und fing an, mein Bein zu streicheln, was bei mir ein angenehmes Kribbeln auslöste.

»Ich weiß. Manchmal ist es richtig überraschend und auch ein bißchen traurig, weil es in der Vergangenheit oft auch tröstlich war, die andere anzuschauen und zu wissen, wie du selbst aussiehst.«

»Vielleicht ist die Frage zu persönlich, aber was wird Penny dazu sagen, daß du eine Beziehung mit mir hast?«

Ich schüttelte den Kopf. »Früher kannte ich jeden ihrer Gedanken oder konnte mich wenigstens in ihre Lage versetzen. Jetzt ist das schwieriger. Aber wir reden einander nicht drein. Sie wird es verstehen.«

Hadley rieb immer noch mein Bein. Sie täuschte ein Gähnen vor. »Das war eine kurze Nacht – bist du nicht müde?«

Ich vergaß, daß ich so schnell wie möglich weggewollt hatte. Ich vergaß, daß ich immer noch die Zeitungsausschnitte in meiner Tasche hatte, daß ich mehr über Zee erfahren und ihr ein paar Fragen stellen wollte.

Ich gähnte ebenfalls. »Bißchen schon ... vielleicht sollten wir uns am besten nochmal hinlegen.«

»Gute Idee.«

22

Es war Nachmittag, als ich nach Hause kam. Ich fühlte mich entspannt, wenn auch nicht besonders ausgeschlafen. Sam und Jude saßen immer noch beim Frühstück am Küchentisch, lasen Zeitung und aßen Vollkornbrötchen mit Käse. Vielleicht war es auch ihr Mittagessen.

»Kommst du jetzt erst nach Hause?« fragte Jude neugierig.

»Mhm. Wo ist Penny?«

»Hinten, draußen. Sie arbeitet im Garten.«

»Ihr habt doch nichts dagegen, wenn ich mir eins davon nehme? Danke.«

Ich ging durch die Küche und öffnete die Hintertür. Morgens war der Garten wegen des großen Apfelbaums ziemlich schattig, jetzt aber lag er leuchtend grün im Sonnenlicht. Penny war drüben in der Ecke damit beschäftigt, die Erde um die Tomaten und grünen Bohnen herum zu lockern.

»Na«, rief ich fröhlich, »brauchst du Hilfe?«

Sie warf mir einen undefinierbaren Blick zu. »Und wo hast du gesteckt?«

Ich fing an, an dem Unkraut beim Broccoli herumzuzupfen. »Zweimal darfst du raten.«

»Ich hätte nie von dir gedacht ...«, fing sie an.

»... daß ich mich als Lesbe entpuppe?«

»Du bist nicht lesbisch nach einer einzigen ... Begegnung«, hielt sie mir entgegen. Ihr Igelhaar stand wieder einmal senkrecht vom Kopf ab, was ihr im Verein mit dem roten Stirnband das Aussehen eines ungnädig dreinblickenden Bantamringers verlieh. »Ich meine, du kennst die Frau doch kaum. Außerdem ist die ganze Atmosphäre gerade dermaßen aufgeladen ...«

Ich hatte nicht vorgehabt zu streiten. Ich hätte mich viel lieber in ihrer begeisterten Zustimmung gesonnt und ihr erzählt, wie glücklich ich war, Hadley gefunden zu haben, meine Sexualität, ein völlig neues Lebensgefühl. Statt dessen sagte ich kühl: »Soweit ich mich erinnere, lagt du und Doug etwa eine Minute, nachdem ihr euch kennengelernt habt, miteinander im Bett. Was ist jetzt so anders?«

»Aber...«, Penny seufzte und wandte sich wieder ihrer Hackerei zu. »Wenn B. Violet uns diese ganze Scheiße eingebrockt hat...«, grummelte sie vor sich hin.

Es war eine Ohrfeige. »Was weißt du überhaupt!« Mit einem Sprung setzte ich über zwei Reihen Kohl und zwang sie, mir ins Gesicht zu schauen. »Wieso B. Violet und nicht Best – weil sie Lesben sind? Aber du mußtest ja seit Tagen die Miss ›Laß-dich-da-nicht-reinziehen‹ spielen! Eine ganze Menge Dinge sind diese Woche passiert, und du weigerst dich einfach, sie zur Kenntnis zu nehmen. Trotzdem gehörst du immer noch zum Kollektiv. Du mußt deinen Teil Verantwortung für das, was Jeremy angerichtet hat, übernehmen. Das kannst du nicht auf B. Violet abschieben. Aber nein, du willst ja nicht einmal was mit Zee zu tun haben...«

»Nicht so laut«, sagte Penny. »Sie kann dich hören.«

»Ich möchte einfach nur wissen«, flüsterte ich leidenschaftlich, »warum wir Jeremy nie auch nur im geringsten mißtraut haben. Wie konnte er uns so zum Narren halten, daß wir ihm den angepaßten, zerstreuten Typ abgenommen haben, der keinen Gedanken im Hirn hat außer vielleicht, wie er an eine Karte für ein Stones-Konzert kommt?«

»Ach Pam«, sagte Penny, »überlaß das doch der Polizei. Misch dich nicht immer in alles ein. Am Anfang war es noch was anderes. Aber jetzt sieht es sehr viel ernster aus. Weißt du, der Gedanke, daß du dich mit Hadley eingelassen hast, macht mir nicht so viel aus wie die Vorstellung, daß ihr zwei herumlauft und Amateurdetektiv spielt.«

Flüchtig sah ich mich, wie ich mich an den Sims von Jeremys Fenster im dritten Stock klammerte. Ich war herzlich froh, daß Penny nicht Zeugin dieser Aktion gewesen war.

Ich sagte: »Wie kannst du – eine progressiv denkende Feministin, eine Linke – dermaßen sicher sein, daß die Polizei schon alles in Ordnung bringen wird? Erst recht, falls Jeremy wirklich ein Informant war. Soweit wir wissen, hat er möglicherweise einer ganzen Anzahl von Leuten das Leben kaputtgemacht. Die Bullen werden ihn nicht bloßstellen, Penny. Wach endlich auf!«

»Wach selber auf«, ihr Haar umgab ihr Gesicht wie eine Aureole des Zorns. »Wie, stellst du dir vor, soll Best Printing überleben, wenn du deine Zeit damit verplemperst, Nancy Drew zu spielen? Wir haben die ganze Woche fast nichts von unserer Arbeit geschafft. June und Zee waren nicht da, Elena ist ein Häufchen Elend, Jeremy ist tot und du tust so, als hättest du Urlaub oder sowas. Dieser Auftrag für die Stadt, den wir ablehnen mußten, wäre sehr wichtig für uns gewesen. Ich wußte nicht, was ich den Leuten sagen sollte, die Angebote einholen wollten. Rufen Sie nächste Woche wieder an, wenn sich alles beruhigt hat? Oder nächsten Monat? Oder überhaupt nicht mehr? Wir müssen unsere Rechnungen bezahlen, Pam. Wir können es uns nicht erlauben, einfach nichts zu tun. Wenn Ray nicht gewesen wäre ...«

Ich wollte sie gerade für ihre kapitalistische Haltung fertigmachen – ein Mitglied unseres Kollektivs war schließlich ermordet worden, kapierte sie denn nicht, daß das eine Bedrohung für unsere ganze Gemeinschaft war? Wie konnte sie da kaltschnäuzig davon reden, den Betrieb am Laufen zu halten! Doch etwas daran, wie ihre Stimme beim letzten Satz plötzlich weicher geworden war, wie sie die Augen niederschlug, ließ mich innehalten. Ein jäher, abscheulicher Verdacht stieg in mir auf.

»Und wo warst du überhaupt letzte Nacht?« fragte ich grob und packte sie an der Schulter.

Penny schüttelte mich ab. »Laß mich in Ruh'. Du tust so, als hättest du immer noch ein Recht auf ihn, und dabei ist es schon fast ein Jahr her, Pam. Mir ... mir liegt schon lange was an Ray. Außerdem, was kann es dir schon ausmachen, wo du doch jetzt eine Lesbe bist?«

Ich war rasend vor Wut, Wut und Schmerz über ihren Verrat. Meine eigene Zwillingsschwester trieb es mit dem Mann, der mir das Herz gebrochen hatte. Das war zuviel. Ich fühlte mich kein bißchen mehr wie eine glückliche Lesbe, die gerade neugeboren wurde. Ich fühlte mich nur wie eine betrogene, einsame, heterosexuelle Frau, die kurz davor ist, ihre liebe Schwester mit einer Hacke zu erschlagen.

»Ich kann es einfach nicht glauben«, stammelte ich schließlich, »nachdem ich dir erzählt habe, wie scheußlich er zu mir war. Und was ist mit Zee? Sie ist seine Geliebte. Der Gedanke, daß du mit ihrem Freund rummachst, während sie sich oben auf unserem Dachboden verstecken muß, ist einfach widerlich.«

»Würdest du verdammt nochmal leiser sein?« flüsterte Penny mit einer Stimme, die jeden Augenblick in ein Kreischen umzukippen drohte. »Ich hab' dir schon einmal gesagt, Zee und Ray sind kein Paar mehr.«

»Seit wann?« schnauzte ich zurück, »seit letzter Nacht?«

»Seit etwa einem Monat«, tönte der vertraute Klang von Zees Stimme aus dem Dachfenster über uns. Sie hatte den Kopf herausgestreckt und schaute auf uns herunter. Ich sah, daß sie lächelte. »Im übrigen war es keine soo ernsthafte Sache zwischen uns. Er hat mir sogar gesagt, daß er dich mag, Penny. Ich freu' mich für dich.«

Ich kam mir immer mehr wie eine Idiotin vor. Könnte ich jetzt nur irgend etwas Nonchalantes, Überlegenes sagen! Statt dessen fing ich an, einen kleinen Rosenkohl systematisch in Atome zu zerstampfen.

Penny lachte zum Dachfenster hinauf. »Bleib lieber drin, Zee, wer weiß, wer dich sieht. Pam ist überzeugt, daß wir es mit einer gefährlichen Verschwörung zu tun haben.«

Zuviel. Zu-viel! Ich drehte mich um, marschierte durch den Garten zurück in die Küche, die Treppe hoch und in mein Zimmer. Warum hatte ich bloß vergessen, Hadley die bittere Wahrheit über das Zwillingsdasein zu erzählen, Zwilling zu sein von einem Wesen, das haargenau weiß, wie es dich auf jede nur erdenkliche Weise kränken kann, bei jeder nur erdenklichen Gelegenheit? Während ich auf meinem Bett lag, stiegen Erinnerungsfetzen an üble Streiche, die Penny mir gespielt hatte, in mir auf. Damals auf der Junior High, als ich so verrückt nach David Wie-hieß-er-doch-nochmal war und sie so tat, als wäre sie ich und sich vor einer ganzen Horde Freunden von ihm vor ihm aufbaute und ihn fragte: »Willst du mit mir gehen?«

Ich hätte sie schon damals umbringen sollen. Ich hätte es nicht soweit kommen lassen sollen, daß sie mir jetzt, fünfzehn Jahre später, das Leben zur Hölle machte. Die Tatsache, daß es mit Hadley letzte Nacht und heute morgen so schön gewesen war, bedeutete nichts mehr. Ray und Penny zusammen im Bett – das war Inzest, genau das war es. Wir mochten nicht genau gleich aussehen, aber wir hatten genau denselben Körperbau ... und wenn sie nun im Bett besser war als ich? Wenn Ray das fand?

Ach ja, und da war noch das in der Grundschule gewesen, als Penny und ich beide in das gleiche kleine Mädchen verliebt gewesen waren, eine kleine Circe aus Marokko oder Algerien mit riesigen braunen Kulleraugen und schwarzen Locken. Jede von uns hatte sie gefragt, ob sie ihre Freundin sein wollte, und sie hatte Penny gewählt. Sie hatte gesagt, Penny sei *netter*!

Ich schluchzte verzweifelt in mein Kissen. O, kein Mensch wußte, was es hieß, ein Zwilling zu sein! Die ganze Zeit jemanden um dich zu haben, der all deine Schwächen kennt und sie ausnutzen kann, der dir so ähnlich ist, nur besser als du! Es ist, als würdest du die ganze Zeit mit deiner besseren Hälfte verglichen. Es ist abscheulich. Wir hätten nie versuchen sollen, zusammen zu leben, zusammen zu arbeiten, irgend etwas zusammen zu machen. Die meisten Zwillinge lebten getrennte Leben, zogen in verschiedene Städte, hatten eigene Familien. Sie stolperten nicht dauernd übereinander wie Marionetten, die von derselben Hand bewegt werden.

Ich weinte mich aus und schlief lange und tief. Irgendwann im Laufe des Nachmittags klopfte es an meiner Tür, Jude rief etwas von einem Anruf für mich.

Ich ignorierte sie und vergrub meinen Kopf noch tiefer.

Als ich schließlich aufstand, war es fast sechs und ich war allein im Haus. Jude hatte mir eine Nachricht hingelegt: *Hadley hat angerufen. Wir sind Schwimmen gegangen. Kommst du zum Abendbrot?*

Ich machte mir Eistee und rief Hadley an. Wir hatten vorher davon geredet, zum Abendessen vielleicht ein Picknick am Lake Washington zu machen. Sie war nicht da. Natürlich hatte sie Besseres zu tun, als einen schönen Tag mit Warten auf meinen Anruf zu vergeuden. Ich hatte Kopfweh und fühlte mich wie in Watte gepackt. Lustlos wanderte ich ins Wohnzimmer, blätterte in Zeitschriften, machte ein paar Dehnungsübungen.

Gerade wollte ich raufgehen zu Zee, als Penny heimkam.

»Na«, sie sah mich unsicher an. Dann kam sie ins Wohnzimmer und setzte sich mir gegenüber.

»Bist du noch böse auf mich?«

»Ich weiß nicht«, sagte ich. »Erinnerst du dich noch an David auf der Junior High? Das war echt gemein von dir, ihn sowas zu fragen.«

Penny nickte. »Du hast recht. Du hast es mir aber heimgezahlt, weißt du noch? Du hast diesem schleimigen Roger gesagt, daß du, Penny, schon lange ein Auge auf ihn geworfen hättest. Es war ganz schön schwer, ihn wieder loszuwerden.« Sie verstummte, lachte leise, und als ich nicht mitlachte, sagte sie: »Hast du vor, mir das hier auch heimzuzahlen?«

Jetzt mußte ich doch lachen. »Und dir eine Schnecke ins Bett zu legen? Mein Gott, Penny, wir sehen uns nicht mal mehr ähnlich – ich wüßte gar nicht, wie ich dir einen Streich spielen sollte – jedenfalls so einen Streich.«

»Ich wette, wenn du dir die Haare schneiden würdest, könntest du es.«

»Tatsächlich hatte ich das vor… allerdings aus anderen Gründen.«

»Mach's doch«, sagte sie.

Mit einem Mal waren wir wieder Freundinnen.

»Es macht dir doch nicht wirklich etwas aus?« fragte sie. »Das mit Ray und mir. Ich meine, *wirklich*? Ich bin so glücklich.«

»Ich werd' mich dran gewöhnen. Außerdem ist er immer noch tausendmal besser als Doug.«

»Ein wahres Wort. Und Pam, es tut mir leid, daß ich so eklig war wegen dir und Hadley... glaub mir, ich mag sie wirklich, sie ist nett.«

»Komm mir bloß nicht auf dumme Gedanken«, sagte ich scherzend und fügte hinzu: »Du bist nicht sauer, daß ich vielleicht eine Lesbe werde?«

Penny schüttelte ihren Punk-Schopf. »Vielleicht beneide ich dich sogar. Es erschien mir oft der weit vernünftigere Weg.«

»Wenn das so ist, was hältst du dann von Abendessen?«

»Alles, nur kein frisches Gemüse«, sagte sie. »Das hängt mir allmählich zum Hals raus. Können wir nicht losgehen und chinesisches Essen kaufen und es mit zu Zee hinaufnehmen? Wir könnten eine kleine Party feiern, bevor Sam und Jude nach Hause kommen. Ich habe sie überredet, zum Abendessen wegzubleiben, ich hab' ihnen gesagt, du hättest grade ein seelisches Tief...«

»Klingt nicht übel. War das an der Tür?«

»Ich geh' schon.«

Ich stand dicht hinter ihr, als sie die Tür öffnete. Im Eingang standen zwei uniformierte Beamte der Polizei von Seattle, einer hatte ein Stück Papier in der Hand.

»Ich habe hier einen Haftbefehl für Zenaida Oberon Plaice«, sagte er gewichtig.

»Was?« fragten Penny und ich schockiert wie aus einem Mund. »Wer?«

»Mrs. Jeremy Plaice, gesucht wegen Mordes an ihrem Ehemann.« Als wir uns immer noch nicht rührten, fügte der Cop mit etwas menschlicherer Stimme hinzu, sie wüßten, daß Zee hier sei. Sie sei noch vor ein paar Stunden gesehen worden.

Als sie zum Dachbodenfenster herausschaute.

23

Dem Mord an Jeremy Plaice waren am Tag danach ganze drei Zeilen auf einer der letzten Seiten der Zeitung gewidmet gewesen: »Ein fünfundzwanzigjähriger Mann mit einer Schußwunde wurde gegen 21 Uhr in einer Druckerei in Seattle tot aufgefunden. Keine unmittelbaren Verdächtigen.« Wir hatten uns noch gewundert, wie June es geschafft hatte, den Blitzlichtern der Presse zu entgehen, hatten es dann aber auf die rasche Intervention von Marta Evans geschoben.

Diesmal lief es nicht so glimpflich ab.

Die Schlagzeile des Leitartikels in der Sonntagszeitung nahm zwar auf die Arbeitslosigkeit bezug, doch schon die nächste Überschrift darunter verkündete in fetten Buchstaben:

PHILIPPINISCHE EHEFRAU
DES MORDES VERDÄCHTIG

Und darunter, etwas kleiner: *Heimliche Heirat aufgedeckt.* Aber der Artikel hatte auch sonst noch einige Neuigkeiten für uns auf Lager. Jeremy Plaice war drei Jahre auf dem Marinestützpunkt Subic Bay stationiert gewesen. Die in Kalifornien lebenden Eltern Jeremys verdächtigten seine Ehefrau, Zenaida Plaice, geborene Oberon, ihren Sohn lediglich zu dem Zweck geheiratet zu haben, in den Vereinigten Staaten bleiben zu können. Es war auch die Rede von Zees Familie, die in der philippinischen ›Opposition‹ eine prominente Rolle spielte, von ihrer Krankenschwesterausbildung und ihrem Engagement in einer hiesigen Anti-Marcos-Gruppe. Kein Wort über die Fälschungen und kein Wort darüber, was die Polizei konkret gegen Zee in der Hand hatte, nur ein Haufen versteckter Andeutungen. Auch unsere Namen wurden erwähnt: »Penny und Pamela Nilsen, die Eigentümerinnen der Firma Best Printing, bei der das Ehepaar angestellt war, versteckten die des Mordes Verdächtige auf dem Dachboden ihres Hauses.«

»Ich wundere mich bloß, daß sie uns nicht als Komplizinnen hingestellt haben«, sagte ich.

»›Angestellt‹, wenn ich das schon lese«, sagte Penny. »Können die denn nie was richtig bringen?«

»Ich bin sicher, wir haben noch viel Gelegenheit, der Presse ganz genau zu erklären, was ein Kollektiv ist«, sagte ich mit einem Blick aus dem Fenster. Ein mit Kamera und Notizbuch bewaffneter Mann kam entschlossenen Schrittes auf unsere Tür zu. »Aber ich bin nicht besonders scharf darauf.«

Wir ließen es klingeln.

»Auf eurem Dachboden?« hatte Marta letzte Nacht gefragt. »Das war nicht fair, Pam.«

»Wir sind nie auch nur im entferntesten auf den Gedanken gekommen, daß sie Jeremy ermordet haben könnte«, protestierte ich. Wir hatten uns allerdings auch nicht vorstellen können, daß sie ihn geheiratet hatte.

»Falls ihr euch ausgerechnet habt, daß ich sie verteidige, eine Mordverdächtige«, sagte Marta, »dann muß ich euch ganz klar sagen, daß ich das nicht kann.«

»Und was ist mit June? Ihr hast du gleich geholfen.«

»Das war ein Notfall. Und es war noch nicht Anklage gegen sie erhoben worden. Es ging nur um eine Verfahrensfrage. Das jetzt ist etwas völlig anderes. Haben sie nicht gesagt, sie sei seine Frau? Hier geht es um Mord.«

»Marta, ich ruf dich später wieder an. Denk nochmal darüber nach. Wir brauchen wirklich Hilfe, deine Hilfe.«

Ich brauchte sie nicht anzurufen.

Sie rief uns an.

»Ich war bei Zee im Gefängnis«, aus ihrer Stimme klang die gewohnte Energie. »Es geht ihr soweit gut. Redet mit keinem Menschen und kommt morgen früh in mein Büro. Meine Güte«, fügte sie hinzu, »wie geratet ihr Mädels nur ständig in solche Sachen?«

Außer Marta und mehreren hartnäckigen Reportern forderten auch noch andere eine Erklärung. Hadley zum Beispiel.

Als wir am Sonntagvormittag aus Martas Büro zurückkamen, saß sie auf der Vordertreppe. Sobald sie meiner ansichtig wurde, sprudelte sie auch schon los: »Verheiratet! Dachboden! Ich muß unbedingt mit dir reden.«

Penny warf mir einen aufmunternden Blick zu und verschwand im Haus. Sie glaubte zu verstehen – sie konnte ja nicht wissen, worum es hier eigentlich ging. Hadley hatte gedacht, wir beide würden das gemeinsam durchziehen. Sie fühlte sich hintergangen.

»Du hättest es mir sagen können. Du hättest wenigstens beiläufig erwähnen können, daß du ein bißchen mehr weißt als ich.«

Wir gingen ein Stück. Ich hätte sie gern berührt, aber ich traute mich nicht. »Ich weiß«, sagte ich, »aber Zee hatte uns gebeten, ihren Aufenthaltsort geheimzuhalten. Und außerdem wußte ich eigentlich gar nichts. Zee kreuzte am Donnerstag mitten in der Nacht bei uns auf und sagte, sie müsse irgendwo unterkriechen. Penny bekam dann heraus, was sie und Jeremy gemacht haben.«

»Was?«

»Papiere für illegale Einwanderer gefälscht. Die Polizei oder das FBI muß ihnen irgendwie auf die Schliche gekommen sein. Und als Jeremy dann umgebracht wurde, war es wohl nicht besonders schwierig, sich auszurechnen, daß es einer seiner Partner gewesen sein mußte.«

»Aber davon stand überhaupt nichts in der Zeitung«, wandte Hadley ein. Ihr graublondes Haar war hinter die Ohren gestrichen, und sie wirkte allmählich eher neugierig als ärgerlich.

»Die Polizei versucht wohl, die einzelnen Puzzleteile zusammenzusetzen und die Verdächtigen einzukreisen oder was auch immer ihre Aufgabe ist. Wahrscheinlich haben sie den Reportern nichts gesagt – also haben sich die Zeitungen wohl oder übel auf die Rassistenmasche geworfen: Filipina tötet weißen Ehemann, nachdem sie sich durch ihn eine Aufenthaltsberechtigung beschafft hat. Wenn sie das mit June herausfinden, werden sie sicher auch noch das Eifersuchtsmotiv ins Spiel bringen, jede Wette... Gott, was für ein Chaos!«

»Aber was ist mit Zee – glaubst du, daß sie es möglicherweise getan hat? Hast du mit ihr gesprochen, seit sie verhaftet wurde? Was legen sie ihr zur Last? Was für Beweismaterial haben sie?« Hadley war wieder die alte. Sie schritt nun rasch aus. Ich mußte beinahe rennen, um mit ihren langen Beinen Schritt zu halten.

»Sie haben bloß Indizienbeweise, glaube ich. Die Heirat, ihr Verschwinden nach dem Mord, daß sie sich versteckt hat – und natürlich, daß sie Filipina ist. Auf jeden Fall noch keine Fingerabdrücke oder Waffen, auch keine Zeuginnen oder Zeugen, auch wenn du und ich und Penny sicher verhört werden.«

Wir waren mittlerweile an der Stelle angekommen, an der der Park sich in einen tiefen Einschnitt absenkt. Bäume in saftigem Grün bedeckten die Seitenhänge; unten auf dem Weg wuselten Jogger hin und her wie Ameisen.

»Und du?« fragte Hadley mit leiser Stimme. »Glaubst *du*, daß sie's getan hat?«

Ich starrte hinunter. »Ich will es nicht glauben«, sagte ich schließlich, »aber manchmal fällt es mir schwer.«

Wir setzten uns dicht nebeneinander ins Gras. Ich fühlte mich entmutigt und deprimiert. Ich sah Zee wieder vor mir, wie sie in Handschellen die Treppe vom Dachboden heruntergebracht und abgeführt wurde. Mir war zumute gewesen, als hätten wir den Nazis Anne Frank ausgeliefert. Und alles nur wegen unserer idiotischen schwesterlichen Eifersucht, wegen irgendwelcher Nichtigkeiten, die schon vor zwanzig Jahren kindisch gewesen waren. Ich hatte Zee noch einmal in den Arm nehmen, sie wenigstens berühren wollen, als sie an mir vorbeiging; aber die Polizisten unterbanden sofort jede Zurschaustellung von Emotionen. In ihren Augen war sie nur die gefährliche Mörderin, nicht unsere Freundin und Mitarbeiterin. Zee hatte es noch geschafft zu lächeln, als wollte sie sagen: ›Was soll's? Auf den Philippinen wär ich an den Haaren hinausgeschleift und vergewaltigt worden.‹

Sie war jetzt im King County Gefängnis, aber morgen nach der Anhörung würde sie wahrscheinlich gegen Kaution freigelassen werden. Marta hatte uns nicht allzuviel Hoffnung gemacht; sie hatte uns lediglich versprochen, uns nach besten Kräften bei der Suche nach einem guten Verteidiger für Zee zu unterstützen. Sie warnte uns noch einmal eindringlich davor, mit irgend jemandem sonst über die Sache zu reden. Dann ließ sie uns alles, woran wir uns von letzter Woche noch erinnerten, angefangen mit dem Fusionsmeeting am Dienstag, erzählen und aufschreiben.

Ich hatte gewisse Dinge unterschlagen. Drachen steigen lassen und Softball und das *Sappho* – und das Abenteuer in Jeremys Wohnung. Auch so war es mehr als genug. Marta hatte nur immer wieder ihren Krauskopf geschüttelt.

»So viele verwirrende Tatsachen. Dieser Sabotageakt zum Beispiel – inwiefern hat er mit dem Mord zu tun? Er geschah unmittelbar davor – es muß da einfach irgendeine Verbindung geben.«

Aber was für eine? Zee hatte nichts mit der Verwüstung von B. Violet zu tun. Sie hatte sich so gut wie gar nicht an der Diskussion über die Fusion beteiligt. Wir hatten nur Frans Wort, daß Jeremy derjenige gewesen war, der die Einrichtung demoliert hatte – das Wort einer Alkoholikerin auf Sauftour.

Hadley unterbrach meine Gedanken. »Aber wenn Jeremy Informationen über irgendwen an irgendwen geliefert hat, wenn er spioniert hat...«

Ich fiel ihr ins Wort. »Wir haben nur Frans Theorie, daß er uns oder sonst jemanden ausspioniert hat. Und die basiert darauf, daß sie gesehen hat, wie er zwei Männern ein Päckchen gab. Es könnte genausogut Dope gewesen sein.« Ich dachte, ›schon wieder Fran‹. Seltsam, wie jemand in dermaßen sturzbetrunken Zustand an so vielen Orten auftauchen und so gescheite Schlußfolgerungen ziehen konnte.

Hadley grübelte immer noch. »Wer war Jeremy überhaupt? Wer war er wirklich? Ich weiß es immer noch nicht, auch nachdem ich seine Sachen durchsucht habe. Pornos, Ohrringe, New Wave

Musik, Dope, was noch, Pam? Subic Bay, die Marine auf den Philippinen. Besteht da ein Zusammenhang?«

Ich erinnerte mich plötzlich an die zusammengehefteten Zeitungsausschnitte über die Demonstrationen auf den Philippinen. Ich hatte völlig vergessen, sie mir noch einmal anzuschauen, wie ich eigentlich vorgehabt hatte. Vielleicht wäre mir dabei wieder eingefallen, woher mir das eine Bild bekannt vorkam. Und ich hatte Zee die Ausschnitte nicht mehr zeigen können.

»Wenn wir in einem Film wären«, sagte ich, »säßen wir jetzt schon im nächsten Flugzeug nach Los Angeles, um mit seinen Eltern zu reden. Und von da wäre es nur ein kurzer Abstecher in das Gewühl der feucht-heißen Straßen von Manila.« Ich seufzte. »Das wirkliche Leben ist immer so verdammt knapp bei Kasse.«

»Wenn wir nach Kalifornien gingen«, sagte Hadley, »könnten wir uns als ausgebuffte Privatermittlerinnen ausgeben...«

»Schäbige Motels und hochherrschaftliche Anwesen...«

»Verführerische Blondinen, die im Negligé an die Tür kommen...«

»Und versuchen, uns zu bestechen.«

»Au ja!« sagte Hadley begeistert. »Was hältst du von telefonieren?« setzte sie in vernünftigerem Ton hinzu.

»Telefonieren?«

»Du weißt schon... verbilligte Ferngespräche zwischen siebzehn und acht Uhr... eher unsere Kragenweite.«

»Seine Familie anrufen? Mehr über ihn herausfinden?«

»Es wäre immerhin ein Anfang.«

Wir gingen wieder zurück und fanden June vor. Wütend hielt sie uns die Titelseite der Sonntagszeitung entgegen.

»Stimmt das? Verdammte Scheiße, sie waren *verheiratet*?«

»Ich glaube, es war nur eine Zweckehe«, sagte ich, »damit Zee in den Staaten bleiben konnte.«

»Dieser widerwärtige, wichsende Doppelarsch«, sagte June nicht ohne widerwillige Bewunderung. »Kein Wunder, daß sie ihn abgemurkst hat.«

»He, schrei hier nicht so rum«, sagte ich nervös. »Komm lieber rein.« Wer wußte schon, wer in der Nachbarschaft wieder mal aus dem Fenster hing und die Ohren spitzte. Wir gingen hinein. Penny und Ray saßen im Wohnzimmer auf dem Sofa.

»Ich wußte gar nicht, daß wir heute morgen ein Kollektiv-Meeting anberaumt haben«, versuchte ich zu witzeln, »sonst hätte ich Kuchen gebacken.« Ich war mir noch nicht so sicher, wie leichten Herzens ich mich mit der Tatsache abfinden konnte, daß Penny und Ray ein Paar waren. Aus Rücksicht auf meine Schwester konnte ich Ray nun nicht mehr als Ex-Lover runtermachen oder auch nur ignorieren. Ich mußte mich vielmehr um irgendeine Form der friedlichen Koexistenz bemühen.

»Wenn wir schon alle da sind«, sagte Ray, »sollten wir vielleicht über dieses jüngste Ereignis reden.« Mir fiel auf, daß er dabei nur June ansah beziehungsweise mein linkes Ohr fixierte. Ich fragte mich, ob Penny ihm von mir und Hadley erzählt hatte und was er wohl dachte. Die Vorstellung, daß die beiden über mich redeten, trieb mir die Röte ins Gesicht, zuerst aus Verlegenheit, dann aus Ärger.

Dessen ungeachtet sagte ich ruhig: »Wir sind nicht vollzählig.«

»Aber Zee ...«, fing Penny an.

»Ich habe Elena gemeint.«

Penny sah einen Augenblick völlig verdutzt aus, und ich dachte, wie leicht entbehrlich Elena für das Kollektiv erschien – weder für die Arbeit noch bei der Entscheidungsfindung wichtig.

»Schließlich ist es nur ein informelles Treffen«, meinte Ray.

»Dann habt ihr sicher nichts dagegen, wenn Hadley bleibt«, sagte ich freundlich.

Eine winzige Pause entstand. Hadley sollte an dieser Stelle offensichtlich die Gelegenheit haben zu sagen: ›Ach, ich wollte eigentlich sowieso gehen. Trotzdem danke.‹ Sie sagte es nicht.

»Von mir aus gern«, sagte June. Woraufhin Penny und Ray nickten.

»Ich will euch ja nicht zu nahe treten«, ergriff Hadley das Wort, »aber wir haben es hier mit einem Mord zu tun, und wir stehen alle irgendwie unter Verdacht. Jede und jeder von uns wird verhört werden und vielleicht auch in den Zeugenstand gerufen. June, weil sie die Geliebte von Jeremy war, Pam und ich, weil wir ihn gefunden haben, Penny und Pam, weil sie Zee versteckt haben, und Ray, weil er auch bei Best Printing arbeitet und weil er in der bewußten Nacht als letzter dort war. Ich weiß, daß es für uns alle ein Horror ist, in die Sache verwickelt zu werden, aber es sieht so aus, als hätten wir gar keine Wahl. Wenigstens sollten wir unsere Geschichten abstimmen und übereinkommen, nicht mit anderen Leuten über diese Angelegenheit zu reden, die es dann womöglich gegen uns verwenden. Und am allerbesten wäre es, wenn uns gemeinsam etwas einfiele, was Zee entlasten könnte...«

»Aber niemand hier denkt, daß sie ihn wirklich umgebracht hat«, brach es aus Rays schwarzem Bart hervor. »Das ist völlig ausgeschlossen. Sie ist überhaupt nicht der Typ dafür...« Fast genauso abrupt hielt er inne und schaute uns an. »Du glaubst es doch auch nicht, oder«, wandte er sich an June. »Nach deinen Erfahrungen...«

June neigte den schmalen Kopf mit dem kurzgeschorenen Haar. »Mißgeschicke passieren«, sagte sie fast unhörbar. »Vielleicht haben sie sich gestritten. Vielleicht zog er eine Waffe, und sie... Ich weiß nicht«, sagte sie. »Ich will hier nicht rumspekulieren. Die Menschen haben ihre eigenen Gründe, und manchmal auch weder Grund noch Ursache.«

Auch Penny schüttelte den Kopf. »Ich brauche die Antwort gar nicht zu wissen. Ich helfe ihr so oder so.«

»Pam«, sagte Ray fast flehend und sah mich an. Beinahe tat ich ihm den Gefallen und reagierte, wie er es von mir erwartete, um der alten Zeiten willen. Aber ich schwieg. Ich wußte es einfach nicht.

»Ich meinerseits glaube nicht, daß sie's war«, sagte Hadley sachlich. »Und ich will die Person finden, die es getan hat.«

24

Eine Stunde später hatten wir einige Beschlüsse gefaßt und die Verantwortlichkeiten kollektiv aufgeteilt, wie es sich gehörte. Ray würde sich mit Zees Filipino-Gruppe in Verbindung setzen, vor allem mit Benny und Carlos, und sämtliche Hilfstruppen für sie mobilisieren; Penny würde als Bindeglied zu Marta und dem neuen Rechtsanwalt fungieren und war für alle juristischen Belange zuständig; Hadley und ich würden mit Junes Unterstützung unsere privaten Nachforschungen über Jeremys Leben sowie über denkbare Motive von X, diesem Leben ein Ende zu setzen, weiterführen. Außerdem waren wir uns alle einig, daß zumindest zum gegenwärtigen Zeitpunkt nichts über die Fusionsidee oder die Sabotage bei B. Violet an die Öffentlichkeit dringen sollte. Das würde die Dinge nur zusätzlich komplizieren.

Obwohl ich mich mit allem einverstanden erklärte, konnte ich mich des Gedankens nicht erwehren, daß Fran allzu leicht davonkam. Hadley und ich würden wahrscheinlich bezeugen müssen, wie wir Jeremy gefunden hatten, Fran würde überhaupt nicht aussagen müssen. Fran war es schließlich, die behauptete gesehen zu haben, wie er B. Violet zerstörte, und die ihn angeblich dabei beobachtet hatte, wie er von zwei Männern ein Päckchen entgegennahm. Aber Fran wurde einfach aus der Verantwortung entlassen, von allen.

Am Ende einigten wir uns noch darauf, daß wir morgen *auf jeden Fall* wieder mit der Arbeit anfangen würden und daß Hadley zumindest vorübergehend Jeremys Job in der Dunkelkammer übernehmen sollte.

»Und was ist mit Elena?« fragte June im Aufstehen und streckte ihren schmalen, durchtrainierten Körper. Ihre runden, nußbraunen Augen blickten müde, sie gähnte.

Niemand antwortete. Penny und Ray waren schon halb aus der Tür, um Zutaten für das Grillfest zu kaufen, das später bei uns im Garten steigen sollte. Hadley sprach davon, schwimmen zu gehen, und ich war in Gedanken bei einer Hadley im Badeanzug. Mir war nicht ganz klar, ob June meinte, wir sollten Elena in unsere Pläne einweihen, oder wir sollten sie dazu bewegen, morgen ebenfalls zur Arbeit zu kommen. Für mein Gefühl hatte Elena in den letzten Tagen mit einigem fertigwerden müssen, außerdem kamen wir problemlos ohne sie zurecht.

»Du und Hadley, ihr wollt euch also als Detektivinnen betätigen«, sagte June plötzlich. »Was erwartet ihr dabei von mir?«

Betretenes Schweigen. Bei der Aufgabenverteilung hatte niemand die heikle Tatsache zur Sprache bringen wollen, daß June und Jeremy noch bis vor ein paar Tagen ein Paar gewesen waren. Trotz ihrer Wut auf ihn mußte er ihr etwas bedeutet haben. Vielleicht sogar sehr viel. Vielleicht mehr, als sie zugeben wollte.

June hatte sich wieder auf ihren Stuhl sinken lassen und musterte uns jetzt leidenschaftslos. »Oder wollt ihr überhaupt keine Hilfe?«

»Doch, natürlich«, sagte ich etwas zu hastig. »Du hast Jeremy schließlich besser gekannt als wir. Was er in seiner Freizeit gemacht hat, mit wem er zusammen war, womit er sich abgegeben hat ... Die Frage ist höchstens, ob du uns davon erzählen willst ...«

Ich verhedderte mich und verstummte. Ich hatte plötzlich das Gefühl, daß June eine Mauer zwischen sich und mir aufrichtete, daß ich etwas katastrophal Falsches gesagt hatte. Junes turnschuhbewehrter Fuß klopfte einen komplizierten Rhythmus auf den Teppich, in dem etwas mitschwang, eine mühsam unterdrückte Empfindung.

»Du bist einfach nur neugierig, hm? Denkst wohl, ich hätte vielleicht den Schlüssel zu dem Ganzen, ich wüßte womöglich sogar, wer's war?«, sie hielt inne, dann sah sie mich direkt an, es war kein freundlicher Blick. »Nun paß mal auf, Schätzchen. Ich bin vielleicht nicht besonders stolz drauf, daß ich mit 'nem Typen zusammen war, der andere Frauen gevögelt hat, einem Kerl, der obendrein mit 'ner anderen verheiratet war. Ich finde vielleicht sogar, daß der gute Junge ganz schön zum Kotzen war, o ja, das war er – und ich möchte sicher genauso gerne wissen, warum er umgelegt wurde, wie ihr, vielleicht sogar noch mehr... Aber ich hab' nicht die geringste Lust, für euch den Neger zu spielen und eure Arbeit zu machen. Und ich werde dir ganz bestimmt nicht mein Privatleben beichten, damit du dann womöglich die Lösung rausbekommst und die ganzen Lorbeeren einheimst.«

»Lieber Himmel, June«, ich war entsetzt. »Du müßtest mich doch wirklich besser kennen! Mir geht's bestimmt nicht darum, dein Privatleben auszuschlachten, und ich erwarte schon gar nicht, daß du meine Arbeit für mich machst.«

»Wirklich nicht?«, sagte sie, stand auf und ging zur Tür. »Ich weiß, Pam, als du mit Ray zusammenwarst, hast du ein paar Erfahrungen gemacht, aber glaub mir, das ist nichts gegen das, wie es Jeremy und mir ging. Ich weiß, daß Ray wirklich mitreden kann, wenn es um Rassismus geht, daß er keine Stories zusammenphantasiert, wenn er erzählt, wie die Leute ihn damals in Utah, als er mit dem Wagen liegenblieb, praktisch aus der Stadt gehetzt haben – sie waren sich nicht ganz klar, ob er nun ein Chinese oder ein Chicano war, aber beides paßte ihnen gleich wenig. Trotzdem weißt du so gut wie ich, daß Ray Privilegien genießt, von denen die meisten anderen nur träumen können.«

Worauf wollte sie hinaus? Ihre Stimme klang nicht mehr zornig, eher ausdruckslos, beinahe gefährlich. Mir fiel auf, daß sie offensichtlich nicht wußte, daß ich jetzt mit Hadley zusammen war – und auch, daß Hadley nichts von meiner Beziehung zu Ray gewußt hatte. Ich stotterte: »Ich ... wir ...«

June lehnte sich gegen die Tür. »Jeremy und ich mögen schwarz und weiß gewesen sein, aber wir hatten ein paar Dinge gemeinsam, gerade in eurem Kollektiv. Bevor er dazustieß, war ich die Jüngste, bevor er kam, war ich die einzige, die nie auf dem College gewesen war, ganz zu schweigen von irgendeinem Studienabschluß. Wir beide wußten Dinge, von denen du keinen Schimmer hast. Natürlich hat mich euer politisches Engagement mächtig beeindruckt; ich hätte damals ums Verrecken nicht sagen können, was eine Revolution ist.« Sie lachte kurz auf und öffnete die Tür. »Wahrscheinlich kann ich's immer noch nicht.«

»Aber wir brauchen wirklich deine Hilfe, June.« Ich hätte es ihr so gern erklärt: Weißt du, ich hab' mich in Hadley verliebt, und das läßt sich nicht von all dem anderen trennen, deshalb sieht es vielleicht so aus, als seien wir ein verschworenes Team. Aber ich fand keine Worte dafür. Statt dessen sagte ich leise: »Penny hat gesagt, daß du helfen *willst*...«

»Will ich auch. Aber du und Penny, das sind zwei Paar Stiefel«, sagte June, die Hand auf der Klinke. »Sie hat zum Beispiel keine Angst, aus einem Flugzeug zu springen.«

»Heißt das, daß du uns nicht unterstützen willst?« fragte Hadley ruhig.

»Das heißt, daß ich vorhabe, auf eigene Faust ein paar Spuren nachzugehen«, sagte June. »Mal sehen, wer zuerst am Ziel ist.« Sie warf uns ein undurchdringliches Lächeln zu und verschwand. »Bis dann!«

Als Penny nach Hause kam, erzählte ich ihr, was vorgefallen war.

»Ich kann doch nichts dafür, daß ich zum Fallschirmspringen zu feige bin – und jetzt hält June mich auch noch für eine Rassistin.«

Trotz ihrer Kümmernisse schien Penny erheitert. »Vergiß nicht den zwischen euch schwelenden Generationskonflikt und den Klassenkampf.«

Sie schälte gerade eine Frucht für den Salat, während Hadley sich bei den Erdbeeren nützlich machte.

»Ich kann mir nicht helfen, ich glaube, June verheimlicht uns etwas«, sagte Hadley. »Bist du ganz sicher, daß sie nichts von den Fälschungen gewußt hat? Ich meine, irgendwer muß das Zeug doch gedruckt haben.«

»June ist keine Mörderin«, sagte Penny. »Sie ist verletzt worden, und jetzt befürchtet sie, daß ihr in einer Angelegenheit, die ihr emotional immer noch sehr zu schaffen macht, eine Nebenrolle zugewiesen wird. Ihr wollt, daß sie euch sagt, was sie weiß, aber umgekehrt wollt ihr nichts preisgeben.«

Ray war draußen gewesen, um in unserem rostigen Grill ein Holzkohlefeuer anzuwerfen. Jetzt kam er herein auf der Suche nach dem Grillrost. »Vielleicht funktioniert die Kollektiv-Methode nicht mehr so gut, wenn es darum geht, Verbrechen aufzuklären«, meinte er. »Aber ich finde interessant, was June über die Gemeinsamkeiten zwischen ihr und Jeremy gesagt hat. Es klingt plausibel, daß sie sich unter diesen Umständen zueinander hingezogen fühlten und sich gegen uns verbündeten. Natürlich, das Klassenbewußtsein, wieso bin ich bloß nicht früher daraufgekommen?« grübelte er und zerrte an seinem schwarzen Bart.

»Du bist die ganze Zeit so bescheuert theoretisch«, explodierte ich. »June hat mir vorhin praktisch vorgeworfen, daß ich mich wie eine Southern Belle aufführe! Aber wie üblich hast du gar nicht kapiert, worum es eigentlich geht.«

Statt einer Antwort warf Ray eine Banane nach mir, die praktischerweise gerade dalag, und knallte die Tür hinter sich zu.

»Nicht schon wieder«, stöhnte Penny und ging ihm nach.

»Jetzt verstehe ich, glaube ich, warum du mir von dieser früheren Beziehung nichts erzählt hast«, sagte Hadley. »Ist wohl noch nicht so ganz verarbeitet, hm?«

Ein *Garten*fest im *Garten* – was konnte im kühlen Nordwesten ausgefallener und aufregender sein? Den größten Teil unseres Grundstücks nahmen zwar die Beete ein, aber wir hatten immer noch ein Fleckchen Rasen und einen kleinen, rechteckigen Hof, den unsere Familie vor vielen Sommern mit vom Strand herbeigeschleppten Kieseln gepflastert hatte. Der Abend hatte diese besondere Helligkeit des Nordens, die stundenlang am Himmel zu stehen scheint, ohne zu verblassen. Ein goldener Abend inmitten grüner Blätterfransen, Rosenduft und Kinderlachen, mit Hacksteaks und Sauerteigbrötchen, gebackenen Bohnen und Buttermais und fünf Sorten Salat: Obst, Spinat, Nudel, Möhren und Kartoffel. Nur selten konnte man im Sommer in Seattle so draußen sitzen wie heute, ohne wärmenden Pullover – wenngleich wir uns unverwüstlich Jahr für Jahr an den Sommerabenden um den Grill drängen, fest in Jacken und Decken gepackt, und so tun, als seien wir in San Diego.

Sam und Jude kamen von einer Wandertour zurück; Nachbarn und Freunde wurden telefonisch mobilisiert. June, mittlerweile offenbar wieder in friedlicherer Stimmung, tauchte mit ihren Töchtern Amina und Ade auf.

Penny begrüßte sie, als ob nichts gewesen wäre, stellte sie gleich zum Maisschälen an und spielte mit den Mädchen eine Runde Fangen. Für Amina und Ade war sie ›Tante Penny‹. Die vierjährige Amina fand es allerdings spaßiger, sie Tante Nickel, Tante Quarter oder manchmal auch Tante Million Dollar zu nennen.

In meiner momentanen schuldbewußten Stimmung mußte es mir natürlich auffallen, daß sonst keine Schwarzen anwesend waren – aber immerhin Rays Freund Bill Asuka mit seiner neuen koreanisch-amerikanischen Freundin Evelyn und Maggie Chin, die taiwanesische Studentin von nebenan. Und natürlich Ray selbst ... was war bloß mit mir los, daß ich plötzlich anfing, eine Statistik über die Hautfarbe unserer Gäste zu erstellen?

Mir fiel ein, was Penny einmal zu mir gesagt hatte: »Du hast panische Angst davor, als Rassistin bezeichnet zu werden, als ob es Syphilis oder sowas wäre – als ob du eine entstellende, unheilbare Krankheit hättest. Meiner Ansicht nach ist es aber eher, wie wenn jemand zu dir sagt: ›He, du hast einen Popel in der Nase.‹ Du bedankst dich und wischst ihn weg. Wenn das natürlich auch nicht heißt, daß dir von jetzt an nie mehr die Nase laufen wird.«

»Bäh! Mußt du immer so krasse Beispiele bringen?«

Aber es stimmte. Ich machte mir viel mehr Gedanken über Rassismus als sie, verteidigte mich leidenschaftlich gegen jeden derartigen Vorwurf, ja, ich würde alles tun, um ihn gar nicht erst hören zu müssen ... Kein Wunder, daß sich June mit Penny wohler fühlte als mit mir. Penny behandelte sie wie einen Menschen; ich behandelte sie wie ein Symbol von etwas, dem ich es schrecklich gern rechtmachen wollte – oder vor dem ich einfach nur schreckliche Angst hatte.

June jedenfalls schien bereit, den Nachmittag zu vergessen.

»Nochmal wegen dieser Geschichte, dieser Nachforscherei«, sagte ich und setzte mich nach dem Essen zu ihr und ihren Kindern auf die Gartentreppe.

»Kein Problem, Pam. Ich hab' darüber nachgedacht und fand, für dich und Hadley spricht, daß ihr objektiv an die Sache rangehen könnt. Ich hab' selbst genug, womit ich erst noch fertigwerden muß. Ich möchte eigentlich gar nicht tiefer in das alles verstrickt werden, als ich schon bin.«

Seltsamerweise war ich nicht erleichtert. »Aber du könntest uns manches sagen ... und wir dir natürlich auch ...«

»Wahrscheinlich auch nicht viel mehr, als ihr allein herausfinden könnt. Jeremy war sehr verschlossen, das weißt du doch. Wer eine Ehe geheimhalten kann, posaunt auch sonst nichts aus.«

Hatte Hadley recht, verheimlichte June etwas? Zumindest jetzt gerade sah sie kein bißchen geheimnistuerisch aus. Ade und Amina saßen rechts und links von ihr und waren ganz von der Aufgabe in Anspruch genommen herauszufinden, was man alles mit halbabgenagten Maiskolben anstellen kann.

»Und was ist mit deinen Spuren – du hast doch gesagt, daß du ein paar Spuren verfolgen wolltest?«

June hob die schmalen, sehnigen Schultern, die in dem trägerlosen Top gut zur Geltung kamen. »Ich glaube, ich hatte heute nachmittag einfach zuviel Sonne abgekriegt.« Sie wechselte das Thema.

»Was erzählt mir da Penny über dich und Hadley?«

»Ach ... bloß so ...«

»Na, ich wünsch dir jedenfalls viel Glück.« Sie blickte ein bißchen zweifelnd drein. »Ist wohl einfach so passiert, wie?«

Ich konnte kaum behaupten, ich sei schon immer lesbisch gewesen. Ein Teil davon hatte ganz entschieden mit Hadleys Person zu tun.

»Ich mag sie sehr.«

Wir schauten zu Hadley hinüber, die mit ein paar Kindern auf der Straße Ball spielte. Ihre langen Arme wirbelten herum wie die Zeiger einer großen Uhr; ihr silbriges Haar flog. Sie genoß es in vollen Zügen.

»Immerhin ist sie groß«, meinte June großmütig.

Später ging der Vollmond auf, groß und rund wie eine Attrappe in einer billigen Bühnenproduktion und viel zu nah und zu schön, um so weit von unserem Planeten entfernt zu sein. Unsere Gäste dachten nicht ans Heimgehen, obwohl es Sonntagnacht war und sie am nächsten Morgen arbeiten mußten. Wieder und wieder priesen sie das herrliche Wetter, ließen sich von Wärme und Mondlicht auf der bloßen Haut umschmeicheln.

Penny schien in ein ernsthaftes Gespräch mit June vertieft, während Amina und Ade friedlich auf Junes Schoß schliefen.

»Wir reden gerade darüber, ob June vielleicht für eine Weile wegfahren könnte«, sagte Penny, als ich mich der kleinen Gruppe etwas zögernd zugesellte. »Schließlich besteht immer noch die Gefahr, daß die Presse das mit ihrer ersten Verhaftung ausgräbt. Das möchte ich ihr gern ersparen.«

»Wohin denn?«

»Meine Schwester lebt in Kalifornien, in Oakland...« June klang unentschlossen, »ich weiß nicht so recht...«

»Ich halte es für eine prima Idee«, beharrte Penny. »Ein Tapetenwechsel würde dir guttun. Mach dir keine Sorgen wegen des Betriebs. Wir melden uns sofort, wenn wir nicht mehr alleine fertigwerden.«

»Ihr versucht doch nicht, mich loszuwerden?« fragte June sanft. Sie schaute von Penny zu mir.

»Wenn jemand von uns Urlaub verdient hat, dann du«, sagte ich.

»Verdienen und bekommen ist nicht dasselbe.« Sie reckte sich und stand auf. »Ach, was soll's. Morgen fahr' ich.«

25

In dieser Nacht schliefen Hadley und ich wieder miteinander, wenn auch nicht bei mir zu Hause, sondern in Hadleys Bett unter dem Nachthimmel – ich war noch nicht soweit, mich am Frühstückstisch mit Sam und dem Sapphismus auseinanderzusetzen. Wir tranken erst Tee und dann ein bißchen Wein, zündeten eine Kerze an und liebten uns. Es war nicht die Feuerwerkskaskade wie beim ersten Mal, wo ich nie wußte, was im nächsten Augenblick geschehen würde, aber schön war es trotzdem. Spielerischer, vielleicht sogar befriedigender. Mein Orgasmus strömte warm bis in meine Zehenspitzen, statt in mein Gehirn zu schießen und in meinem Kopf zu explodieren.

Danach bat ich sie, mir von ihrem Vater zu erzählen.

»Jetzt? Warum?«

»Ich möchte mehr von dir wissen. Du hast ihm nahe gestanden ...«

»An diesem Punkt hätte ich immer gern eine Zigarette«, unterbrach sie mich. »Dabei hab' ich nie geraucht. Wahrscheinlich habe ich als Teenager zu viele französische Filme gesehen, die meinen Geist irreversibel geschädigt haben.«

»Darf ich dir statt dessen eine Kerze anbieten?« fragte ich höflich und reichte sie ihr.

»Das Wachs macht so scheußliche Flecken auf dem Laken, wenn es tropft. Außerdem, meine kleine Freudianerin mit der schmutzigen Phantasie, wenn du glaubst, ich werde mit einem rosa Kerzenstummel im Mund über meinen Vater reden ...«

Wir balgten uns lachend, bis Hadley plötzlich ernst wurde. »Kannst du dir eigentlich vorstellen, wie attraktiv Geld ist?« fragte sie, ihre Silberstrohmähne schüttelnd. »Bestimmt kannst du's. Geld ist unglaublich attraktiv. Und so nett und charmant dazu. Es kann sich das leisten. Jaja, er trank, aber er war selbst dann noch charmant. Als ich noch klein war, setzte er mich neben sich und führte lange Gespräche mit mir, bei denen er mich wie eine erwachsene Frau behandelte. ›Deine Mama versteht mich nicht‹, sagte er immer, ›aber du verstehst mich.‹ Er war hochgewachsen und gut gebaut, mit komischen Augen, so wie meine. Es gab ständig Geschenke und Reisen und alles nur Erdenkliche für sein kleines Mädchen ... das nicht begriff, weshalb ihre Eltern nicht miteinander auskamen, so ähnlich wie Shirley Temple, aber das nichts dagegen tun konnte ...« Hadley brach ab und zog sich mit einer heftigen Bewegung das Laken bis unters Kinn. Sie hatte hellbraune Sommersprossen auf Brust und Oberarmen und eine weiße Narbe am Arm von einem Bruch.

»Litt sein Beruf denn nicht unter dem Trinken?«

»Geld braucht nicht zu arbeiten, weißt du das nicht? Außerdem war er mehr oder weniger nur eine Galionsfigur. Er und sein älterer Bruder, Onkel Bob, hatten die Firma geerbt, aber eigentlich führte Onkel Bob das Geschäft. Dad war ein überflüssiger Vizepräsident mit einem hübschen Titel. Solange er keine Probleme machte, hatte er ein Büro in der Firmenzentrale in Houston – später lautete die höfliche Umschreibung, ›er arbeitet außer Haus‹.

»Blieb er da zu Hause?«

Hadley nickte nur. Acht Jahre hatte sie nach dem College in Houston verbracht und sich um ihn gekümmert. Was für ein Leben hatte sie geführt, was war wohl passiert, daß sie schließlich von zu Hause fortging? Ich wußte nicht, wie ich die Fragen, die in mir aufstiegen, formulieren sollte. Statt dessen fragte ich etwas, das mir schon vor ein paar Tagen durch den Sinn gegangen war.

»Hadley, es ist nicht nur deine Familie ... du hast selbst auch Geld, nicht wahr?«

Sie sah mich einen Augenblick mit ihren klaren Türkisaugen an, und obwohl sie ihr Bein nicht wegzog, konnte ich spüren, wie ihre Haut sich körperlich von der meinen löste. Instinktiv. Ihre Stimme klang völlig neutral.

»Ich kann drin baden«, sagte sie und blies die Kerze aus. »Gute Nacht.«

Am nächsten Morgen waren wir sehr still. Zees Vernehmung zur Anklage war öffentlich und für zehn Uhr angesetzt. Erst auf dem Weg zum Gericht brach Hadley das Schweigen. Sie sagte, mehr zu sich selbst: »Ich fürchte mich immer vor dem Augenblick, in dem das Geld zur Sprache kommt. Ich habe es lange verheimlicht, verheimliche es noch immer vor den meisten Menschen. Ich weiß nie, wie sie reagieren werden.«

»Warum?«

»Wie ich gesagt habe, Geld ist attraktiv. Und es macht Komplikationen. Vor allem in der Frauenbewegung, wo alle so verdammt arm sind.«

»Aber du verhältst dich nicht, als ob du reich wärst.«

»Ich habe einen Crashkurs in radikalem Feminismus gemacht. Ich habe mich selbst trainiert – nicht gerade auf Armut, das wäre unmöglich – aber darauf, nicht allen Wünschen nachzugeben. *Nicht* automatisch den Hörer abzunehmen, um ein Ferngespräch zu führen ... die Lasagne zu fünf fünfundneunzig zu wählen statt das Hühnchen à la cacciatore für zehn fünfundneunzig ... *nicht* anzubieten, die Rechnung zu übernehmen oder andern Geld zu borgen, *keine* teuren Geschenke zu machen ... Es macht mich manchmal fast ein bißchen nervös, daß du gar nichts Derartiges erwartest, daß du völlig autark wirkst und für dich selbst sorgen kannst. In meinen schlimmsten Augenblicken glaube ich, ich bin eine geborene Mutter Theresa, die sich nur bei Hilfsbedürftigen wohlfühlt.«

»Aber Hadley, heißt das, daß du dir alles versagst, was du möchtest, daß du *niemals* Hühnchen à la cacciatore ißt?«

Sie lächelte nur, das merkwürdige halbseitige Lächeln, das nicht bis zu ihren Augen reichte. »Es ist längst nicht mehr so ein Problem wie noch vor ein paar Jahren. Ich habe in den letzten drei Jahren viel Geld verschenkt, und der Rest ist fest angelegt. Ich lebe nicht mehr davon. Ich lebe von dem, was ich verdiene ... deshalb kann ich dieses Geld auch ausgeben.«

»Wem hast du es geschenkt?«

»Einen bestimmten Betrag habe ich anonym in Houston und

auch hier gespendet, an Frauengruppen, die ich für seriös hielt. Aber es war schwierig – die meisten von ihnen waren so arm und hatten nicht die geringste Erfahrung im Umgang mit Geld – das Geld wurde also nicht immer wirklich sinnvoll verwendet. Das führte dann zum Teil zu Streitigkeiten zwischen den Frauen, und am Ende fühlte ich mich erst recht schuldig. Auch wenn es gar nicht mehr *mein* Geld war. Und natürlich gab es alle möglichen Gerüchte. Du weißt schon, daß der *Playboy* sie finanziere und solches Zeug. Also versuchte ich, alternative Gruppen und nationale Organisationen zu unterstützen – Verlage, Zeitschriften, Musikgruppen. Einiges floß auch in politische Kampagnen und an Friedensgruppen und internationale Organisationen. Mein Name stand auf jeder Spendenliste, und laufend erhielt ich Anrufe von irgendwelchen Leuten, die um Spenden baten... Es wurde ganz schön kompliziert. Ich verbrachte Stunden mit Recherchen in dem Versuch herauszufinden, wer was und wieviel bekommen sollte. Ich hätte einen Fulltimejob daraus machen können, ohne mich deswegen besser zu fühlen. Es machte das ganze Problem nicht einfacher. Bald merkte ich, daß ich keine Lust hatte, den Rest meines Lebens damit zu verbringen, Geldrollen zu zählen und ihren Inhalt in verschiedene ausgestreckte Hände zu verteilen.«

Ich war fast schockiert über ihren sachlichen Ton. Drohend ragte das King County Gerichtsgebäude vor uns auf.

»Ich habe dann von Gruppen wohlhabender Leute gehört, meist finanziell gut gestellte Linke, die geerbt hatten. Sie hatten sich zusammengetan und non-profit-Organisationen gegründet, von denen das Geld verwaltet wurde. Sie selbst hielten sich ganz heraus und stellten Leute an, die das Geld für sie spendeten. Erst schloß ich mich einer lokalen Gruppe an, aber dann beschloß ich, daß mein Geld nur an Frauen gehen sollte. Jetzt ist es bei einer nationalen Organisation angelegt – die dasselbe Ziel hat. Wir Mitglieder treffen uns ein- oder zweimal im Jahr.«

Hadley konzentrierte sich aufs Einparken, während ich das Gehörte zu verdauen versuchte. Als der Motor verstummte, machte sie keine Anstalten auszusteigen. Mit einer Bewegung bat sie mich, noch einen Augenblick sitzen zu bleiben.

»Da ist noch was, was ich dir nicht gesagt habe, Pam«, sagte sie. »Ich habe diese Geldgeschichte schon mit drei anderen Geliebten durchgeackert. Dabei habe ich eine Menge gelernt. Aber ich bin nicht bereit, es noch einmal zu tun. Ich mache diesen Schuld-Trip nicht mehr mit. Ich weiß, das heißt, zumindest glaube ich zu wissen, daß du nicht der Typ bist, aber...«

Ich versuchte so auszusehen, als sei ich nicht der Typ. Wer wußte das schon? Mein Leben hatte sich in den puritanischen, aber behaglichen Grenzen eines kleinen Familienbetriebs abgespielt, wenn ich auch mittlerweile in vielem anders dachte und handelte. Doch sowohl Penny als auch mir war die amerikanische Ethik noch fest eingetrichtert worden – arbeite, und du wirst Erfolg haben. Ich hegte vermutlich genausoviel Ehrfurcht wie Verachtung für unverdienten Reichtum wie die meisten Menschen in Amerika.

»Und noch was«, sagte Hadley, als sei sie entschlossen, hier und jetzt reinen Tisch zu machen, »du wirst es ohnehin früher oder später von irgend jemandem hören. Ich war ein Jahr oder so mit Fran zusammen. Es war vor sechs Monaten zu Ende – um die Zeit, als sie Elena kennenlernte.«

»Du und Fran?« platzte ich heraus, ohne mein Entsetzen verbergen zu können.

»Du hast Frans gute Seiten nie kennenlernen können, und wahrscheinlich wolltest du es auch gar nicht«, sagte Hadley.

Sie umklammerte noch immer das Steuer und starrte aus dem Fenster.

Ich wußte, daß wir zu spät zur Anhörung kommen würden, aber das hier war zu wichtig, um es abzubrechen. Es war mir schwer genug gefallen, die Verbindung zwischen Fran und Elena zu verstehen, aber Fran und Hadley... hieß das, daß Fran Hadley wegen Elena aufgegeben hatte?

»Sie ist unter ihrer rauhen Schale ein wahrhaft gütiger Mensch. Klar, sie hat dieses kesser-Vater-Gehabe, kultiviert bewußt ihr

Arbeiterschicht-Image, und es stimmt ja auch, sie gehört der Arbeiterschicht an – sie ist in Shelton aufgewachsen, ihr Vater war Holzarbeiter, bis sein Fuß zerschmettert wurde ... Sie selbst hat gearbeitet, seit sie fünfzehn war, Pizzas ausgefahren, Gartenarbeiten, alle möglichen Jobs. Dann mit achtzehn ging sie zur Army. Sie war zehn Jahre dabei, sie war Sergeant. Sie ist überall auf der Welt rumgekommen. Daran liegt es wohl. Sie ist unglaublich gebildet. Spricht mehrere Sprachen, liest, ihre Wohnung ist vollgestopft mit Büchern und Dingen, die sie gesammelt hat. Dann fing sie an, sich politisch zu engagieren. Du weißt ja, sie hat mitgeholfen, Mobi-Print aufzubauen. Sie hat wirklich eine Menge geleistet, Pam, sie ist ...«

›Das ist mir scheißegal‹, wollte ich schreien, aber ich war zu betäubt. Hadley liebte Fran immer noch, das war offensichtlich. Und ebenso offensichtlich war, daß sie Fran die ganze Zeit geschützt hatte. Als sie ihr die Wagenschlüssel gab, als sie aufpaßte, daß sie nicht mit der Polizei reden mußte, als sie so tat, als glaube sie ihre Geschichten von Jeremy und B. Violet und Jeremy mit den beiden Männern ... und die ganze Zeit hatte sie mich aus irregeleiteter Loyalität gegenüber Fran daran gehindert, die Wahrheit herauszufinden.

»Es tut mir nicht leid, daß es vorbei ist«, sagte Hadleys Stimme neben mir, »leid tut mir allenfalls Elena. Ich glaube nicht, daß sie schon so viel getrunken hat, bevor sie Fran traf. Sie wirkt so unglücklich jetzt.«

»Hast du nicht mit Fran getrunken?«

»Ich?« Hadley überraschte mich mit einem ironischen Lächeln und einem Aufblitzen ihrer Türkisaugen. »Kennst du mich immer noch nicht? Ich bin doch die Retterin, die verständnisvoll versucht, das Leiden zu ignorieren, die so tut, als sei alles in Ordnung, als könne sie helfen.«

»Aber du hast Fran nicht geholfen.«

»Doch, habe ich. Eine Zeitlang. Es war äußerst befriedigend. Dieselbe Befriedigung, die ich immer nach einer gefühlsbeladenen Auseinandersetzung mit meinem Vater empfand, wenn ich ihn wieder in ein anderes Sanatorium zur Entziehung schickte... nach dem Motto, vielleicht klappt's ja diesmal!«

»Was hat dich dazu gebracht, deinen Vater aufzugeben?«

Hadley zuckte die Achseln. »Ich mußte endlich mein eigenes Leben leben. Eines Tages war es einfach zuviel.«

Ich konnte mir nicht so recht vorstellen, daß es wirklich so einfach gewesen war, genauso wenig wie bei Fran.

»Noch eine Sache, dann bin ich mit meiner Beichte fertig«, sagte Hadley. »Vor drei Jahren, als ich mein ganzes Geld hier in der Stadt spendete, noch bevor ich Fran überhaupt kannte, bevor ich bei B. Violet arbeitete, habe ich meiner alten Freundin Margaret für neue Maschinen in ihrem Setzerei-Kollektiv zehntausend Dollar gegeben.«

»Ah-oh.«

»Es war ein Fehler«, ihre Stimme klang ausdruckslos. »Fran und Margaret haben jahrelang deswegen gestritten.«

»Fran wußte nie, daß du diejenige warst...?«

»Nein«, sagte Hadley, »wußte sie nicht.«

Ich war da nicht so sicher. Ich dachte an den merkwürdigen Ausdruck der Befriedigung auf Margarets Gesicht, als sie an jenem Morgen die Verwüstung bei B. Violet inspizierte. Sie mußte geglaubt haben, daß Fran ihre Drohung, es Hadley heimzuzahlen, endlich wahrgemacht hatte.

Wir stiegen aus und gingen auf das Gerichtsgebäude zu. Ich griff nach Hadleys Hand. Ich spürte, daß es sie eine Menge gekostet hatte, mir all das zu sagen. Offensichtlich ahnte sie nicht, wieviel sie mir damit erklärt hatte. Sie merkte nicht, daß ein weiteres Puzzleteilchen an seinen Platz gerückt war.

26

Die Anhörung verlief kürzer und weniger spektakulär, als ich erwartet hatte, bei weitem nicht so aufwühlend wie Hadleys Eröffnungen im Auto. Oder vielleicht lag es auch an diesen Eröffnungen, daß es mir schwerfiel, den Vorgängen aufmerksam zu folgen. Meine Gedanken kreisten noch um Fran, das Rätsel der arbeitenden Klasse, die geheimnisvollen acht Jahre Hadleys in Houston bei ihrem Vater und ein Dutzend anderer Dinge, die nichts mit Zees Schicksal zu tun hatten.

Außerdem kamen wir zu spät, was es noch schwieriger machte zu erfassen, worum es gerade ging. Wir schlüpften seitlich in eine Bankreihe im Hintergrund des Raums, und die ersten zehn Minuten war ich eher mit den Augen als mit den Ohren beim Geschehen.

Die Verhandlung war ziemlich gut besucht, hauptsächlich von Filipinos, sicher fünfundzwanzig oder dreißig, und einigen Weißen, wahrscheinlich größtenteils Reporter. Die Filipinos trugen lose Baumwollhemden oder Sommerkleider, die Weißen bügelfreie Hemden und Blusen zu Stoffhosen und Röcken. Nur Penny, ganz vorn, und Hadley und ich hatten Jeans an.

Ray saß bei Penny. Neben ihnen erkannte ich Benny und Carlos. Benny war muskulös mit breitem Brustkasten und einem schmalen Oberlippenbart in seinem glatten bräunlichen Gesicht. In den schwarzen Augen lauerte eine wache Intelligenz. Carlos wirkte jünger, sensibler, er hatte einen schön geschwungenen Mund und volle Wangen, die seinem Gesicht einen Ausdruck von Sanftheit gaben. Alles an ihm war warm und braun. Beide waren ganz auf die Anhörung konzentriert, doch während Benny eine unbeteiligte, fast verächtliche Miene zur Schau trug, wirkte Carlos eifrig und besorgt. Ich sah, wie er Zee unentwegt freundliche, ermutigende Blicke zuwarf.

Zee selbst schien, obwohl sie in ihren schlampigsten Kleidern von unserem Dachboden geholt worden war, weder Schmuck noch Make-up trug und eine Nacht im Gefängnis hinter sich hatte, aufmerksam und gelassen zuzuhören, als die Anklage verlesen wurde, sie habe ›... in der Nacht vom 8. Juni 1982 ihren Ehemann Jeremy Maurice Plaice getötet‹.

Maurice?

Plötzlich entdeckte ich Marta Evans ganz vorn, stämmig mit Brille und rötlichem Kraushaar, das sich nie bändigen ließ, in einem Kostüm mit Schulterpolstern und einem Button mit einem politischen Slogan am Revers. Marta hatte etwas Schlampiges und zugleich Tröstliches an sich, wie eine Mutter mit neun Kindern, die es irgendwie trotzdem schafft, für jedes einzelne Zeit zu haben. Die Art Mutter, die geschäftig herumfuhrwerkt, während sie dich auszankt, um dich dann unvermittelt verständnisvoll anzulächeln, im nächsten Augenblick wieder energisch an ihre Arbeit zu gehen oder die Brille aufzusetzen und zur Zeitung zu greifen, völlig versunken in eine andere Welt. Ein bißchen wie unsere Mutter gewesen war, genaugenommen.

Dabei war Marta vierzig, mit einem Mann verheiratet, der mit indonesischen Flüchtlingen arbeitete, und soweit ich wußte, besaß sie nicht einmal eine Katze. Sie redete leise auf einen dünnen jungen Mann in dunkler Anwaltsrobe ein, der neben ihr saß. Daß es sich um Zees Verteidiger handelte, wurde klar, als er aufstand und zum Pult ging, um den Antrag zu stellen, die Anklage aus Mangel an Beweisen fallenzulassen. Es war ein dramatischer Antrag, aber nicht dramatisch vorgebracht, irgendwie klang es, als ob er den Richter um Mayonnaise statt Senf zu seinem Würstchen bitte. Ich kam zu dem Schluß, daß ich weder ihn noch den Richter mochte.

Wieder schweifte ich ab, schaute mich im Publikum um – hießen Leute in einem Gerichtssaal Publikum? Ich fragte mich, wie viele der hier Anwesenden sich wohl hatten Papiere fälschen lassen, was für ein Leben sie auf den Philippinen geführt hatten, was sie von den weißen Frauen im Raum dachten, von Hadley, Penny und mir, privilegiert und abgesichert und dabei eigentlich schuld an all dem ... Aber schließlich hätte sich Zee nicht ewig auf unserem

Dachboden verstecken können. Die Polizei war hinter ihr her gewesen, sie mußten eine Heiratsurkunde gefunden haben, einen Eintrag in einem Register oder etwas Ähnliches. Lag darin der Grund, daß Jeremys Apartment auf den Kopf gestellt worden war? Hatte die Polizei nach so etwas gesucht?

Oder hatte etwa Zee...?

Der Richter lehnte den Antrag ab wie ein Kellner, der ›Ham wer nich‹ brummelt. Seiner Ansicht nach reichten die Beweise für ein Gerichtsverfahren aus. Er verlas noch einmal die Mordanklage mit ausdrucksloser, ruhiger Stimme und fragte Zee, worauf sie plädiere.

»Nicht schuldig.« Ihre Stimme klang fest, geradezu stählern. Ich sah, wie sie nach diesen Worten leicht den Kopf drehte und den Blick über die Anwesenden wandern ließ, als ob sie nach jemandem Ausschau halte. Ich lächelte, falls sie mich meinte, aber sie lächelte nicht zurück. Wer auch immer es war, der oder die Betreffende war nicht im Saal.

Der Richter setzte die Kaution auf 75 000 Dollar fest, unter Hinweis auf Zees Verschwinden nach dem Mord und ihre ›Auslandsbeziehungen‹. Ein Raunen der Empörung ging durch den Raum; alle wußten, wer hier als Ausländer diskreditiert wurde. Wenn du nicht weiß bist, bist du immer ein Außenseiter, ganz gleich, wie lange du schon in den USA lebst. Natürlich war auch niemand besonders angetan von der Höhe der Kaution. Penny nickte zu mir herüber; ich wußte, sie wollte, daß wir unser Haus als Sicherheit einsetzten, und nickte entschlossen zurück.

Der Richter vertagte die Verhandlung. Zee wurde bis zur Zahlung der Kaution abgeführt, und wir erhoben uns, als der Richter sich in seine Gemächer zurückzog. Der Saal leerte sich nicht sofort. Penny redete aufgeregt auf Marta und den anderen Anwalt ein; Ray wandte sich Benny und Carlos zu. Die drei dunklen Köpfe neigten sich zueinander.

Dann sah ich sie.

»Mrs. Reyes«, rief ich der Frau im Hintergrund des Saals zu, »wenn sie eine Minute Zeit haben...«

Zees Tante war wie Zee selbst eine auffallend schöne Frau. Sie war mit schlichter Eleganz gekleidet, in einem gerade geschnittenen weißen Seidenrock und roter Seidenbluse mit weißem Kragen. Die Augen waren stark geschminkt und so schwarz wie das gefärbte Haar, das in ihrem Nacken zu einem weichen Knoten geschlungen war. Sie trug einen roten Hut.

»Hallo Pamela«, sagte sie, als wir uns zu ihr setzten. Sie erkannte mich sofort, zeigte allerdings wenig Interesse.

Ich stellte ihr Hadley vor. Sie gaben sich die Hand. Mrs. Reyes war mit Ringen und Armbändern praktisch gepanzert. »Ich dachte, Sie sind im Urlaub«, platzte ich heraus.

»Das war ich auch«, sagte Mrs. Reyes. »Ich bekam einen Anruf und kam zurück. Ich bin Zenaidas nächste Verwandte hier in Seattle.«

Es klang, als spräche sie über die Beerdigung eines Menschen, der unerwartet gestorben war.

»Wußten Sie ... daß Zee und Jeremy verheiratet waren?«

»Ja – nachdem es bereits ein *fait accompli* war.« Sie war gefaßt, aber bitter. »Sie hätte es nicht tun sollen, so etwas Unumkehrbares. Er war nicht einmal katholisch. Aber was konnte ich schon sagen? Es war nicht mehr zu ändern, sie war verliebt, sie ...«

»Sie war verliebt?« wiederholte Hadley ungläubig.

Mrs. Reyes starrte sie an. »Sie waren verheiratet, natürlich waren sie verliebt.« Sie hielt inne und fügte vorsichtig an: »Zumindest am Anfang.«

»Warum haben sie dann nicht zusammengelebt?«

»Es war wegen seiner Familie«, sagte Zees Tante. »Er hatte Angst, was sie sagen würden. *Ich* war immer der Ansicht, daß das der Grund für all ihre Probleme war. Sie fuhren nach Kalifornien zu seinen Eltern – nicht, um ihnen zu sagen, daß sie geheiratet hatten, sondern um ihnen Zenaida vorzustellen und sie langsam an die Idee zu gewöhnen. Zenaida kam allein zurück und weigerte sich zu erzählen, was vorgefallen war. Danach rief Jeremy noch ein paar Mal an, aber er kam nicht vorbei, und sie sahen sich nicht mehr so oft.«

»Wann war das? Wann haben sie geheiratet?«

Mrs. Reyes dachte nach. »Das muß, ja, es muß im August, September gewesen sein. Es ist jetzt fast zwei Jahre her.«

»Zwei Jahre! Das war ja, bevor Jeremy überhaupt anfing, bei uns zu arbeiten.«

»Ich glaube, sie hat ihm von dem Job erzählt«, sagte Zees Tante und rutschte ein Stück auf der Bank, um die mitfühlende Umarmung einer Filipina entgegenzunehmen.

»Sie saß da wie im Schock«, sagte Hadleys Stimme neben mir, »ihr Hirn wirbelte von tausend Fragen, tausend Möglichkeiten.« Sie schüttelte mich sanft: »He, komm wieder zu dir!«

»Aber Hadley, kapierst du denn nicht? Das heißt doch, daß ...« Ich brach ab, mein Hirn wirbelte von tausend Fragen und so weiter.

»Es heißt ganz einfach, daß es etwas komplizierter ist, als wir dachten.« Sie dachte einen Augenblick nach und sagte: »Ich glaube, jetzt ist es endgültig an der Zeit, den bewußten Anruf in Fullerton zu machen, meinst du nicht auch?«

Waren Zee und Jeremy etwa beide in die Sache verwickelt? Hatte Zee womöglich auch Informationen über ihre philippinischen Landsleute weitergegeben? Zwei Jahre waren sie verheiratet, und kein Ton zu irgend jemandem! Zee hatte ihm erzählt, daß Kay aufhörte, und er brauchte einfach nur hereinzuspazieren und unschuldig zu fragen, ›habt ihr vielleicht was zu tun für jemand mit Kameraerfahrung?‹ Wie dumm von uns, Jeremys Auftauchen für einen wundervollen Zufall zu halten. Aber wie hätten wir auch auf etwas anderes kommen können? Erst recht nach dem, wie Zee und Jeremy sich verhalten hatten. Jeremy freundlich und zerstreut, Zee völlig absorbiert von ihrem politischen Engagement. Hatte Jeremy sie erpreßt? War er eifersüchtig auf Ray gewesen? War Zee eifersüchtig auf June gewesen? Vielleicht hatte sie ihn umgebracht. Was hatte sich wohl in der Dunkelkammer abgespielt, bevor Hadley und ich zu Best kamen?

Vielleicht hatte sie ihn wirklich umgebracht und belog uns alle, benutzte uns als Deckmantel...

Wir standen auf einmal vor einer Telefonzelle. Hadley erwies sich als äußerst tüchtig, als es darum ging, die Nummer der Familie Plaice bei der Auskunft zu erfragen und die Verbindung herzustellen. Zu tüchtig. Ich hatte überhaupt keine Zeit gehabt, mir eine Geschichte zurechtzulegen, als Hadley mir auch schon den Hörer in die Hand drückte und eine nörgelnde Frauenstimme an mein Ohr drang:

»Ja, hallo? Wer spricht denn da?«

»Hier ist Pamela Nilsen, eine Freundin von Jeremy, von der Arbeit. Spreche ich mit seiner Mutter?«

»Ja.« Die Stimme wurde vorsichtig. »Ja bitte?«

»Ich habe mit Jeremy zusammengearbeitet«, wiederholte ich, »bei Best Printing. Ich wollte Ihnen nur sagen, wie leid es mir tut.«

Ich hörte, wie sie anfing zu weinen, und kam mir wie eine Heuchlerin vor. Wie machten das nur diese hartgesottenen Detektive? Ich konnte die Frau nicht ausquetschen, ich hätte mich wie der letzte Mensch gefühlt. Ich merkte, wie Hadley, die draußen stand, mich forschend ansah, und drehte den Kopf weg, entschlossen, nur kurz meinem Mitgefühl Ausdruck zu geben und meine Hilfe anzubieten und dann einzuhängen.

»... ich wußte gleich, als ich sie zum ersten Mal sah, daß dieses Mädchen nicht die Richtige war. Ein Mädchen von den Philippinen! Wie konnte Jeremy sie heiraten, ohne uns Bescheid zu sagen! Es gehört sich nicht, daß zwei Rassen sich mischen, habe ich ihm gesagt. Ich habe ihm klargemacht, was für Probleme die Kinder in der Schule haben würden, wenn sie aussehen wie Mischlinge, wie sie ausgelacht werden. Und plötzlich hat man ihre ganze Sippschaft am Hals, und alle wollen sie Geld und auch nach Amerika kommen. Außerdem kann man nirgends eine wirklich gute Stelle bekommen, wenn sie herausfinden, daß man mit einer Ausländerin verheiratet ist. Aber Jeremy sagte bloß, reg dich nicht auf, Mom, es wird schon alles gut werden. Aber dann hat er nie mehr ein Wort von ihr erzählt, nachdem sie abgereist war, deshalb ... Es kam alles nur daher, daß er in der Navy war. Es ist abscheulich, wie sie diese Jungen zu Prostituierten schicken – er war erst achtzehn – und dann finden sie Gefallen daran und sind für alle netten amerikanischen Mädchen verdorben ...«

Ich dachte, wenn sie das den Reportern erzählt hatte, dann war der Zeitungsartikel noch zurückhaltend gewesen.

»Mrs. Plaice«, unterbrach ich sie, »wann war das? Wann haben Sie Zee kennengelernt?«

»Weihnachten«, sagte sie, »vorletzte Weihnachten. Jeremy rief an und sagte, er wollte heimkommen, und ob er seine Freundin mitbringen könnte. Natürlich war ich furchtbar neugierig, weil er noch nie in den Ferien ein Mädchen mitgebracht hatte, und natürlich war ich auch etwas besorgt. Ich arbeitete wieder, sein Bruder und seine Schwester waren verheiratet, nur noch Jeremy war übrig. Ich hab' mir immer Sorgen um ihn gemacht, und dann auf einmal meldet er sich bei der Navy, verschwindet drei Jahre ... wir waren also überhaupt nicht gewöhnt, daß er Mädchen nach Hause mitbrachte ...«

Sie unterbrach sich, um Luft zu holen; als sie weitersprach, bebte ihre Stimme vor Entrüstung über den schändlichen Verrat, der an ihr begangen worden war.

»... und dann holten wir sie vom Ontario-Airport ab, und wissen Sie, er hatte kein Wort gesagt, daß sie von den Philippinen war, er hätte doch wenigstens etwas sagen können. Wir sind ja keine reichen Leute, aber ich hatte das Haus besonders hübsch hergerichtet und einen Schinken gekocht und einen Truthahn gebraten und alle möglichen Verwandten und Nachbarn eingeladen ... o, ich bin fast im Boden versunken vor Scham.«

»Wie lange blieben sie?«

»Na ja, ich fragte sie bloß, was sie auf den Philippinen statt Weihnachten feiern, und sie sagte, sie feiern die Geburt Christi, sie seien dort Katholiken, aber wie konnte ich das wissen, wo sie doch praktisch aussehen wie Japaner, irgendwelche Asiaten mit diesen schmalen Augen, ich dachte, sie würden Buddha verehren oder sowas. Ich wollte bloß freundlich sein, und erzählte ihr von

Onkel Joe, der während des Krieges dort stationiert war, und jemand anders sagte etwas darüber, daß die Philippinen immer der einundfünfzigste Staat hatten sein wollen und eine andere Freundin sagte, Hawaii sei besser, auch wenn sie auf den Philippinen wirklich hübsche Körbe machen, sie hätte sich im Ausverkauf einen gekauft...«

»Und dann ging Zenaida.«

»Sie gingen beide, erst sie, reiste einfach Hals über Kopf ab, dann Jeremy. Dann kam Jeremy zurück, und wir sagten ihm, daß es so am besten sei, so ein Mädchen hätte nie ins amerikanische Leben gepaßt, er hätte alle ihre Verwandten mit durchfüttern müssen, bevor er noch recht zur Besinnung gekommen wäre...«

»Vielen Dank, Mrs. Plaice«, sagte ich und bemühte mich, meine Stimme so neutral wie möglich klingen zu lassen, »ich wollte Ihnen nur mein Beileid aussprechen.«

»Mein Mann und ich werden hinfahren, wenn der Prozeß anfängt«, sagte sie. »Ich werde dafür sorgen, daß der Gerechtigkeit genüge getan wird, daß jeder weiß, was für ein guter Junge Jeremy war, nur um dann umgebracht zu werden von so einer kleinen...«

Ich hängte ein und drehte mich zitternd zu Hadley um: »Ich bin bloß froh, daß wir nicht nach Fullerton geflogen sind«, sagte ich. »Sonst hätte es leicht noch einen Mord geben können. Trauernde Mutter erwürgt.«

27

Am späten Nachmittag wurde Zee gegen Kaution auf freien Fuß gesetzt. Hadley und ich warteten auf sie, als sie mit ihrer Tante nach Hause kam.

»Ich seh' schon, ihr wollt ein paar Erklärungen haben«, sagte Zee müde, als sie uns auf der Treppe sitzen sah.

»Das ist nicht der richtige Augenblick dafür«, sagte Mrs. Reyes. Sie schloß die Tür auf und machte eine Handbewegung, als wolle sie ein paar Fliegen verscheuchen. »Geht jetzt, Mädchen, seht ihr nicht, daß Zenaida völlig erschöpft ist? Sie hat immerhin eine Nacht im Gefängnis hinter sich.«

»Kommt ruhig rein«, sagte Zee. »Dann trinken wir eine Tasse Tee. Und reden. Ich hab' wirklich gern mit dir geredet, Pam, oben auf dem Dachboden.«

»Wir sind nicht hier, um dich zu verhören, Zee«, verteidigte ich mich. Mir wurde zum ersten Mal so richtig klar, wie schlimm die Situation für sie war und wie bewundernswert sie es trug. Sie konnte nicht schuldig sein, das wußte ich in diesem Moment. Ich wußte es einfach. »Wir wollten fragen, wie wir dir helfen können.«

»Danke«, sie griff nach meiner Hand und drückte sie. »Aber ich glaube, ich muß euch erst einiges erzählen, Dinge, die ich euch vorher nicht gesagt habe.« Sie setzte sich ins Wohnzimmer und strich ihr dickes schwarzes Haar mit beiden Händen zurück. Mrs. Reyes verschwand wortlos in der Küche.

»Wann habe ich Jeremy geheiratet und warum? Die Frage habt ihr euch doch wohl gestellt? Ehrlich gesagt, das hab' ich mich auch gefragt. Seit Monaten schon. Ich habe Jeremy durch eine unserer Filipino-Gruppen kennengelernt, weil er da da öfter auftauchte. Er war beliebt oder zumindest akzeptiert. Niemand begriff so recht, weswegen er ausgerechnet zu uns kam, aber er erklärte, er sei seinerzeit bei der Navy auf den Philippinen stationiert gewesen und seither ein absoluter Marcos-Gegner. Wir fanden das alle plausibel. Wenn du selbst ganz fest an etwas glaubst, ist nicht viel Überzeugungsarbeit nötig, daß du denkst, andere glauben dasselbe. Außerdem war das zu der Zeit, als ich die Pflegeausbildung an den Nagel hängte und versuchte, als Graphikerin Fuß zu fassen. Ich hatte immer noch Probleme mit der Sprache. Jeremy erbot sich, mir zu helfen – auf rein freundschaftlicher Basis. Ich hielt ihn für einen wirklich guten Menschen. Und dann bekam ich Schwierigkeiten mit der Einwanderungsbehörde, und auf einmal sagt er zu mir, ich kann dich heiraten, wenn du möchtest – nicht im Ernst, nur um dir zu helfen.

Ich weiß auch nicht, warum mir die Idee so genial vorkam. Wahrscheinlich lag es daran, daß ich Leute kannte, die dasselbe gemacht hatten, meist politisch engagierte Männer, die nicht ausgewiesen werden wollten und weiße Frauen geheiratet hatten. Außerdem sah es nach einer Dauerlösung aus. Keine Formulare mehr, kein Anstehen in der Schlange, nicht mehr die ständige Angst, auf die Philippinen zurückzumüssen. Wenn ich wieder hinfuhr, wäre ich die Frau eines Amerikaners. Ich hätte *Rechte*!«

Zee lachte bitter. »So ist es dort nämlich, keine Rechte als Filipino, alle Rechte als Amerikaner. Vor die Frage gestellt, was ich für Jeremy empfand, konnte ich nur sagen, daß er echt nett schien und ich sowieso nicht vorgehabt hatte, jemand anders zu heiraten – ich doch nicht! Also taten wir's. So gut wie niemand wußte davon. Und komischerweise, ich weiß auch nicht, vielleicht lag es einfach an der Tatsache, daß wir verheiratet waren, auf jeden Fall verliebten wir uns ein bißchen ineinander. Um diese ganze Heiraterei wird ja so ein feierliches Wesens gemacht, daß einem gar nichts anderes übrigbleibt, als gefühlsduselig zu werden. Na ja, wir schliefen miteinander, und Jeremy wollte mich seiner Familie vorstellen. Als wir hinkamen ... also ... sie waren nicht besonders nett zu mir. Als ich zurückkam, stand für mich fest, daß ich nie, nie mehr etwas mit einem weißen Mann zu tun haben wollte. Irgendwie schaffen sie es immer, daß du dich schmutzig fühlst ...«

Ich hätte sie fast nach den Pornomagazinen gefragt und ob er je ... aber der gequälte Ausdruck in Zees Augen hielt mich zurück.

»Ich kam also aus Fullerton zurück«, wiederholte sie, »und war dann ein paar Monate mit Benny zusammen. Ich habe ihm nichts davon gesagt, daß ich verheiratet war, ich wollte einfach nicht. Und später bei Ray war es dasselbe. Jetzt mit Carlos ... aber er weiß es natürlich ... Jeremy hatte gar nichts dagegen, das hat mich erstaunt. Er sagte, er hätte Verständnis dafür, und er wollte mir nur helfen und mit mir befreundet sein ...«

Ich konnte nicht glauben, daß es so einfach gewesen war. »Und er hat dich nie gedrängt ...«

»Nein«, sagte Zee schnell, »jedenfalls nie auf diese Weise. Wir waren Freunde.«

Auf welche Weise, fragte ich mich, sagte aber bloß: »Also hast du ihm von dem Job bei Best Printing erzählt.«

»Ja«, gestand Zee bedrückt, versuchte, es uns zu erklären: »Er hatte damals keinen Job, und als Kay dann wegging, rief ich ihn einfach an und sagte es ihm.«

»Aber du hast uns nie erzählt, daß du ihn kanntest.«

»Ich weiß ... es war irgendwie eine komische Situation. Und dann, ziemlich bald, mochte ich ihn nicht mehr so besonders.«

»Wie meinst du das?« fragte Hadley.

»Er war nicht immer so«, sprudelte Zee heraus, »so nachgiebig, zerstreut, weich. Er gab sich nur so, vielleicht um die Menschen dazu zu bringen, ihm zu vertrauen, ich weiß auch nicht. Er konnte ganz anders sein.«

»Wie anders? Berechnend? Bedrohlich ...?«

»Einfach anders«, Zee zog sich wieder in sich zurück.

Ich sagte: »Jeremy hat ungefähr vor einem Jahr bei Best angefangen. Wann ging das mit den Fälschungen los?«

»Vor sechs Monaten.«

»Und die Idee war von ihm?«

»Ja.«

»Er hat dich nicht gezwungen?«

»Nein.«

»Ich weiß, daß du bei Best die Reproarbeit gemacht hast, aber wer hat den Satz übernommen, wer hat gedruckt?«

»Andere Leute, woanders.« In Zees Augen flackerte Panik. »Wir brauchen keinen Satz, wir haben einfach ein Formular und kopieren es. Und die ... anderen Leute haben eine kleine Druckerpresse in der Garage, die machen dann den Rest.«

Zee war auf einmal wachsam, distanziert. Ich zögerte nachzuhaken, aber ihre Antworten erschienen mir ziemlich dürftig.

Hadley sprach zum ersten Mal. »Ich glaube nicht, daß du ihn umgebracht hast, Zee. Aber hast du nicht irgendeine Idee, wer es getan haben könnte?«

»Ich habe darüber gegrübelt und gegrübelt«, sagte Zee, den Blick auf den Boden gerichtet, nicht auf uns. »Aber das Ganze ist so kompliziert. Vielleicht jemand, mit dessen Papieren etwas nicht in Ordnung war – und der erwischt wurde. Vielleicht haben sie Jeremy umgebracht und es so hingedreht, daß ich bestraft werde.«

»Aber falls Jeremy Informationen über Filipinos aus eurer Gruppe weitergegeben hat«, sagte ich, »und falls jemand das herausgefunden hat ...«

Ich holte die Zeitungsausschnitte hervor, die ich in Jeremys Wohnung gefunden hatte. »Kommt dir irgendeiner von diesen Namen bekannt vor?«

Zee sah sie sich genau an. »Ja doch, zum Beispiel Rodrigo Villaron, und auch Maria Gallego. Sie standen vor Jahren auf der Mitgliedsliste der Studentengruppe. Jetzt sind sie in San Francisco ... Und Amado, das ist Bennys Bruder, von dem ich dir erzählt habe – der, der umgebracht wurde, als er zurückging. Wo hast du die gefunden?«

»In Jeremys Wohnung.«

»Ich wollte es nicht glauben, Pam, daß er uns das wirklich angetan hat.«

»Aber der Gedanke ist dir schon gekommen, manchmal.«

Zees Stimme erstarb zu einem Flüstern. »Die Fragen, die er mir manchmal gestellt hat – so persönliche Fragen über Leute. Ich konnte mir nicht vorstellen, warum er das wissen wollte.«

»Wußtest du, daß er mehrere Hundert Dollar in der Tasche hatte, als er starb?«

Sie starrte mich wortlos an.

»Er hat nicht zufällig jemanden erpreßt, Zee, oder? Er hat nicht etwa dich erpreßt?«

»Nein!«

»Gedroht, den Behörden etwas über deine Aktivitäten zu erzählen?«

»Nein. Nein. Nein.«

Mrs. Reyes erschien in der Küchentür, ohne den versprochenen Tee. »Ich denke, das reicht.«

»Du hast in deiner Jugend wohl viel *Perry Mason* gesehen«, sagte Hadley, als wir Mrs. Reyes' Einfahrt hinuntergingen.

»War ich so schlimm?«

»Im Gegenteil, du warst sogar ziemlich gut. Es schien nur ziemlich hart für Zee. Diese Art der Befragung, meine ich.«

»Na gut, aber immerhin haben wir einiges herausgefunden«, sagte ich trotzig. »Findest du wirklich, daß ich zu brutal war?«

Hadley schwieg einen Augenblick. »Sie hat eigentlich nichts von dem, was du sie gefragt hast, zugegeben.«

»Quatsch. Sie hat alles, was ich an Vermutungen geäußert habe, geleugnet. Sehr überzeugend sogar. Aber ich bin jetzt ganz sicher, daß Jeremy ein Informant war, und höchstwahrscheinlich hat er Zee und vielleicht auch andere erpreßt. Das muß natürlich nicht heißen, daß er deswegen umgebracht wurde ...«

»Und wie willst du das rauskriegen?«

»Ich denke, wir sollten morgen bei Benny und Carlos anfangen.«

»Glaubst du nicht, du läßt dich ein bißchen zu sehr mitreißen?«

»Was soll das? Ich dachte, die Detektivarbeit macht dir Spaß?«

»Tut sie auch – jedenfalls bis zu einem gewissen Grad. Andererseits, hast du das Auto weiter unten am Straßenrand mit den zwei Männern bemerkt, die uns beobachten?«

»Mein Gott«, der Schweiß brach mir aus. »Wir wollen uns ganz normal verhalten, ganz ruhig ins Auto einsteigen und ...«

Wir hechteten in den Pick-up wie Olympionikinnen und brausten mit aufheulendem Motor davon. Das Auto blieb, wo es war.

Wir schlotterten immer noch, als wir bei mir zu Hause vorfuhren. Sämtliche Thriller, die ich jemals gesehen hatte, liefen auf Breitwand in meinen Hirn ab: Schußwechsel auf der Straße, Stürze aus dem 49. Stock, Bomben unter dem Auto ... Wir sollten uns schleunigst Waffen zulegen, wenn wir diese Nachforschungen fortsetzen wollten. Dabei wollte ich auf niemanden schießen!

»Hey, wir haben noch nicht mal zu Abend gegessen«, fiel Hadley ein.

»Du kannst jetzt ans *Essen* denken?«

»Ich kann immer ans Essen denken.«

»Ich werde Zee anrufen und ihr sagen, daß zwei Männer ihr Haus beobachten.«

»Okay. Und dann gehen wir essen. Vielleicht eine Pizza – magst du Pizza?«

Im Wohnzimmer waren Leute: Penny, Ray und ein Paar, das ich nicht kannte.

»Pam«, rief Penny.

»Eine Sekunde.« Ich lief zum Telefon und wählte Zees Nummer.

»Sie ist unter der Dusche«, sagte Mrs. Reyes.

»Mrs. Reyes, vor ihrem Haus steht ein Auto mit zwei Männern drin. Sie beobachten Sie möglicherweise. Ich wollte es Ihnen nur sagen.«

Es gab eine Pause, als sie aus dem Fenster schaute. »Ah ja, danke, Pamela.«

»Sind Sie nicht beunruhigt?«

»Es sind nur Benny und Carlos«, sagte sie, »sie haben ein Auge auf uns.«

»Ach«, sagte ich, »sie passen auf, das ist beruhigend.«

»Vielen Dank, Pamela. Wiedersehen.«

»Benny und Carlos«, flüsterte ich Hadley zu.

»Unsere neuesten Verdächtigen«, sagte sie. »Vielleicht sollten wir wieder zurückfahren und sie zum Abendessen einladen.«

»Auf keinen Fall. Morgen ist früh genug.«

»Pam«, rief Penny ungeduldig aus dem Wohnzimmer, »komm doch mal.«

Ich ging hinein, dicht gefolgt von Hadley. Die Frau auf dem Sofa kam mir entfernt bekannt vor, auch wenn ich sie nicht einordnen konnte. Blonde Locken und hübsch wie Elena, wenn auch bedeutend molliger. Sie sah ein bißchen aus wie die Hausfrau, die Elena nie geworden war – nett, freundlich, ein bißchen gequält. Der Kerl neben ihr war wahrscheinlich ihr Mann, ein Arbeiter mit dicken Armen und verbissenem Gesicht.

»Das sind Jeremys Geschwister«, sagte Penny, »Karen und Don.«

»Oh.«

So wie Jeremy über seine älteren Geschwister geredet hatte, hatte ich sie mir etwa wie Jim Morrison und Janice Joplin vorgestellt. Diese beiden dagegen waren offensichtlich ganz normale Leute, deren Lieblingsgruppe wahrscheinlich die Beach Boys waren.

»Freut mich sehr.« Ich erinnerte mich an meine Umgangsformen und stellte Hadley vor. »Jeremy hat viel von Ihnen erzählt.«

»Wir sind raufgekommen, um die Sachen von dem Kleinen zusammenzupacken«, sagte Don, als ob ich nichts gesagt hätte.

»Wir dachten, Sie könnten uns vielleicht manches erzählen«, meinte Karen entschuldigend. »Wo Sie doch mit ihm zusammengearbeitet haben und so. Sie haben ihn doch wohl auch gefunden – vielleicht können Sie sich denken, wer ihn umgebracht hat.« Ihre Stimme wurde bittend. »Er war so ein guter Junge.« Sie zog die Fotografie eines stolz in die Kamera strahlenden Sieben- oder Achtjährigen auf einem Pferd heraus. »Ich hab's immer aufgehoben ... Jeremy war der Jüngste, wissen Sie, er war wirklich unser Nesthäkchen. Ich habe geheiratet und bin weggezogen, als er elf war, aber ich hab' immer an ihn gedacht.«

»Ich weiß«, sagte Don barsch, »daß ich ihn nicht immer für voll genommen hab'. Verdammt, ich war acht Jahre älter, und wer will schon dauernd so einen kleinen Bengel mit sich rumschleppen? Aber ich hab' ihn gerngehabt, hab' ihn zu seinem ersten Baseballspiel mitgenommen.«

Eine bittersüße Nostalgie hing greifbar im Raum, als ob im Hintergrund leise Beerdigungsmusik spielte. Hadley riß uns aus dieser Stimmung.

»Wir glauben, daß Jeremy möglicherweise mit Drogen zu tun hatte, vielleicht auch gedealt hat«, sagte sie sachlich. Glaubten wir das? Ich glotzte sie an.

Aber Karen und Don sahen gar nicht so überrascht aus; ein bißchen verlegen und in die Enge getrieben vielleicht, aber nicht überrascht.

»Wir wußten, daß er bei der Navy Drogenprobleme hatte«, sagte Karen, »drüben, auf den Philippinen. Es war so einfach, dort an Stoff zu kommen, wissen Sie. Eine Menge Leute haben dort Drogen genommen, glaube ich.«

»Aber Jeremy wurde dabei erwischt«, fuhr Hadley in demselben sachlichen Ton fort, als ob sie die ganze Geschichte kannte und lediglich bestätigt haben wollte.

»Aber er wurde nicht bestraft oder entlassen oder sonstwas«, sagte Karen eifrig. »Er bekam nur einen Verweis. Er kannte jemanden, wissen Sie ...«

»Karen«, fiel Don ihr ins Wort, »das sind Familienangelegenheiten. Wir wollen ihnen ja schließlich nicht Jeremys Lebensgeschichte erzählen – außerdem hat er mit dieser Drogengeschichte schon vor langer Zeit aufgehört. Hat es auf die harte Tour gelernt.«

Karen sah nicht so ganz überzeugt aus, sagte aber nichts mehr. Ich grübelte – einen Verweis? Was hatte er dafür tun müssen? Informationen liefern? Das schien weithergeholt. Woher sollten die wissen, daß er einmal nützlich sein würde?

»Wann ist Jeremy eigentlich nach Seattle gezogen?«

»Ziemlich gleich nach der Navy«, sagte Karen. »Vor ein paar Jahren, so vor drei, glaub' ich.«

»Haben Sie ihn seither gesehen?«

Beide rutschten unbehaglich auf ihren Sitzen herum.

»Ein oder zwei Mal«, sagte Don. »Ich wohne nicht mehr in Fullerton.«

»Don wohnt in Riverside. Ich lebe in Ventura«, erklärte Karen, schon wieder in entschuldigendem Ton. »Wir haben beide Familie.« Sie verstummte. »Wir haben das Mädchen, das er geheiratet hat, nie kennengelernt. Mom hat uns nur von ihr erzählt. Keiner wußte ja überhaupt, daß er verheiratet war.«

Dons Gesicht war dunkelrot angelaufen. »Die steckt hinter allem. Und jetzt wird sie dafür bezahlen.«

»Sie ist unschuldig«, unterbrach Ray. »Das ist bloß irgendein Mißverständnis, Mann.«

Don schaute ihn an, als sei er gerade unter dem Sofa hervorgekrochen. »Die Polizei macht keine Fehler«, sagte er verächtlich.

Die Maßlosigkeit dieses Irrglaubens verschlug uns allen vorübergehend die Sprache. Dann fing Karen wieder an: »Aber wenn Sie meinen, er war ein Drogendealer oder sowas, daß vielleicht einer seiner Kunden ...«

»Diese Leute hier sind wahrscheinlich selbst Drogendealer«, sagte Don. »Komm, Karen – die wissen ja nicht, wovon sie reden, die haben das Mädchen schließlich auf ihrem Dachboden versteckt.«

Karen warf uns um Verzeihung heischende Blicke zu, stand aber gehorsam auf und folgte ihm durch den Flur zur Haustür.

»Möchte noch jemand ein Kilo wirklich erstklassiges kolumbianisches Gras?« fragte Penny.

»Vor Gericht werden die sich großartig machen«, sagte ich. »Ich sehe es schon richtig vor mir. Sie werden das Foto von Jeremy auf dem Pferd auf Starschnittformat vergrößern. »Natürlich habe ich ihn seit fünfzehn Jahren nicht mehr gesehen, aber in meinem Herzen wußte ich immer, daß er noch genau der liebe Junge ist, der er immer war.«

»Glaubst du wirklich, daß er im Drogengeschäft war, Hadley?« fragte Ray. »Ist das die Erklärung?«

»Anchovis«, sagte sie, »schwarze Oliven, Tomaten, Zwiebeln.«

»Die *Hälfte* mit Anchovis«, verbesserte ich.

»Wir haben auch noch nicht zu Abend gegessen«, sagte Penny begeistert. »Vergiß nicht den grünen Pfeffer und die Pepperoni.«

»Und Wurst, *chorizo*, wenn sie haben«, sagte Ray. »Aber sag mal, Hadley, glaubst du das wirklich?«

Mir fiel auf, daß er sie zum ersten Mal als reale Person anredete.

»Ich glaube, ich nehme lieber zwei Pizzas«, sagte sie, »sonst glaube ich gar nichts.«

28

Hadley blieb diese Nacht bei mir, beziehungsweise bei uns. Ich hatte nicht das Gefühl, mit ihr allein zu sein in diesem Haus, in dem ich aufgewachsen und in das ich später zurückgekehrt war. Es waren zuviele Gespenster da. Die Geister meiner Eltern, die nicht gebilligt hätten, was ich gerade tat; die Geister meiner verflossenen Liebhaber, denen es zwar vielleicht einen gewissen Kitzel verschafft hätte, die es aber ebenfalls mißbilligt hätten; sogar der Geist von Ray, der zur gleichen Zeit hinter der Tür auf der anderen Seite des Treppenabsatzes lebendige Realität war.

Übersensibel nahm ich jeden Laut von Hadley wahr, der über ein Flüstern hinausging. Sie schien auf einmal nur noch aus Ecken und Kanten zu bestehen und mich einfach nicht auf die richtige Weise berühren zu können. Sie selbst kam auf Knopfdruck und schlief danach sofort ein.

Ich dagegen lag wach, schlug mich mit meinem unbefriedigten Verlangen herum und grübelte.

Frans Name war wieder nicht gefallen, aber er lag in der Luft, nicht so sehr ein Geist, eher wie ein übler Geruch. Laut Hadleys Aussage war Geld attraktiv, aber hohl. Zweifellos hatte daneben die Bodenständigkeit der Arbeiterklasse ihren eigenen Reiz, zumindest für Frauen, die mit Geld aufgewachsen waren, wie Hadley und Elena. Ich dachte an Frans massive, kräftige Gestalt, das angenehme Gesicht, die hellbraunen Augen mit den dichten dunklen Wimpern, das schwarze, von weißen Strähnen durchzogene Haar. Ich stellte mir vor, wie es wohl war, mit einer so dicken Frau zusammenzusein, einer Frau (ich schielte schuldbewußt zu Hadley hinüber), die sich nicht manchmal anfühlte wie eine ungepolsterte Holzbank. Nicht, daß ich mich zu Fran hingezogen gefühlt hätte. Sie war mir immer nur im schlimmsten Licht erschienen. Aber ich wünschte mir verzweifelt zu verstehen, was Hadley in ihr gesehen hatte und noch sah.

Immerhin hing sie so an Fran, daß sie sie schützen wollte, was sie ja während unserer kleinen Untersuchung auch nach Kräften getan hatte. Ob sie je auch nur einen Augenblick lang die Möglichkeit erwog, daß Fran tiefer in die Sache verwickelt war, als sie durchblicken ließ? Warum sollte Fran eine Befragung erspart bleiben? Warum zwangen wir sie nicht, endlich mit den Informationen, die sie hatte, herauszurücken? Schließlich war *sie* die einzige Zeugin für Jeremys Sabotageakt bei B. Violet; *sie* hatte die Informantentheorie aufgebracht, nachdem sie beobachtet hatte, wie er etwas von zwei Männern entgegennahm. Das aber waren bislang die beiden einzigen denkbaren Mordmotive. Entweder war Jeremy aus Rache für das, was er bei B. Violet angerichtet hatte, umgebracht worden, oder seine Ermordung hatte etwas mit der Fälschungsgeschichte und seiner angeblichen Spitzeltätigkeit unter den Filipinos zu tun.

Wahrscheinlich war Hadley deshalb so eifrig darauf bedacht gewesen, Jeremys Drogenprobleme aus seiner Zeit auf den Philippinen mit seiner Rolle als Fälscher und potentieller Agent in Seattle zu verknüpfen. Wenn sie die Annahme erhärten konnte, daß das FBI oder eine andere Geheimdienstorganisation mit dem Mord an Jeremy zu tun hatte, war Fran aus dem Schneider.

Das Problem bei den beiden sehr unterschiedlichen Motiven war, daß sie einander nicht unbedingt ausschlossen. Der Fälscher Jeremy, der Informant, konnte immer noch dafür ermordet worden sein, daß er B. Violet zerstört hatte. So einfach war das.

Unnötig zu erwähnen, daß ich in dieser Nacht nicht besonders gut schlief.

Am Morgen herrschte ein höflich beflissenes Kommen und Gehen in Bad und Küche. Es war seltsam, Ray nach all diesen Monaten wieder in seinem Kimono zu sehen, wie er *huevos rancheros* zum Frühstück machte; für ihn war es wahrscheinlich nicht weniger merkwürdig, sie der neuen Geliebten seiner Ex-Freundin zu servieren. Einmal tauschten wir einen leicht schiefen Blick des Einverständnisses, der schon fast etwas Versöhnliches hatte. In mir stieg die zaghafte Hoffnung auf, daß wir uns vielleicht eines Tages in nicht allzu ferner Zukunft alle mögen würden.

Trotzdem verlief der Morgen nicht konfliktfrei. Penny und Sam gerieten sich über einen Artikel in der Morgenzeitung in die Haare: Kreditzinsen, Anlagezinsen, Bundesbank, der Internationale Währungsfond – der Wortwechsel eskalierte rasch und endete damit, daß Penny Sam als verkappten Republikaner bezeichnete und Sam Penny riet, sich lieber wieder hinter den Herd zu stellen. Währenddessen mimte Jude die selbsternannte Gastgeberin und versuchte Hadley alle möglichen Speisen und Getränke aufzunötigen, offenbar wild entschlossen, sich nicht sich von so einer hereingeschneiten, mundfaulen Lesbe abwimmeln zu lassen, die ständig beteuerte, »Nein danke, ich hab' wirklich keinen Hunger.«

»Um Himmels willen, Jude«, intervenierte ich schließlich, »sie ißt nun mal nicht viel zum Frühstück.«

Der Blick, den Jude mir zuwarf, war ein einziger Vorwurf: Und wieso hast du mir nie erzählt, daß du dich mit einer Frau eingelassen hast, hm? Ich dachte immer, ich sei eine gute Freundin, eine deiner besten Freundinnen, ich wohne sogar im gleichen Haus, aber nein, ich muß es so herausfinden, vor versammelter Mannschaft, ohne eine Erklärung, ich soll einfach so damit klarkommen ...«

Ich floh vom Frühstückstisch und verkrümelte mich in den Garten, um Trost beim Gemüse zu suchen. Nach fünf Minuten kam Hadley mir nach. In stillschweigendem Einverständnis sprachen wir weder über Mord noch über Hausgenossen und -genossinnen, frühere Geliebte oder Sex. Statt dessen diskutierten wir die Vor- und Nachteile biodynamischen Gemüseanbaus, zum Beispiel, was zu tun war, wenn das Ungeziefer auf den Tomatenstauden die angeblich absolut tödliche Chili-Brühe zu Enchiladas verarbeitete. Blieb dann nur noch der Griff zum DDT?

Nach einer Weile wurde es still im Haus; alle waren zur Arbeit gegangen. Wir beide hätten uns jetzt ebenfalls auf den Weg zu Best machen sollen – schließlich gab es dort jede Menge zu tun –, aber meine Arbeitsmotivation ließ stark zu wünschen übrig. Ich war müde, die Sonne schien warm, und die Erde vibrierte geradezu aufreizend vor Fruchtbarkeit und Lebenskraft.

Wir schmusten ein bißchen.

Ich wollte gerade vorschlagen, doch lieber nach drinnen zu gehen, um ein paar von diesen lästigen Kleidungsstücken loszuwerden, als Schritte auf dem Kiesweg knirschten, der ums Haus herumführte. Verdammte Reporter, dachte ich und strich hastig Frisur und Kleider glatt.

»Wir haben an der Haustür geklingelt«, sagte Benny, und Carlos nickte. Beide trugen kühle weiße Hemden mit hochgerollten Ärmeln und Chinos. Sie waren frisch gekämmt und dufteten zart nach After Shave. Neben so viel Properkeit kamen Hadley und ich mir vor wie zwei hechelnde, schmuddelige Sexbesessene. Ich hoffte bloß, daß die beiden nichts merkten.

Ich lud sie zu einem Eistee ins Haus ein.

»Es geht um die Zeitungsausschnitte«, sagte Benny. »Zenaida sagte, daß du bei Jeremy Zeitungsausschnitte gefunden hast, auf denen einige uns bekannte Namen unterstrichen sind.«

»Ja. Wollt ihr sie sehen?« Ich zog das Bündel aus der Tasche meiner Jacke, die im Flur hing.

Hadley brachte Gläser und einen Krug Tee. Er war nicht ganz kalt, weil er offensichtlich erst kurz vor Judes oder Pennys Aufbruch gemacht worden war, und es schwammen auch keine Eiswürfel darin, aber er würde genügen müssen. Wir setzten uns alle an den Eßtisch.

Bennys verhangene, intelligente schwarze Augen überflogen rasch die Artikel. Ein kaum hörbares, aber scharfes Einatmen sagte mir, daß er den Namen seines Bruders Amado entdeckt hatte. Carlos las langsamer, das runde, freundliche Gesicht besorgt über die Ausschnitte gebeugt. Er sagte etwas in Tagalog, das sich nach einem langen Fluch anhörte.

»Habt ihr Jeremy je verdächtigt, daß er euch nachspioniert?« fragte Hadley.

»Doch nicht einen Weißen, nein«, Benny zündete sich eine

Zigarette an. Ich wollte ihm gerne glauben, weil er Zees Freund war, wenn nicht sogar mehr, aber ich spürte hinter seiner verbindlichen Art eine gewisse Rücksichtslosigkeit. Außerdem mochte ich es nicht, daß er in meinem Haus rauchte.

»Wir wissen, daß es in der Stadt Infiltration gegeben hat«, sagte Carlos. »Seattle ist geradezu prädestiniert dafür. Hier wird entschieden, wer eine Anstellung bei den Konservenfabriken in Alaska bekommt; es gibt sehr viele Filipinos hier. Natürlich gehen wir davon aus, daß auch Agenten von Marcos darunter sind.« Er sprach langsamer als Benny, aber seine Aussprache war besser. Mir fiel ein, daß Zee mir erzählt hatte, er hätte an der Universität Physik studiert. Das paßte irgendwie überhaupt nicht zu seinem Babyspeck, wenn mir auch nicht ganz klar war, wieso.

»Wir haben Jeremy als Zees Freund kennengelernt«, erklärte Benny. »Später hat sie mir dann ihr Geheimnis erzählt, daß sie ihn geheiratet hatte, um im Land bleiben zu können. Das ist an sich nichts Ungewöhnliches.«

»Ich habe nichts von der Ehe gewußt«, fügte Carlos hinzu. Er schien etwas gekränkt darüber. »Aber ich hatte nichts gegen Jeremy. Es schien eine großartige Idee von ihm zu sein, die Dokumente nachzumachen.«

»Habt ihr auch mitgemacht?« fragte ich.

»Nein. Ja. Nur, um ein paar Leuten zu helfen. Wenn wir von jemand erfuhren, sagten wir Zenaida Bescheid. Sie und Jeremy machten dann die Arbeit. Sie sagte, es sei so sicherer für sie.«

»Zu Anfang ging also alles gut«, sagte Hadley. »Dann kam es zu Zwischenfällen. Leute wurden verhaftet, abgeschoben ...«

»Ja«, sagte Benny. »Und dann war das mit meinem Bruder. Er war durch nichts davon abzuhalten, auf die Philippinen zurückzukehren. Er traf sorgfältige Vorkehrungen, er hatte gefälschte Papiere, um unter einem anderen Namen zurückzugehen, weil er bekannt gewesen war, er war ein Studentenführer, wie's ja auch hier drin steht.« Benny tippte mit dem Finger auf den Stapel mit Ausschnitten. »Aber sobald er nach Hause kam, wußten sie Bescheid. Sie spürten ihn auf und nahmen ihn mit; ein paar Tage später bekam meine Familie einen Anruf, ›Gehen Sie zur Müllhalde und schauen Sie dort nach.‹ Da war seine Leiche, aufgeschlitzt, ohne Finger und ohne Zehen, kein Penis.« Benny ballte die Fäuste, seine Lippen wurden schmal. »Wenn Jeremy hier in Seattle auf uns angesetzt war, wenn er das von meinem Bruder gewußt hat, und er wußte es, weil er ihm bei den Papieren geholfen hatte, hätte er es ihnen sagen können.«

Wieder ergriff mich dieses Gefühl von Unwirklichkeit, das ich schon oben auf dem Dachboden bei Zee gehabt hatte. Für diese Menschen waren die Folterung und Ermordung von Angehörigen und Freunden eine Tatsache des Lebens, etwas, was begriffen werden mußte, auch wenn es sich gar nicht begreifen ließ.

Die Frage war – fingen Benny und Carlos erst jetzt an, Jeremy als Agenten zu verdächtigen, nachdem sie die Zeitungsausschnitte gesehen hatten? Oder hatten sie es letzte Woche gemerkt oder schon lange vorher und deshalb beschlossen, ihn umzubringen? Und wenn sie Jeremy umgebracht hatten, weil er dafür verantwortlich war, daß Amado gefoltert und ermordet wurde, wer war ich, darüber Nachforschungen anzustellen und der Gerechtigkeit zum Sieg verhelfen zu wollen? Vielleicht war ja bereits Gerechtigkeit geübt worden. Sicher nicht von dem rundgesichtigen Carlos, der nie zugelassen hätte, daß Zee die Anklage auf sich nahm, aber vielleicht von dem rücksichtsloseren Benny, glatt, schnurrbärtig, in Rauch gehüllt.

»Wäre es möglich, daß Jeremy jemanden erpreßt hat?« fragte Hadley. »Er hatte ziemlich viel Geld in der Tasche, als er starb.«

»Falls er es getan hat, haben wir nichts davon gehört«, sagte Benny. »Uns hat er nicht erpreßt, und Zenaida hat er auch nicht erpreßt.«

Carlos schien sich da etwas weniger sicher zu sein. »Ich habe in letzter Zeit eine Veränderung an Zee bemerkt. Fast, als hätte sie Angst vor Jeremy, oder als hätte sie auf einmal Angst wegen dem, was sie taten. Nachdem Amado im Frühjahr ermordet worden war. Sie sagte, daß sie sich wegen der Dokumente Sorgen mache, daß es vielleicht zu gefährlich für uns sei.«

»Zenaida hätte Jeremy niemals umgebracht«, erklärte Benny kategorisch. »Es hätte weder ihr noch dem philippinischen Volk genützt. Dieser ganze Medienrummel schadet uns nur. Der Prozeß wird eine Farce sein. Das Ganze ist eine rassistische Verschwörung, bei der sie als Schuldige hingestellt werden soll.«

Hadley war aufgestanden und ging zum Kamin hinüber. Plötzlich drehte sie sich um und sagte: »Ihr beide seid am Abend seiner Ermordung in Jeremys Wohnung gesehen worden, wie ihr ihm ein Päckchen ausgehändigt habt. Was war in dem Päckchen?«

Es war kühner Schachzug. Wenn ich ihn gemacht hätte, wenn mir überhaupt die Idee gekommen wäre, daß Benny und Carlos die beiden Männer waren, die Fran beschrieben hatte, hätte ich wahrscheinlich alles vermasselt, indem ich sie gefragt hätte, was sie im U-Distrikt zu tun hatten, wo sie doch im South End wohnten.

Bennys verhangene Augen nahmen einen finsteren, drohenden Ausdruck an. »Was glaubst du wohl?« fragte er verächtlich.

»Meiner Ansicht nach muß es Geld gewesen sein. Geld, um Jeremys Schweigen über das, was er wußte, zu erkaufen, Geld, damit er den Todesschwadronen von Marcos nicht weitere Namen nannte. Ich glaube, nachdem dein Bruder getötet wurde, kam Jeremy zu euch und sagte euch, was passieren würde, wenn er nicht regelmäßige Zahlungen von den illegalen Einwanderern und den anderen, deren Namen er kannte, bekam.«

»Du bist verrückt«, sagte Benny, »wir würden uns nie erpressen lassen.«

»Benny«, sagte Carlos drängend, »laß uns ...«

»Es war Dope, wenn du es unbedingt wissen mußt«, fuhr Benny fort und zündete sich mit ruhiger Hand die nächste Zigarette an. »Gutes, starkes Marihuana, gezogen von philippinischen Bauern in Ost-Washington. Wenn du irgend etwas über Jeremy wüßtest, dann wüßtest du auch, daß er ein Dealer war. Er hatte einen Deal mit uns laufen. Soundsoviel Marihuana gegen soundso viele Dokumente. Nein«, ein sarkastisches Lächeln kräuselte seine Lippen und den dünnen Schnurrbart, »wir würden uns nicht erpressen lassen. Es war lediglich ein Wirtschaftsabkommen – von der Art, wie es die USA mit den von ihnen abhängigen Staaten haben – internationaler Kapitalismus, Tausch von natürlichen Ressourcen und profitbringenden landwirtschaftlichen Erzeugnissen gegen Papier. Wie du mir, so ich dir. Wie du mir, so ich dir«, wiederholte er, als bereite ihm die Wendung Vergnügen.

Ich kam nicht hinter Hadleys Taktik. Statt nachzuhaken, wie sein sarkastischer Sinnspruch unter den gegebenen Umständen zu verstehen sei, fingerte sie an ihrem Haar herum und schaute in einem ganz ungewohnten Anfall von Eitelkeit in den Spiegel über dem Kamin. Dann sah ich, daß sie auf einmal den goldenen, S-förmigen Ohrring trug. Der Türkis hatte genau dieselbe Farbe wie ihre Augen.

»Das ist doch Zees Ohrring«, platzte Carlos heraus. »Wo hast du den denn her?«

Benny stand auf und ging zu Hadley hinüber. Er war bestimmt zwölf Zentimeter kleiner als sie, schien ihr aber schnurgerade in die Augen zu sehen. Oder vielmehr ins Ohr.

»Richtig, das war Zenaidas Ohrring, aber ich erinnere mich, daß sie den anderen verloren und diesen hier Jeremy gegeben hat. Ich nehme an, ihr habt ihn in seinem Apartment gefunden.«

»Das haben wir tatsächlich«, sagte Hadley. »Meinst du, sie möchte ihn zurückhaben?«

»Nicht ohne den zweiten. Er ist weg, schon ewig.«

»Na gut, dann müssen wir die Augen nach ihm offenhalten, würde ich sagen.«

Carlos stand auf, als könnte er die Situation keine Minute länger ertragen, und ging in Richtung Tür.

»Hast du was dagegen, wenn ich die Ausschnitte mitnehme?« fragte Benny mich.

Ich wich seinem Blick aus. »Natürlich nicht, bedien dich.«

Als sie fort waren, drehte ich mich zu Hadley um. »Und du redest von meinen Detektiv-Methoden! Mein Gott! Du solltest zum Fernsehen gehen ... du müßtest deine eigene Sendung bekommen ... Glaubst du, sie waren es, Hadley?«

»Ich denke, wir wissen jetzt, daß Jeremy auf den Philippinen als Spion oder Informant für die Staaten rekrutiert wurde. Keine Ahnung, von wem – die CIA, jemand vom Militär, der mit der Marcos-Regierung zusammenarbeitet? Dazu müßten wir den Offizier finden, der ihm den Verweis für den Drogenbesitz erteilte, statt ihn zu entlassen, und wir müßten in Erfahrung bringen, welche Bedingungen damals gestellt wurden. Aber ich denke, es ist klar, daß Jeremy seine Finger in einer Menge übler Sachen drinhatte. Vielleicht fing er klein an, ging erstmal zu den Treffen und Demonstrationen, und hatte dann Glück. Eine philippinische Aktivistin zu heiraten, muß der große Coup gewesen sein. Als Zee endlich merkte, was vorging, war es zu spät. Er arbeitete bei Best, war an den Fälschungen beteiligt, die er selbst angeregt hatte, kannte alle Namen. Natürlich erpreßte er Benny und die anderen, wo er nur konnte. Geld, Sex, Drogen, er konnte alles als Bezahlung verlangen. Er regierte von eurer Dunkelkammer aus ein kleines Imperium, bis sie ihn zu fassen kriegten ...«

»Bis Benny ihn zu fassen kriegte?«

»Na ja, das wissen wir eben nicht.« Hadley stand noch immer vor dem Spiegel und stubste den s-förmigen Ohrring sacht mit dem Finger an, so daß er hin und her schaukelte. »Jedenfalls noch nicht.«

29

Als ich am nächsten Morgen um halb acht den Betrieb aufschließen wollte – der Mord lag jetzt genau eine Woche zurück – traf ich Elena vor der Tür.

»Elena! Da bist du ja wieder!«

»Ja ... nein ... ich«, sie wußte offensichtlich nicht recht, wie sie anfangen sollte, »ich hatte gehofft, daß du als erste kommen würdest. Ich muß ... Wie wär's mit einer Tasse Kaffee?«

»Na gut.« Ich zögerte einen Augenblick. Eigentlich war ich so früh gekommen, weil ich in Ruhe alles für einen großen Auftrag vorbereiten wollte, der heute auf dem Programm stand. Aber Elena war sichtlich am Ende. Im hellen Licht des Sommermorgens hatte ihre Haut die Farbe von beigem Leder, ihr blondes Lockenhaar sah aus wie aus der Tüte gezogen und schief angeklipst. Die ehemals hautengen Jeans schlotterten um ihre Beine. Was war bloß in den vier oder fünf Tagen, seit ich sie zuletzt gesehen hatte, passiert?

»Klar, Elena«, ich steckte die Schlüssel von Best wieder in die Tasche. »Aber nur ein halbes Stündchen ...«

Sie schien mich gar nicht zu hören.

Wir machten uns auf zur nahegelegenen Trattoria. Ich wartete die ganze Zeit, daß sie zu sprechen anfangen würde, aber sie blieb still, bis unsere *caffé lattes* bestellt waren. Dann sagte sie leise und so undeutlich, daß ich sie kaum verstand:

»Ich fahr' nach Hause zurück, nach Indiana.«

»Was?«

»Ich halte es nicht mehr aus«, sagte sie mit der gleichen flachen, monotonen Stimme.

»Es ist zu viel. Alles. Ich kann nicht mehr. Ich kann den Kindern nicht mehr geben, was sie brauchen, weder emotional noch finanziell. Schon die beiden Prozesse haben ihnen schwer zu schaffen gemacht, und jetzt das ...«

»Trinkt Fran wieder?«

»Keine Ahnung«, sagte Elena. »Freitagabend, als ihr weg wart, hab' ich ihr gesagt, daß ich unsere Beziehung nicht fortsetzen will.«

»Aber Elena, letzte Woche hast du dir doch noch solche Sorgen um sie gemacht. Und jetzt, wo sie zu AA geht...« Ich verstummte. Was wußte ich schon. Vielleicht hatte Fran das ja nur so gesagt, vielleicht sagte sie es dauernd.

»Sie muß sich selbst helfen«, sagte Elena. »Ich kann es nicht mehr. Ich kann überhaupt niemandem mehr helfen. Mir hilft ja auch nie jemand.« Sie weinte jetzt, gerade als die Kaffeetassen vor uns hingestellt wurden. Die Kellnerin, ihren Bewegungen nach noch im Halbschlaf, blickte drein, als könne sie es nicht fassen, daß jemand bereits zu dieser Tageszeit dermaßen anstrengende Gefühle aufbringen konnte.

Ich hatte den Eindruck, daß für Elena nicht Morgen war, sondern das Ende einer langen, schweren Nacht. Sie roch nach Alkohol, ihre Augen glänzten fiebrig. Ich griff nach ihrer Hand. Sie war überraschend kalt und zittrig. Ich rieb sie zwischen meinen Händen.

»Du hast in den letzten Jahren Schlimmes durchgemacht, Elena. Aber meinst du wirklich, daß es gut ist, zu deinen Eltern zurückzugehen?«

»Mir fällt einfach keine andere Lösung ein«, sie zog ihre Hand weg und fuhr sich über die Augen. »Ach Pam, ich habe diese ganze Schwesternschaft so verdammt satt«, sagte sie fast heftig. Dann lachte sie trocken auf. »Der Feminismus ist echt ein Witz. Wenn ich jetzt so zurückdenke, dann war ich als unterdrückte Ehefrau und Mutter sehr viel glücklicher.«

»Mein Gott, Elena.«

»Nein, wirklich. Was ist daran so schlimm? Solange ich nichts anderes kannte... Ich denke manchmal beinahe sehnsüchtig an die Jahre zurück. Kurz nachdem wir geheiratet hatten, als er auf der Uni war und ich an der Highschool unterrichtete. Wir trafen uns nach der Arbeit immer im gleichen kleinen Restaurant. Er brachte manchmal Blumen mit, oder ich hatte ein Buch dabei, das ich ihm zeigen wollte, und wir erzählten uns gegenseitig, was wir im Unterricht erlebt hatten ... Und sogar später noch, als ich mit den Kindern zu Hause war, erinnere ich mich an ein Gefühl des Friedens mitten in all der Langeweile. Manchmal war es einfach schön zu wissen, daß ich nicht aufstehen und zur Arbeit gehen mußte, daß ich nicht für meine Karriere kämpfen mußte. Ich weiß, daß ich nicht mehr zurück kann, aber... war es wirklich eine so schreckliche Zeit? Manchmal sehe ich es gar nicht mehr so.«

»Und was ist mit deinen Eltern, ich meine, woher auf einmal der Plan, zu ihnen zurückzugehen?«

»Du kannst dir kaum vorstellen, was für eine behütete Kindheit ich gehabt habe. Ein kleines Zimmer in Weiß und Rosa, Schwimm- und Tanzunterricht. Ich war gut in der Schule, spielte Flöte, hatte viele Freundinnen ... heute kommt es mir wie ein Traum vor.«

»Aber Elena«, versuchte ich vernünftig zu argumentieren, »so ist es nicht mehr, wenn du jetzt zurückgehst. Deine Eltern wissen, daß du lesbisch bist, daß du dich politisch engagiert hast und wie du gelebt hast ...«

»Du wärst überrascht«, murmelte sie und nippte an ihrem Kaffee. »Ich bin sicher, es würde ihnen nichts ausmachen, solange wir nicht darüber reden. Solange das Wort nicht fällt oder mein Leben in Seattle im Gespräch nicht berührt wird – und du glaubst nicht, Pam, was für eine Erleichterung es für mich wäre, *nicht* darüber zu reden. Ich habe das Gefühl, in den letzten drei Jahren nichts anderes getan zu haben, als zu reden. Über mein Leben, meine Beziehungen, meine Unterdrückung – als Tochter, als Ehefrau – über zwanghafte Heterosexualität, über biologischen Determinismus, über Homophobie, Rassismus, Klassismus, Antisemitismus, Sadomasochismus, Mibrauch, Inzest, Vergewaltigung, Spiritualität. Ich habe es satt zu reden. Ich habe nichts mehr zu sagen!« Die letzten Worte brachen förmlich aus ihr heraus, sie schlug sogar mit der flachen Hand auf den Tisch.

Aber einiges mußte sie offenbar doch noch loswerden. »Ich

bin zu dem Schluß gekommen, daß Lesben kein bißchen besser sind als alle anderen. Da wurde eine Riesenpropaganda gemacht, wie toll angeblich der Zusammenhalt unter Lesben ist. *Die* lassen sich nämlich nicht jeden männlichen Scheiß gefallen, o nein, *die* haben die richtige Entscheidung getroffen. Du magst nicht, wie die Männer sich aufführen? – und wer mag das schon, der seine fünf Sinne beisammen hat –, werde lesbisch, und alle deine Probleme sind gelöst! Wenn du es nicht tust, wenn du weiter versuchst, mit deinem Mann oder deinem Freund oder deinem Sohn oder deinem Vater klarzukommen, dann bist du ein feiges Stück, schlicht und einfach.«

Elenas erhobene Stimme zog die Aufmerksamkeit von zwei jungen Frauen, wahrscheinlich Sekretärinnen, in der Ecke gegenüber auf sich. Der perfekt frisierte Kopf der einen schien zustimmend zu nicken.

»Aber das eine sage ich dir, Pam, ich habe unter Lesben und erst recht unter denen, die damit angeben, daß sie lesbische Feministinnen sind, mehr versaute Frauen getroffen als anderswo! Sie sind neidisch, sie tratschen und lügen, sie schlafen herum, sie trinken, sie prügeln sich, sie verletzen andere, sie verwirklichen kein einziges feministisches Ideal in ihrem Leben und meinen dabei, sie könnten über alle anderen zu Gericht sitzen, nur nicht über sich selbst. Sie sind nichts als ein Haufen gottverdammter Heuchlerinnen!«

Aus dem Augenwinkel bekam ich mit, daß die Büroangestellten nebenan sich offenbar ebenfalls über das Thema zu erhitzen begannen. »Komm schon, Elena ...«

Sie sah mich starr an. Dann lachte sie auf einmal. »Ach so, ich hatte ganz vergessen, du bist ja jetzt eine von uns. Aber warte nur, bis du aus dem Flitterwochenstadium heraus bist. Du wirst schon sehen.«

»Elena«, sagte ich, »was ist wirklich zwischen dir und Fran vorgefallen?«

Elena schaute in ihre leere Tasse, deren Boden mit Milchschaum bedeckt war.

»Wenn Fran nüchtern wird, braucht sie dich nicht mehr«, sagte sie langsam.

»Aber sie braucht deine Hilfe, um nüchtern zu bleiben.«

»Das ist ein bißchen schwieriger. Besonders, wenn du an das ganze Drama gewöhnt bist, wenn du selbst trinkst – sollst du vielleicht auch über Nacht aufhören? Und wenn du das nicht kannst? Außerdem«, fügte sie bitter hinzu, »hilft mir auch niemand. Alle erwarten immer, daß ich die Starke bin.«

»Elena«, sagte ich, »triff noch keine endgültige Entscheidung. Über die Rückkehr nach Indiana, meine ich. Warum fährst du nicht einfach erstmal zu Besuch hin? Nimm die Kinder mit und schau, wie es dir dort gefällt, aber entscheide dich nicht, nicht hier und jetzt.«

»Meine Eltern wollen, daß ich komme. Sie würden alles bezahlen, die Umzugskosten ...«

»Aber Elena, was würdest du dort machen? Könntest du unterrichten? Würde dir der Prozeß und alles andere nicht auch dort anhängen?«

Elena fing wieder an zu weinen, die Tränen quollen aus ihren geröteten Augen und rollten ihr dann über die Wangen. »Es ist nicht fair. Warum ist ausgerechnet mein Leben kaputt? Andere leben als Lesben und werden nicht dafür bestraft. Warum mußte ich meine Arbeit verlieren, alles?«

»Aber du hast zurückgeschlagen, Elena. Ich weiß, daß es schwer ist, aber wenn du gewinnst, dann wird das ein Sieg für uns alle sein.«

Unter den Tränen wurde Elenas Gesicht traurig und fern. »Es ist nicht so einfach, Pam. Und überhaupt habe ich nicht mehr die Kraft, nicht noch einmal. Vor drei Jahren, da hatte ich jede Menge Kraft.« Sie zerknüllte ihre Serviette. »Ich war erfüllt von neuen Erkenntnissen: Frauen werden unterdrückt. Lesben werden unterdrückt. Ich wollte dagegen aufstehen, die Welt zur Hölle schicken. Ich hab' meinen Mann zur Hölle geschickt. Das war ein großer Fehler. Es ging zu schnell, das alles, für ihn. Er ist ausgeflippt und wurde gemein. Ich hätte nicht so vorpreschen sollen – ich hätte nicht ... ich hätte einfach nicht ...«, wiederholte sie wieder und wieder und brach in krampfhaftes Schluchzen aus.

Allmählich begann Ungeduld mein Mitgefühl zu verdrängen. Auf meiner Uhr war es schon fast halb neun. Die anderen würden in den Betrieb kommen und sich fragen, wo ich steckte; die Papierfabrik würde liefern, wir hatten einen anstrengenden Tag vor uns, und Elena saß da und heulte, weil sie ihren Ex-Mann weggeschickt hatte.

»Wie ich schon gesagt habe, Elena, faß vorerst mal noch keine weitreichenden Entschlüsse. Du bist mit den Nerven runter, aber das geht vorbei. Besuch deine Eltern, überleg dir, wie es dir damit geht, und komm dann zurück. Best Printing kann warten.«

»Natürlich«, sagte sie bitter. »Best könnte zwanzig Jahre warten, bis ich dort von irgendwelchem Nutzen wäre. Ich weiß, daß ich nie besonders gut sein werde, es hat keinen Sinn, so zu tun als ob. O ja, anfangs dachte ich wunder wie großartig das alles wäre. Eine Druckerei. Feminismus der arbeitenden Klasse, hahaha ...«

»Elena, tut mir leid, ich kann nicht länger bleiben. Ich ruf dich später gerne an, aber wir haben heute eine Menge zu tun und ...«

»Ich hab' gehört, daß Hadley jetzt bei euch arbeitet.«

Ich nickte.

»Fran ist echt sauer, kann ich dir sagen. Sie sagt, es sei Verrat. Sie denkt, daß Margaret und Anna sich wieder selbständig machen werden, und daß sie dann im Regen steht.«

»Ach um Himmels willen, Elena.« Ich stand auf. »Ich muß wirklich weg. Ich zahle schon mal für uns beide.«

»Nein, warte noch, Pam«, sie hielt mich am Sweatshirt fest. »Ich hab' dich noch gar nicht nach Zee und allem gefragt.«

Widerwillig blieb ich stehen. »Sie ist auf Kaution frei, die Verhandlung ist auf Ende nächsten Monat angesetzt, und wir wissen immer noch nicht, wie sie es beweisen wollen«, rapportierte ich knapp.

»Aber sie waren verheiratet.«

»Ich kann mir nicht vorstellen, daß das etwas damit zu tun hat. Sie muß für jemand anderen den Kopf hinhalten, wahrscheinlich für jemanden, der herausgefunden hatte, daß Jeremy ein Informant war. Oder vielleicht für jemand aus seinem eigenen Umfeld, einen anderen Agenten. Ich habe zwar keine Ahnung, wie wir dahinterkommen sollen, aber Hadley und ich versuchen es.«

Elenas Gesichtsausdruck hatte sich verändert. »Dann glaubt ihr also gar nicht, daß Fran etwas damit zu tun hatte«, flüsterte sie vor sich hin.

Ich starrte sie an. Hatte sie deshalb mit Fran Schluß gemacht? Fürchtete sie, daß Fran in Wahrheit Jeremy umgebracht hatte?

Ich beugte mich hinunter und legte den Arm um sie. Ihr Körper war leicht und steif wie ein Styroporbrett. »Ich bin sicher, daß du dir unnötig Sorgen machst, Elena.«

Sie schaute nicht auf. »Jedenfalls danke, Pam.«

Der Morgen war im Eimer. Alle waren schon da, als ich endlich im Betrieb eintrudelte.

»Ich dachte, du wolltest früher kommen und alles vorbereiten«, sagte Hadley.

Ich sagte nichts. Ich hatte nicht die geringste Lust, langatmige Erklärungen über Elena abzugeben. Niemand hatte schließlich je nach ihr gefragt. Und überhaupt, was war da wohl zwischen Hadley und Fran gelaufen? Sowieso war ich womöglich gar keine Lesbe, und das meiste, was Elena gesagt hatte, stimmte höchstwahrscheinlich. Diese Lesben waren wirklich ein verdrehter Haufen, Hadley vielleicht nicht ganz so schlimm, aber wer weiß? Wahrscheinlich würde es sich früher oder später doch noch herausstellen. Keine Frau konnte mit einem Alkoholiker als Vater aufwachsen und reich und lesbisch sein, ohne einen Haufen Probleme zu haben.

Hadley schien über mein Schweigen verärgert. »Mach doch, was du willst«, sagte sie und ging zu Ray, um ihn etwas zu fragen.

»Zoff unter Liebenden?« fragte Penny, wie mir schien mit einem Feixen.

Ich ließ sie einfach stehen.

Lesben waren nicht besser als andere; Lesben waren schreckliche Menschen. Endlich hatte ich begriffen, was Elena mir hatte sagen wollen.

Ich fand sie einen Block von der Trattoria entfernt, sie saß am Steuer ihres Wagens und starrte vor sich hin.

Ich trat zum Seitenfenster und beugte mich hinunter. »Du hast es getan, nicht wahr, Elena? Aber warum?«

Sie schüttelte nur den Kopf, nicht einmal überrascht. Mit einer leichten Bewegung winkte sie mich auf den Nebensitz. »Ich war so wütend, wütender, als ich mir je zugetraut hätte – beinahe außer mir, glaube ich. Ich hab' dir ja gesagt, daß Lesben nicht besser sind als andere.« Sie legte den Kopf aufs Steuer. Ihr Lachen klang unheimlich. »Es war wirklich komisch, als Fran mich sah und dachte, ich sei Jeremy, der B. Violet demoliert – nicht einmal sie hätte sich träumen lassen, daß eine Frau, ihre eigene Geliebte, so etwas tun könnte ...«

»Wovon redest du, Elena?«

»Wovon du auch redest – du weißt es doch! Ich war's, ich hab' B. Violet kaputtgemacht. Ich habe es getan, weil ich zu Fran zurückwollte und weil Hadley für alles bezahlte und Fran Hadley immer noch liebte und ich betrunken war. Ich bin selber eine verdammte Säuferin, und ich habe Angst.«

»Aber ich rede von Jeremy. Du hast Jeremy getötet, du hast ihn umgebracht.«

»Ich war's nicht, ich hab's nicht getan, ich habe ihn gesehen, aber ich hab's nicht getan ...«

Jemand beugte sich über das Auto, ein Schatten fiel auf meine Seite der Windschutzscheib. Elena fuhr zurück und unterdrückte mit Mühe einen Aufschrei. Ich war nicht weniger erschrocken. Dann sah ich, daß es Hadley war. Ich kurbelte die Scheibe herunter.

»Ich wollte euch bloß sagen, daß eure Parkuhr abgelaufen ist«, sagte sie, offenbar wieder besänftigt, »aber Scherze sind wohl im

Moment nicht besonders angebracht... Alles in Ordnung mit euch? Kommst du wieder zur Arbeit, Pam, oder was ist los?«

»Steig ein, Hadley«, sagte ich, »du kannst genausogut mitkommen. Vielleicht ist es sogar besser.«

»In Ordnung«, sagte und glitt auf den Rücksitz. »Ich hatte sowieso keine Lust, an einem so herrlich sonnigen Tag zu arbeiten. Wo geht's hin?«

»Zu Fran.«

»Ich habe Fran nichts mehr zu sagen«, trotzte Elena und wollte nicht losfahren.

»Das macht nichts«, sagte ich, »ich kann das Reden übernehmen.«

»Worum geht's hier überhaupt, Pam?« Hadley beugte sich nach vorn und legte mir die Hand auf die Schulter.

»Hättest du gedacht, daß es Elena war, die B. Violet verwüstet hat?«

»Oh«, Hadley sank in ihren Sitz zurück. »Stimmt, es könnte passen.«

»Es tut mir leid, es tut mir so leid«, heulte Elena. »Es gibt keine Entschuldigung.«

»Weiß Fran es nicht? Fahren wir deshalb zu ihr?« fragte Hadley. Sie klang leicht betäubt.

»Deshalb ... und aus anderen Gründen«, gab ich zurück. »Los, Elena, fahr zu. Es sei denn, du hättest noch ein paar Enthüllungen auf Lager. Zum Beispiel, was du gemeint hast, als du sagtest, du hättest Jeremy gesehen, aber du hättest ihn nicht umgebracht. Wer dann? Es war Fran, stimmt's?«

»Ich weiß nicht, ich weiß nicht«, schluchzte Elena.

»Ich glaube nicht, daß wir vorankommen, wenn du weiter unsere Chauffeurin unter Druck setzt, Pam«, warf Hadley ein.

»Gut, dann fahr du. Oder ich fahre.«

Sie rührte sich nicht.

Wir saßen da wie die Ölgötzen. Nach ein paar Minuten verebbten Elenas Schluchzer. Sie zog den Wagenschlüssel aus der Tasche und steckte ihn ins Zündschloß.

»Du hast recht. Wir müssen Fran fragen, ein für allemal.«

Keine von uns machte eine Bewegung. Ich schwieg. Allmählich schämte ich mich meiner harschen Methoden; was glaubte ich eigentlich, wo ich war? In irgendeinem albernen Fernsehkrimi?

»Erzähl uns doch einfach, was passiert ist, Elena«, schlug

Hadley freundlich vor. »Nur das, was du uns erzählen möchtest, nicht mehr. Wie es dir richtig erscheint.«

»Es ist alles so konfus«, Elena war jetzt ruhiger, aber ihre Stimme bebte immer noch. »Ich kann nicht erwarten, daß mir noch irgendein Mensch glaubt, nicht nach allem, was ich getan habe.«

Hadley strich ihr besänftigend über die Schulter. »Ich weiß, ich weiß. Aber versuch's einfach, Elena. Wir verurteilen dich bestimmt nicht.«

Das stimmte zwar nicht, aber ich ließ es so stehen. Meine Augen wichen Hadleys Blick aus.

»Also, nach dem Meeting wegen der Fusion und nach dem Fiasko in der Bar setzte Pam mich zu Hause ab. Ich versuchte mich zu beruhigen, aber ich wurde immer wütender. Schließlich ging ich zu Frans Wohnung, aber sie war nicht da. Die ganze Zeit grübelte ich über die Idee mit der Fusion nach und daß sie möglicherweise doch nicht so gut war... Es war Frans Einfall gewesen, aber sie hatte ja gar keinen richtigen Einblick in die Situation bei Best... und Fran und ich hatten davor diesen blödsinnigen Streit, und sie hat gesagt, daß sie immer noch in dich verliebt ist, Hadley, und dabei hab' ich herausgefunden, daß du die ganze Ausstattung von B. Violet finanziert hast... Die ganze Zeit trank ich – mein Gott, ihr habt keinen blassen Schimmer von meinen Alkoholexzessen, von Frans Trinkerei. Ich konnte mich nie wie sie in einer Bar vollaufen lassen, dafür war ich zu fein. Aber ich kann mich ohne weiteres in aller Stille betrinken, zu Hause... Und diese Idee ging mir nicht aus dem Kopf, und plötzlich war ich auf dem Weg zu B. Violet und fing an, die Einrichtung zu zerdeppern. Je mehr ich kaputtschlug, desto besser ging's mir. Ich kann es nicht erklären, ich habe nie etwas Ähnliches empfunden, so eine blinde Zerstörungswut. Es kam mir nicht einmal in den Sinn, daß ich ja erwischt werden könnte. Das nächste, was ich weiß, ist, daß Fran plötzlich in der Tür stand und ›Jeremy‹ brüllte, und dann sackte sie irgendwie vornüber. Offenbar hielt sie mich für Jeremy. Ich hatte mehr Glück als Verstand. Ich fürchtete, sie könnte sich etwas getan haben und ging zu ihr, aber sie war einfach nur eingeschlafen ... Sie hatte sich ein bißchen an einer Glasscherbe geschnitten. Irgendwie war damit alles vorbei. Ich schaute um mich und sah das ganze schreckliche Chaos und begriff nicht, was ich getan hatte. Überhaupt nicht.«

Hadley streichelte immer noch Elenas Schulter. Ich brachte es nicht fertig, irgendeine tröstliche Geste zu machen. Widerwillen schnürte mir die Kehle zu. An der Geschichte war zu vieles, was ich nicht einfach so schlucken konnte. Ich klammerte mich zunächst an den entscheidenden Punkt – Fran hatte Elena mit Jeremy verwechselt. Der Schlüssel lag also doch in dieser Verwechslung. Allerdings nicht darin, daß Fran den toten Jeremy für Elena gehalten hatte, sondern darin, daß Fran die lebende Elena für Jeremy hielt.

»Was dann passiert ist, ist am schwersten zu erzählen«, sagte Elena. »Die ganze Woche hätte ich es so gern jemandem gesagt, aber ich wußte einfach nicht, wie. Es ging nicht, ohne daß ich zugab, was ich bei B. Violet angestellt hatte.« Sie machte eine Pause, dann sprach sie weiter. »Ich saß da, mitten in all den Scherben. Fran hatte die Tür offenstehen lassen, und plötzlich standen Jeremy und Zee da und starrten mich an.«

Hadley und ich waren zu perplex, um etwas zu sagen. Elena fuhr fort: »Ich erzählte ihnen, ich sei selbst eben erst gekommen und hätte alles so vorgefunden. Ich sagte, meiner Ansicht nach hätte Fran das im Suff getan und dann das Bewußtsein verloren. Ich beruhigte sie, daß mit Fran alles in Ordnung sei, sie sei nur vom Alkohol weggetreten. Ich weiß noch, daß Zee zu ihr hinüberging, ein Augenlid hochzog und ihr den Puls fühlte. Sie meinte, ich sollte sie lieber nach Hause bringen. Jeremy stand die ganze Zeit nur da und schüttelte den Kopf.«

»Aber was hatten sie dort zu suchen?« fragte Hadley.

»Sie waren nur so vorbeigekommen, es war einfach Pech«, sagte Elena. »Aber am nächsten Tag kam es noch schlimmer. Ich hatte Fran schließlich einfach liegenlassen, weil ich sie nicht wachbekam und nicht die Kraft hatte, sie hochzuheben. Also ging ich nach Hause und kam später zurück. Den Rest kennt ihr.

Ich hab' alle angerufen und so getan, als wüßte ich von nichts. Dann war Fran verschwunden, wie ihr wißt...aber später am Nachmittag klingelte das Telefon. Es war Jeremy. Er sagte, er und Zee würden nichts davon sagen, daß Fran den Betrieb verwüstet hatte und daß ich dort gewesen sei – sowas könnte vorkommen und sie wollten uns keine Steine in den Weg legen, wegen der Versicherung. Alles, was ich zu tun hätte, sei, am selben Abend um acht zu Best zu kommen und ihnen hundert Dollar zu geben, dann sei die ganze Sache vergessen...«

»Scheiße«, sagte ich. War Zee womöglich auch eine Erpresserin?

»Bist du hingegangen?« fragte Hadley.

Elena nickte. Sie neigte das Gesicht tief über das Steuer. »Ich hatte nicht das ganze Geld, nur Fünfzig, aber ich hoffte, daß es reichen würde. Eigentlich wollte ich nicht gehen, ich wollte Fran finden und ihr alles erklären. Ich dachte, wenn ich es ihr erklären könnte, könnte ich es auch allen anderen erklären, aber ich konnte sie nirgends finden, und da dachte ich, ich müßte gehen... es war kurz nach acht, als ich hinkam. Die Tür war zu, und das rote Lämpchen über der Dunkelkammer blinkte. Ich ging rein, und da lag er, tot.«

»Zee war nicht da?«

»Nein. Da war niemand. Ich rannte bloß weg. Ich hatte schreckliche Angst, daß Fran etwas damit zu tun hatte.« Sie brach ab und sagte dann ohne den Kopf zu heben: »Eigentlich hab' ich die immer noch.«

»Na gut«, sagte Hadley, »dann sollten wir sie, glaube ich, wirklich fragen.«

Fran öffnete uns die Tür in einem dunkelblauen Herren-Hausmantel, der ihre üppige Gestalt auf eine luxuriöse Art zur Geltung brachte, die ihr in ihren Flanellhemden und Jeans völlig abging. Die weiße Strähne in ihrem schwarzen Haar kräuselte sich über der glatten Stirn wie Gischt; die braunen Augen blickten klarer, als ich sie je gesehen hatte.

»Na wenn das nicht unser berühmtes Detektivinnen-Duo mit der jüngsten Verdächtigen ist – oder handelt es sich um eine Zeugin?« sagte sie jovial. »Soll ich vielleicht zu meiner Aussage befragt werden? Nur herein.«

Das war ganz und gar nicht die Reaktion, die ich erwartet hatte. Hadley und Elena sagten nichts, und ich kam mir allmählich ziemlich dumm vor. Da standen wir nun auf mein Betreiben hin um halb zehn Uhr morgens in Frans Wohnung. Was hatte ich hier eigentlich herausfinden wollen, und vor allem wie?

Wir gingen hinein. Trotz Hadleys Bericht über Frans heimliche Neigung zur Schöngeisterei war die Wohnung eine Überraschung für mich. Unzählige Bücher, Reihe um Reihe an einer breiten Wand. Auf dem glänzenden Parkett ein alter Perser, in der Ecke eine riesige Stereoanlage, flankiert von Fotografien und mehreren kleinen Originalgemälden, frische Blumen auf dem Tisch. Ich hatte Ramsch erwartet, aber es gab keinen, ich war sicher gewesen, überall Zeugnisse eines schlechten Geschmacks zu finden – Plastik, Plüsch, Lesbenkitsch. Doch nichts von alldem.

Fran musterte mich amüsiert, als ob sie genau wüßte, was in mir vorging. »Kaffee?« fragte sie und ging, um welchen zu machen.

Wir waren alle etwas eingeschüchtert. Elenas Verzweiflung schien mittlerweile in Katzenjammer umzuschlagen. Sie verkroch sich in einen Sessel und vergrub das Gesicht in den Händen.

»Hab' ich dir nicht gesagt, daß Fran es wunderschön hat?« versuchte Hadley Konversation zu machen. »Sie hat die ganzen Fotos selbst gemacht. Sind sie nicht gut?«

»Ja, großartig.« Ich wollte mehr sagen, irgendetwas Treffendes, Geistreiches, aber ich war zu nervös. Fran übte eine geheimnisvolle Macht aus – über die beiden anderen, über mich –, hinter die ich noch nicht so ganz gekommen war. Ich wußte nur, daß sie ekelhaft sein konnte, aber auch äußerst beredt. Sie konnte die Kontrolle über sich verlieren und offensichtlich auch gesittet und und elegant auftreten. Sie war verletzlich, und wahrscheinlich konnte sie auch ziemlich gewalttätig sein.

Die Unberechenbaren üben immer stärkeren Einfluß aus als

die, die sich erwartungsgemäß verhalten. Das mußte ich mir im Umgang mit Fran vor Augen halten.

Meine laue Antwort schien Hadley zu enttäuschen. Was hatte sie erwartet? Ich war schließlich nicht hier, um Frans Fotografien zu bewundern, sondern damit sie gestand, was sie mit Jeremy gemacht hatte. Hadley sollte mir lieber dabei zur Seite stehen, statt sich als Frans Kunstagentin aufzuspielen. Ob meine neue Verliebtheit schon wieder abkühlte?

Fran kam wieder in den Raum gewallt wie eine üppige Bordellvorsteherin, in den Armen ein Tablett mit Tassen und einer Kaffeekanne. Eins mußte ich zugeben – seit ich mit Hadley zusammen war, hatte ich angefangen, Frauenkörper wirklich bewußt wahrzunehmen oder vielmehr, mir einzugestehen, daß ich sie wahrnahm. Frans junonische Figur erinnerte an ein verschwenderisch ausgestattetes viktorianisches Lotterbett mit schwellenden Samtkissen. Daß sie mit dem Tablett zu Hadley hinüberging und daß Hadley mit ihrem halben Lächeln in das tiefe V ihres großzügigen Dekolletés äugte, als Fran sich vorbeugte, machte die Sache nicht besser.

Ich stellte fest, daß ich doch noch in Hadley verliebt war.

Elena hatte angefangen zu zucken und zu zittern, ob vor Eifersucht oder Scham war schwer zu sagen. Ihr weiches Gesicht war von Emotionen zerknittert, als habe sie auf einem Kissen aus Roßhaar und Nesseln gelegen. Tiefeingegrabenes Elend um die Augen, Abdrücke von Kummer und Ärger auf der Stirn und um den Mund zwei lange, bittere Linien wie schmerzliche Klammern.

»Es war nicht Jeremy, den du in der Nacht bei B. Violet gesehen hast«, sagte sie heiser. »Du weißt offenbar nicht, wie ich aussehe, wenn dir ein solcher Irrtum unterlaufen konnte.«

Frans Bewegungen blieben beherrscht. Sie stellte sorgsam das Tablett ab und wandte sich dann Elena zu.

»Du? ... Du? Du?« sagte sie im Ton wachsenden Unglaubens.

Elena wurde hysterisch, doch zugleich schrumpfte sie in ihrem Sessel zu einem jämmerlichen Knäuel. »Du hast dir nie was aus mir gemacht, du wolltest bloß eine Saufkumpanin, weil Hadley da nicht mitmachte. Du hast mich dazu gebracht, mit dir zu trinken, und alles kaputtgemacht. Ich bin nicht schuld. Du hättest mir nicht von Hadley erzählen sollen, und daß sie dir die Ausrüstung gekauft hat, das war nicht fair. Ich wußte nicht, daß ich so wütend werden konnte. Ich war noch nie so außer mir.«

Einen Augenblick lang sah Fran aus wie ein großer blauer Bär, der dabei ist, eine Mücke zu zertreten, aber plötzlich strich sie Elena sanft über Kopf und Gesicht. Ihre Stimme war weich und voller Mitgefühl.

»Du hast recht, Elena, ich hab' Mist gebaut, und es tut mir leid. Das mit B. Violet macht nichts, wirklich. Vor ein paar Tagen hab' ich dich gefragt, ob du mit mir zu AA gehen willst. Ich frage dich noch einmal ... Möchtest du dich nicht auch ändern?«

Elena schluchzte nur.

Ich dachte an das erste Mal, als ich Elena gesehen hatte, lange vor ihrer Zeit bei Best. Es war auf einer Veranstaltung zum Thema Abtreibung, Elena sprach aber auch über die Rechte von Lesben. An einem kalten Märztag stand sie auf dem Podium in Westlake Mall, in Jeans und einem lavendelblauen Sweatshirt, eine Baskenmütze auf den blonden Locken. Sie strahlte förmlich vor Gesundheit, Kraft und gerechtem Zorn; ihre helle Stimme drang mit der Überzeugungskraft einer Evangelistin durch die Menge, und am Ende ihrer Ansprache hob sie die Arme mit dem Siegeszeichen, eine dunkle Silhouette vor der Rückwand von Bartell's Drugs, und rief: »Wir werden es schaffen!«

Die Szene in Frans Wohnzimmer war zu dramatisch, um direkt intim zu sein, aber sie verfehlte doch nicht ihre Wirkung. Fran stand in ihrer dunkelblauben Robe da wie eine lesbische Heilige, streichelte eine gefallene Schwester und verhieß ihr die Rettung: Wie konnte ich in einen solchen Augenblick mit der Beschuldigung hineinplatzen, daß es völlig gleichgültig war, ob das bei B. Violet Elena oder Jeremy gewesen war. Entscheidend war, daß Fran *gedacht* hatte, Jeremy sei der Saboteur, und daß sie ihn deshalb um die Ecke gebracht hatte.

Ich warf Hadley einen Blick zu, sie war offensichtlich bewegt. Sie hatte Fran nie verdächtigt, nie, und würde es auch nie tun.

Auf einmal merkte ich, daß ich sie auch nicht mehr verdächtigte. Es paßte einfach nicht, ich konnte es mir nicht vorstellen. Ich grübelte wieder über Elenas Worte vorhin im Auto nach, und langsam dämmerte mir die Wahrheit. Sie war niederschmetternd.

»Komm, Elena«, drängte Fran, »ich nehme dich heute abend mit zu AA. Du wirst staunen, wen du dort alles triffst. Es ist das reinste Familientreffen.«

Elena kämpfte sich aus ihrem Sessel hoch, und einen Augenblick lang dachte ich, sie wolle vor Frans weichbeschuhten Füßen niederknien. Statt dessen versetzte sie ihrer einstigen Geliebten einen kräftigen Tritt vors Schienbein.

»Ganz gleich, was ich tun werde, um mein Leben zu ändern, ich werde es tun, weil *ich* es will. Du wirst mich nie mehr zu etwas mitschleifen. Es ist *mein* Leben, verdammt nochmal! Geh mir aus dem Weg!«

Und in einem wilden Energieausbruch stürmte Elena aus dem Raum und aus der Wohnung. Ich gratulierte ihr im Stillen.

Nach einem Augenblick des Schweigens sagte Hadley: »Seit wann wußtest du, daß ich Margaret das Geld gegeben habe, Fran?«

Fran wirkte etwas geknickt. Sie rieb sich das Bein und sank in Elenas Sessel. »Noch nicht lange. Margaret hat es mir erzählt, als ich von der Fusion mit Best sprach. Ich weiß nicht, was sie damit bezweckt hat, eigentlich hat sie damit ja ihre eigene Position untergraben. Du weißt doch, sie hatte im Kollektiv immer einen gewissen Nimbus, als diejenige, die Tausende von Dollars eingebracht hatte. Ich hätte mir denken können, daß du es warst, Had. Du warst immer dermaßen unerbittlich darauf bedacht, B. Violet nur ja nichts zu geben.«

Ein bitterer, komplizinnenhafter Blick flog zwischen den beiden hin und her. Hadley biß sich auf die Lippen, aber Fran sagte: »Es macht jetzt nichts mehr... es ist sowieso alles hin. Ich weiß nicht, ob wir es geschafft hätten...«

»Wenn du nicht wieder angefangen hättest zu trinken«, konnte Hadley sich nicht verkneifen zu sagen.

»Und wenn du nicht die ganze Zeit so verdammt moralistisch gewesen wärst. Scheiße, deine Vorstellung von einem tollen Abend erschöpft sich in einem Sojaburger und einem Glas Milch. Wo du jeden Abend Filet Mignon essen könntest.«

»Ich mag kein Filet Mignon«, sagte Hadley stur, aber in ihrer Stimme klang schon ein Lachen mit.

»Ach, vergisses. Du hast jetzt jemand anders« – in dem Blick, den Fran mir zuwarf, lag großmütiger Spott – »das ist Schnee von gestern ... Übrigens muß ich die ganze Zeit den Ohrring anschauen, den du da trägst. Hat er Jeremy gehört?«

»So ähnlich.«

»Weil ich auch so einen gefunden habe.«

»Wo?« Hadley war plötzlich hellwach.

»Es ist komisch, ich weiß nicht wo. Er steckte an meinem Pullover, als ob er sich irgendwie verhakt hätte. Ich konnte mir nicht vorstellen, wo er herkommt. Möchtest du ihn vielleicht? Würde dir stehen. Paßt genau zu deinen Augen.«

Eifrig ging sie ihn holen. Unvermittelt sah ich Fran vor mir, wie sie sich über Jeremy warf, weil sie dachte, er sei Elena. Hatte sich der Ohrring dabei in ihrem Pullover verfangen?

»Entschuldige mich eine Minute«, sagte Hadley, stand auf und folgte Fran ins Schlafzimmer. Dort blieben sie ungemütlich lange, und als sie wieder herauskamen, trug Fran ihre normalen, strapazierfähigen Lesbenklamotten und schaute für meinen Geschmack viel zu selbstgefällig drein.

Hadley sah mich nicht an.

31

Fran setzte Hadley und mich bei Best Printing ab. Ray und Penny waren offenbar übereingekommen, kein Wort über unsere Abwesenheit zu verlieren. Mir war das sowieso egal, ich fühlte mich ziemlich mies. Die Art, wie Fran Hadley zum Abschied geküßt hatte, war ein Schlag ins Gesicht gewesen.

Nachmittags fragte ich Hadley, was sie mit den Ohrringen vorhatte. Sie sagte es mir. Daraufhin erklärte ich ihr, wie ich es mir gedacht hatte.

»Du hast recht, das ist viel besser«, sagte sie. »Dramatischer.«

Zu diesem Zeitpunkt war ich ziemlich sicher, daß ich sie an Fran verloren hatte, konnte meine Gedanken aber nicht davon abbringen, ständig schmerzhaft um diesen Punkt zu kreisen. Als sie ging, umarmte sie mich fest. Das machte mich wieder etwas zuversichtlicher.

»Also, bis später dann.« Sie zwinkerte mit einem ihrer leuchtenden Türkisaugen.

Nach dem Essen erklärte ich Penny, ich wollte Zee besuchen und sehen, wie es ihr ging.

»Ich sollte eigentlich mitkommen«, sagte Penny, »aber ich bin einfach zu erschossen.« Sie lag mit einem Stapel Comics auf dem Sofa, das Stachelhaar starrte in sämtliche Richtungen, und ihre riesige, rotgefaßte Brille war ihr auf die Nasenspitze gerutscht. Zuneigung stieg in mir auf, und Trauer.

»Kommt Ray nachher noch?«

»Nö. Ich will mal einen Abend für mich sein. Ich bin bloß froh, daß Sam und Jude im Kino sind.«

Ich hatte eigentlich nicht vorgehabt, es so zwischen Tür und Angel zu sagen, aber es rutschte mir einfach heraus.

»Ich werde vielleicht ausziehen, Penny. Mir eine eigene Wohnung suchen.«

Sie warf mir über ihr Comic-Heft einen Blick zu. »Ist es wegen Ray? Wir brauchen nicht hierherzukommen, wenn du nicht willst.«

»Nein ... Es ist mehr ... Hast du dir schon mal klargemacht, daß wir jetzt beinahe fünfundzwanzig Jahre in diesem Haus wohnen? Ich habe nie allein gelebt, meine eigene Wohnung gehabt. Unter anderem bin ich einfach neugierig, was für einen Ort ich mir zum Wohnen aussuchen würde, wenn ich die Wahl hätte.«

»Wir sollten lieber Sam zum Ausziehen bringen, ehrlich. Er ist manchmal wirklich dermaßen lästig.« Sie sah mich plötzlich an, als ob ihr jetzt erst ganz aufging, was ich gesagt hatte. »Ist es wegen Hadley? Du fühlst dich nicht wohl, wenn du sie hierher mitbringst?«

»Es ist nicht bloß Hadley ... Wenn ich eine Lesbe bin, und ich bin eine, Penny, dann wird mein Leben ganz anders werden. Das muß es einfach. Ich muß herausfinden ... was das alles bedeutet.«

Im stillen fuhr ich fort, und ich werde es nie herausfinden, solange ich hier lebe, mit zwei Paaren und Sam, der nie ein aufmunterndes Wort rauskriegt, und Jude, die dafür zu viel redet, und dir und mir, die wir uns einfach zu gut kennen. Auch wenn ich nicht bei Hadley bleibe, auch wenn nichts daraus wird.

Penny nickte. Sie verstand mich besser, als ich dachte. »Wir sind ganz normale Zwillinge, weißt du«, sagte sie, »keine siamesischen.« Sie strich mit der Hand über ihren Hinterkopf. »Trotzdem tut es irgendwie weh.«

»Ja«, sagte ich, »muß es wohl auch.«

Zee kam selbst an die Tür, als ich klopfte.

»Ach, du bist es, Pam«, sagte sie ein wenig zu laut. »Komm rein.«

Wen immer sie gewarnt hatte, er verschwand gerade um die Flurecke, als ich hereinkam. Ich dachte, ich hätte einen flüchtigen Blick auf Bennys dunklen Kopf erhascht, aber ich war nicht ganz sicher.

»Ich wollte nur mal sehen, wie's dir geht«, sagte ich und setzte mich.

»Tee? Oder hättest du lieber einen Drink? Meine Tante arbeitet heute abend. Sie kann also nicht die Stirn runzeln, wenn wir ihren teuren Scotch trinken.«

»Einen kleinen.« Wieso war Zee so aufgedreht? Ich bezweifelte stark, daß es etwas mit dem Vergnügen meiner Gesellschaft zu tun hatte. Worüber hatten sie und Benny geredet?

Zee holte Eiswürfel und die Chivas-Flasche und stellte sie vor uns auf den Tisch. Sie war wieder herausgeputzt wie immer: Designer-Jeans, hohe Hacken, königsblaue Seidenbluse. Sechs Goldketten schlangen sich um ihren schlanken Hals, passend zu den goldenen Ohrringen und goldenen Ringen. Ihr schweres schwarzes Haar hing wie eine dichte Wolke um das zarte Gesicht. Sie sah der Frau, dir mir oben auf unserem Dachboden eine Vorlesung über die Philippinen gehalten hatte, nicht besonders ähnlich, und aus vielerlei Gründen enttäuschte mich das.

»Alle lassen dich grüßen – Penny, Ray...« Ich hielt inne. Waren es wirklich alle? »Hast du was von June gehört, seit sie nach Oakland gefahren ist?« fragte ich. »Nein? Na ja, wahrscheinlich ist sie voll beschäftigt und es geht ihr gut.«

Ich nippte an meinem Scotch, während ich mir das Hirn nach weiteren Gesprächsthemen zermarterte. Warum störte mich Zees äußere Erscheinung heute abend bloß so? Noch vor ein paar Tagen hatte ich mich ihr wirklich nahe gefühlt und gedacht, wir könnten Freundinnen werden. Und jetzt?

»Ich hab' gehört, Benny und Carlos waren bei dir«, sagte Zee.

»Ja.« Ich war auf der Hut. Ich hatte keine Lust, von Benny zu reden, wenn er mithören konnte. Aber was hatte sie überhaupt mit ihm zu schaffen? Carlos war viel netter. Benny hatte Verbrecheraugen.

»Du hast ihnen die Zeitungsausschnitte gezeigt.«

»Ja.«

»Jeremy hat uns also wirklich ausspioniert.« Sie sagte es ganz sachlich. »Er hat Amados Tod zu verantworten.«

Ich nickte. Wollte sie behaupten, daß Benny es getan hatte? Würde Benny plötzlich mit einer Waffe in der Hand in der Tür auftauchen und mich niederschießen, weil ich zuviel wußte?

»Es ist komisch«, sagte ich endlich. »Wieviele Leute ich bei diesem Fall schon verdächtigt habe. Zuerst Margaret und Anna. Es konnte einfach kein Zufall sein, daß der Mord unmittelbar nach dem Sabotageakt bei B. Violet passierte. Dann dachte ich lange, daß Fran es getan hätte. Sie hatte Jeremy bei B. Violet gesehen oder vielmehr geglaubt, ihn zu sehen. Sie war betrunken genug, um ihn aus Rache umzubringen und sich dann eine wilde Geschichte über Jeremy als Undercover-Agent auszudenken. Erst hielt ich das für komplett verrückt und dachte, Jeremy hätte einfach nur einen Drogendeal durchgezogen. Was er ja letztlich auch getan hat. Aber mit Benny und Carlos, und es ging um Menschenleben. Fran hat nur eine Vermutung ausgesprochen, aber wie sich herausstellte, hatte sie recht. Jeremy war ein Agent – er hatte Kontakte zu Filippinos, kannte Namen, bestimmte Fälle, wußte genug, um Leute zu erpressen. Darüber verlor ich die Sabotage bei B. Violet ganz aus den Augen, die hatte mich ja nur von der Spur des richtigen Mörders abgebracht, des offensichtlichen Mörders, der ein durchaus verständliches Motiv besaß. Nein, dachte ich, die Zerstörung einer Frauen-Setzerei konnte nichts mit Jeremys Ermordung zu tun haben. Aber ich hatte unrecht«, ich machte eine Pause, aber Zee sagte nichts. Sie starrte auf ihre karminrot lackierten Fingernägel. Ihren Drink hatte sie nicht angerührt. Die Erregung, die bei meiner Ankunft an ihr zu spüren gewesen war, war verschwunden. Sie saß ganz ruhig da, abwartend.

»Es gibt nur eine Person, die die beiden Ereignisse miteinander verbindet, nur eine Person, die an beiden Orten war, nur eine Person, die wirklich offensichtlich verdächtig ist.«

»Na ja, so offensichtlich vielleicht auch wieder nicht«, sagte June, die plötzlich in der Tür stand.

Sie kam herein, setzte sich neben Zee und goß sich einen Drink ein.

»Seit wann bist du zurück?« fragte ich.

»Ich war nie weg. Wie kommt ihr eigentlich darauf, ich hätte das Geld, nach Oakland zu fahren, wo mein Auto dringend repariert werden muß und meine Kinder zum Zahnarzt müssen. Das ist typisch für euch. Da versucht ihr, mich zu schützen, sagt gönnerhaft, verschwinde von hier, Mädchen, bevor du in die Zeitung kommst, aber ihr kommt nicht auf die Idee, mal nachzufragen, *wie* ich verdammt noch mal wegkommen soll. Nix da, ich bin hiergeblieben und hab' die Dinge im Auge behalten.«

»Du wirst mir doch nicht erzählen wollen, daß du Jeremy umgebracht hast, June? Ich würde es dir nicht glauben.«

June stand schon wieder, ihren Drink in der Hand. Sie begann im Zimmer herumzuschlendern. Es wirkte irgendwie bedrohlich. Ihre dunkle Haut schimmerte in der indirekten Beleuchtung. »Und warum zum Teufel sollte ich Jeremy nicht umbringen? Selbst wenn ich jetzt an ihn denke, könnte ich ihn ermorden. Hast du eine Ahnung, zu was er mich gebracht hat? Er hat mich für seine Pläne eingespannt wie alle anderen, dich auch. Er hat das ganze verdammte Kollektiv um seinen kleinen Finger gewickelt, und ihr wußtet es nicht mal. Wer, denkst du, hat das ganze Zeug für ihn gedruckt? Wer war die ganze Nacht auf und bediente die Presse für Klein-Jeremys Projekte?«

Sie schlug gegen ihre schmale Brust. »Diese Idiotin hier, diese Idiotin, die nicht den geringsten Verdacht hatte und einfach glaubte, ihrem Freund einen Gefallen zu tun. Aber ihr weißen Mädels seid ja noch größere Idiotinnen. Ihr seid ja so liberal, daß ihr die halbe Zeit mit Blindheit geschlagen seid. O nein, June kann es nicht getan haben, June ist doch unsere beste Freundin. Natürlich, stimmt schon, da ist die schreckliche Tragödie mit ihrem Mann, aber sie hat es nicht getan, sie hat Jeremy nicht umgebracht.

Und dann spaziert ihr herum und spielt Detektiv, du und diese Hadley, deutet mit dem Finger hierhin und dorthin. Ihr versteckt Zee vielleicht, o ja, aber ihr gebt sie auch sofort brav wieder heraus, als es soweit ist. Ihr sagt, wir werden die Wahrheit schon rausfinden, und du, June, schieb' gefälligst ab nach Kalifornien. Wir können dich hier nicht brauchen. Es gibt nur Komplikationen, wenn du da bist. Ihr gebt groß an, und dann versteift ihr euch plötzlich wieder auf Zee, ohne den geringsten Beweis.«

»Du kannst sagen, was du willst«, sagte ich. »Ich weiß, daß du's nicht warst. Ich weiß es. Ich weiß es.«

»Warum bist du so blind, Mädchen? Sperr doch die Augen auf. Der Mann hat mich beschissen behandelt, also hab' ich ihn abgeknallt. So läuft's doch immer, oder?«

»Wenn du ihn wirklich getötet hast, warum hast du dich dann noch nicht gestellt?«

»Nicht, weil ich euch den Spaß lassen wollte, mich zu entlarven – ihr wart bloß zu dumm dazu –, sondern«, sie schwieg einen Augenblick, »weil ich echt keine Lust hab', in den Knast zu gehen.«

Zee hatte die ganze Zeit nichts gesagt. »Ja, es gibt angenehmere Orte«, warf sie jetzt ein, ruhig und beiläufig wie eine Bemerkung über das Wetter.

Ich wußte nicht recht weiter. Wieso war das Ganze überhaupt so wichtig? Was machte es schon, ob Zee es getan hatte oder June, wie sie plötzlich behauptete? Jeremy war gefährlich gewesen, keiner vermißte ihn außer seiner Familie, die ihn nur noch vage in Erinnerung hatte, wie er mit sieben oder acht Jahren gewesen war, blond, lieb, auf einem Mietpferd.

»June, glaubst du wirklich, daß ich so liberal bin? Daß ich dich nur deshalb nicht verdächtigt habe?«

»Du bist so liberal, Schätzchen, daß du nicht mal mehr merkst, wie liberal du bist. Es vernebelt dir wirklich den Verstand.« Sie ließ sich aufs Sofa fallen, als sei sie auf einmal erschöpft. »Obwohl jetzt, wo du eine Lesbe bist, vielleicht noch Hoffung für dich besteht.«

Zee sagte immer noch nichts. Sie fischte einen der Eiswürfel aus ihrem Drink und lutschte daran wie ein trauriges Kind, das versucht, die Zeit herumzubringen.

Es war, als ob keine von uns mehr wußte, was sie noch tun oder sagen sollte.

Da klingelte es an der Tür. Es war Hadley.

32

Eigentlich hätte sie einen großen Auftritt haben sollen; so hatten wir es geplant. Aber keine von uns dreien nahm Notiz von ihr.

Hadley setzte sich und sah fragend von mir zu Zee und June, wie wir starr und wortlos dasaßen. »Na gut«, meinte sie schließlich, »und wie war Kalifornien?«

»Da war dieses große Erdbeben, unmittelbar, bevor ich hinkam. Alles war weg, eine Tragödie. Habt ihr nichts davon gehört? Komisch. Hier muß wohl zuviel passiert sein.«

»Hmhm«, sagte Hadley, »es war ganz schön hektisch.«

Wieder Schweigen. Dann sagte Zee leise: »Du trägst meine Ohrringe, Hadley.«

Wenn ich noch irgendwelche Zweifel im Blick auf June gehabt hätte, wären sie jetzt verschwunden. Sie hatte offensichtlich nicht die blasseste Ahnung, was vorging, während Zee sofort zu begreifen schien, daß alles vorüber war.

»Benny hat mir erzählt, daß du einen gefunden hast ... Ich hatte gehofft, ihr würdet denken, daß er Jeremy gehört hat.« Sie brach ab und seufzte. »Ich war in Jeremys Wohnung und hab' nach einer Heiratsurkunde gesucht. Ich dachte hinterher, es wäre am besten, das Papier aufzutreiben und loszuwerden, aber ich konnte es nicht finden ... Ich hatte vorher, in der Dunkelkammer, einen Ohrring verloren. Ich dachte, wenn ich den anderen in Jeremys Bad lege, denken sie, er gehört auch ihm ... Aber ihr habt beide gefunden ...«

»Du brauchst ihnen überhaupt nichts erzählen«, unterbrach June sie. »Ich hab' dir gesagt, wir finden einen Weg. Sie sind nicht die Bullen, du brauchst ihnen nichts zu sagen.«

»Ich weiß«, sagte Zee. »Ich glaube, gerade deswegen möchte ich es ihnen erzählen. Ich möchte, daß sie es verstehen.« Ihre schwarzen Augen suchten kurz die meinen und schauten dann weg. Sie hatte mir vertraut, und ich hatte versucht, sie in eine Falle zu locken. Wir beide, Hadley und ich, hatten es versucht.

Sie seufzte wieder. »Okay, wo soll ich anfangen? Wir wußten, daß er ein Agent war, aber wir konnten nichts machen. Wir wußten es seit ein paar Wochen, seit Amados Ermordung. Es war, wie du zu Benny gesagt hast. Er kam und sagte, wenn ihr nicht wollt, daß das nochmal passiert, dann bezahlt. Und wir haben gezahlt, mit Dope, mit Geld, wir zahlten und zahlten. Ich wollte mit den Dokumenten nicht weitermachen, aber er... er hat mich dazu gebracht. An dem Abend gingen wir zu B. Violet. Jeremy sagte, er wollte sich ihre Ausrüstung mal ansehen, falls wir wirklich fusionieren würden, ob wir sie auch für unsere Arbeit brauchen könnten.

Elena war dort, sie sah aus wie eine Wahnsinnige. Natürlich hatte sie die Einrichtung demoliert, es war ihr anzusehen. Aber sie tat so, als sei es Fran gewesen, und wir taten so, als ob wir ihr glaubten. Und dann sagt Jeremy, er will sie erpressen. Er fand es witzig, ihr hättet ihn lachen hören sollen. Er zog darüber her, wie sie sich immer bei den Meetings aufspielt, und jetzt sei sie dran. Ich hörte, wie er sie anrief und ihr sagte, daß sie dann und dann in die Dunkelkammer kommen sollte. Ich beschloß, ebenfalls hinzugehen, ich wollte es ihm ausreden. Ihr müßt wissen – Jeremy hatte eine Pistole. Er trug sie immer mit sich herum. Er hatte sie in seiner Jackentasche. Sie war ziemlich klein. Ich weiß nicht, was für eine es war, ich habe vorher nie eine Pistole in der Hand gehabt. An dem Abend ging ich hin, vor acht. Ich versuche also, mit ihm zu reden. Er meint, er hat Elena gesagt, sie sollte ihm hundert Dollar bringen, aber vielleicht läßt er sie auch gar nicht bezahlen. Er meint, wenn sie mit ihm fickt, vergißt er das Ganze. Er hätte noch nie mit einer Lesbe gebumst. Er beschrieb mir in allen Einzelheiten, was er mit ihr machen wollte ... ich will das jetzt nicht so genau ... jedenfalls da, ich weiß auch nicht, da nahm ich die Pistole – seine Jacke hing am Haken hinter der Tür –, ich nahm sie und schoß. Ich kannte mich nicht aus mit Pistolen, wie man schießt. Ich dachte in dem Augenblick überhaupt nichts, ich wußte überhaupt nichts. Jedenfalls fiel er hin und dann war es vorbei. Ich rannte weg. Ich hatte die Pistole immer noch in der

Hand. Es war niemand zu sehen, niemand kam heraus und sah nach.

Wie im Traum hab' ich die Pistole in meine Jeans gesteckt und bin zur Fähre gelaufen. Ich wartete ein bißchen, und dann setzte ich über nach Winslow. Unterwegs warf ich die Pistole ins Wasser. Sie fiel, ich sah, wie sie versank, sie werden sie nie finden.«

»Jetzt liegt es an euch«, sagte June. »Auf welcher Seite steht ihr? Werdet ihr sie verraten?«

»Wie lange weißt du es schon?« fragte ich sie.

»Ich kam gestern her, ich war völlig von der Rolle. Eigentlich hätte ich in Oakland sein sollen, aber ich wollte unbedingt die Wahrheit wissen. Wie konnte Zee mit dem Scheißkerl verheiratet sein, wenn der gleichzeitig mit mir zusammen war?«

»Wir haben geredet«, sagte Zee. »Wir hatten einiges gemeinsam, was Jeremy anging. Ich erzählte ihr, was er mir angetan hatte und allen anderen.«

»Er hat diese Erpresserscheiße noch nicht an mir ausprobiert«, sagte June, »aber es war wahrscheinlich bloß eine Frage der Zeit. Er war krank.«

»Ich wußte, daß er krank war«, sagte Zee. »Er hatte ein krankhaftes Verhältnis zu Filippinos. Er haßte uns, ich weiß nicht, warum.«

»Jeremy hat wohl eine ganze Menge Leute gehaßt«, sagte Hadley. »Ein schwacher Mensch, der das Gefühl brauchte, Macht zu besitzen. Und je mehr Macht er hatte, desto brutaler setzte er sie ein. Ob wir je erfahren werden, wer ihn für seine Spitzeldienste bezahlt hat?«

Wir saßen schweigend da. June hatte den Arm um Zee gelegt, Zee hielt den Blick gesenkt. Die beiden waren vereint, wie sie es nie vorher gewesen waren, es tat gut, das zu sehen, auch wenn ich mir meiner Ausgeschlossenheit schmerzlich bewußt war. Junes innerer Radar war empfindlicher gewesen als unserer, aber sie hatte Zee nicht wie eine Detektivin verfolgt, sie war ihr wie eine Frau begegnet und dann bei ihr geblieben, um sie wie eine Freundin zu trösten.

»Es ist merkwürdig«, sagte ich, »es war Elena, die B. Violet zerstört hat, und Elena war letztlich auch der Grund für Jeremys Tod. Du hast sie vor Jeremy beschützt, Zee, und sie weiß es nicht einmal.« Auf einmal wußte ich, nach wem Zee gestern in dem überfüllten Gerichtssaal Ausschau gehalten hatte.

»Ja, Elena, die große feministische Heldin«, murmelte June.

»Irgendwie ist es komisch, Pam, weißt du noch, wie wir oben auf dem Dachboden geredet haben und wie ich sagte, ich möchte, daß du etwas von den Frauen in anderen Teilen der Welt begreifst und daß du lernen mußt, dir Gedanken über sie zu machen, wenn du eine Feministin sein willst. Und jetzt werde ich wohl den Rest meines Lebens im Gefängnis verbringen wegen einer weißen Frau aus den USA.«

Zee sagte es ganz ruhig, als ob es ihr nichts ausmachte, aber ihre schwarzen Augen brannten sich in mich ein, forderten etwas, das ich endlich bereit war zu geben.

»Nein«, sagte ich, »das kannst du nicht.«

»Nein«, wiederholte Hadley fest. »Die Waffe ist verschwunden, sie haben nichts gegen dich in der Hand, außer daß du mit ihm verheiratet warst. Du bist ein bißchen vertrauensselig mit deinen Geständnissen, aber ich schwöre dir, daß du nicht ins Gefängnis gehst. Nicht für Jeremy Plaice. Du hast noch zu viel zu tun, als daß du dein Leben im Gefängnis verbringen könntest.«

»Amen«, sagte June, ohne Zee loszulassen.

Hadley und ich gingen zu unseren Wagen. Einen Augenblick standen wir noch unter den Straßenlampen und unterhielten uns wie Fremde. Das Wetter schlug um, dunkelrote Wolken schoben sich vor einen Rauchglashimmel, Regen lag in der Luft.

»Ich hab' die ganze Zeit gedacht, die Lösung des Falles hinge damit zusammen, daß ihr Zwillinge seid, du und Penny«, sagte Hadley. »Dabei war das völlig unwichtig.«

»Auf jeden Fall hast du deinen großen Auftritt gehabt...«, ich machte eine Pause. »Damit ist unsere Detektivgeschichte wohl bei dem Wörtchen Ende angelangt.« Ich gab ihr noch eine Chance, ließ ihr die Möglichkeit, mir nicht das Herz zu brechen.

Sie trat mit ihren langen Beinen gegen die Reifen ihres Pick-up. Unter der Straßenbeleuchtung war ihr Haar silbern und ihre Augen wie kühler, blauer Stein.

»Du ahnst offenbar, was ich sagen will«, sagte sie. »Glaub mir, es ist sonst nicht meine Art, Frauen dazu zu bringen, sich als Lesben zu outen, und dann ...«

»Sag jetzt nicht, daß wir Freundinnen bleiben wollen.«

»Wie wär's, wenn wir eine Detektiv-Agentur aufmachen würden? Amazonen AG, eigenes Labor, internationale Ermittlungen.«

»Was haben wir im Grunde schon herausgefunden? Nichts, das wir irgendwie verwerten können.«

»Ach verdammt, Pam, bitte sei nicht sauer! Ich mag dich, ich hab' dich immer gemocht, du bist so unkompliziert, so nett, es war...«

»*Nett* ... hör bloß auf. Tut mir leid, daß ich keine gewalttätige Drogenabhängige bin oder sowas. Hättest du mich dann lieber?«

»Ich hab' dir doch gesagt, daß ich der soziale Typ bin. Und du brauchst keine Retterin. Fran braucht mich jetzt, damit sie regelmäßig zu AA geht, ihr Leben in den Griff bekommt.«

»Du mußt sie nicht retten! Du hast auch aufgehört, deinen Vater zu retten!«

»Vielleicht werde ich auch Fran eines Tages im Stich lassen.«

»Und was wird aus Elena? Oder macht das dein Engagement doppelt befriedigend? Gleich zwei Leute zu retten?«

»Die beiden sind fertig miteinander, da bin ich ziemlich sicher. Wenn Elena weiß, was gut für sie ist, dann geht sie nach Indiana zurück.«

Ich schwieg.

»Wenn du mit einer Dreiecksbeziehung leben könntest ...«

»Vergiß es.«

»Ich bin sicher, in ein paar Monaten wäre ich über sie hinweg.«

»Ich warte nicht.«

»Und du willst wirklich nicht, daß wir Freundinnen sind?«

»Nein!»

»Warte, ich will dir was zeigen. Vielleicht macht es das ein bißchen leichter.«

Sie wandte sich ab, beugte sich vor und faßte sich mit den Händen ins Gesicht, als ob sie ihre Wimpern ausreißen wollte. Als sie sich wieder umdrehte, wirkte ihr Gesicht merkwürdig anders, farblos unter dem farblosen Haar.

»Blaue Kontaktlinsen, das tollste Blau, das ich finden konnte«, sagte sie und gab sie mir.

Ihre echten Augen waren blaßgrün und verschwommen im Licht der Straßenlampe. Die beiden runden, türkisblauen Tropfen glitzerten auf meiner Handfläche. Wie Tränen. Ich gab sie ihr zurück.

»Es macht es nicht leichter«, informierte ich sie.

»Das hab' ich befürchtet«, sagte sie, küßte mich und ging.

Ich wartete, bis ihr Pick-up ansprang und sie langsam die Straße hinunterfuhr.

»Ich hab' dich nicht wegen deiner verdammten Türkisaugen geliebt, daß du es nur weißt«, schrie ich und fing an, hinter ihr herzurennen. »Hadley, komm sofort zurück! Ich warne dich, wenn dein Auto um die Ecke biegt, werde ich nie mehr ein Wort mit dir reden, du wirst mich niemals wiedersehen!«

Der Pick-up bog um die Ecke.

Ich habe mich immer gefragt, ob sie mich gehört hat.

Ariadne Kriminalromane

Ariadne Krimi 1001:	Anthony Gilbert: Das Geheimnis der alten Jungfer
Ariadne Krimi 1002:	Marion Foster: Wenn die grauen Falter fliegen
Ariadne Krimi 1003:	Joy Magezis: Untergetaucht
Ariadne Krimi 1004:	Anthony Gilbert: Fette Beute
Ariadne Krimi 1005:	Lauren Wright Douglas: Lauernde Bestie
Ariadne Krimi 1006:	Jessica Mann: Das Gewerbe der Mrs.Knox
Ariadne Krimi 1007:	Katherine V. Forrest: Die Tote hinter der Nightwood Bar
Ariadne Krimi 1008:	Josephine Bell: Mord im Ruhestand
Ariadne Krimi 1009:	J.R. Hulland: Der Tod studiert mit
Ariadne Krimi 1010:	Masako Togawa: Der Hauptschlüssel
Ariadne Krimi 1011:	Sarah Dreher: Stoner McTavish
Ariadne Krimi 1012:	P.M. Carlson: Vorspiel zum Mord
Ariadne Krimi 1013:	Val McDermid: Die Reportage
Ariadne Krimi 1014:	Kim Småge: Die weißen Handschuhe
Ariadne Krimi 1015:	Katherine V. Forrest: Amateure
Ariadne Krimi 1016:	Dorothy Cannell: Die dünne Frau
Ariadne Krimi 1017:	Kim Engels: Zur falschen Zeit am falschen Ort
Ariadne Krimi 1018:	Dolores Komo: Clio Browne, Privatdetektivin
Ariadne Krimi 1019:	Barbara Wilson: Der Porno-Kongreß
Ariadne Krimi 1020:	Sonja Lasserre: Gestern, heute und kein Morgen
Ariadne Krimi 1021:	Val McDermid: Das Nest
Ariadne Krimi 1022:	P.M. Carlson: Sicher ist nur Mord
Ariadne Krimi 1023:	Sarah Dreher: Stoner 2-Schatten
Ariadne Krimi 1024:	Joan Hess: Rufmord
Ariadne Krimi 1025:	Sarah Schulman: Ohne Delores
Ariadne Krimi 1026:	Dorothy Cannell: Der Witwenclub
Ariadne Krimi 1027:	Barbara Wilson: Ein Nachmittag mit Gaudí
Ariadne Krimi 1028:	Joy Magezis: Schüttelfrost
Ariadne Krimi 1029:	Katherine V. Forrest: Beverly Malibu
Ariadne Krimi 1030:	Susan Kenney: Zuchtrosen
Ariadne Krimi 1031:	Mary Wings: Sie kam zu spät
Ariadne Krimi 1032:	P.M Carlson: Versuch mit Mord
Ariadne Krimi 1033:	Val McDermid: Der Fall
Ariadne Krimi 1034:	Anthony Gilbert: Schwarze Bühne
Ariadne Krimi 1035:	Marion Foster: Wenn die Macht ihr Netz auswirft
Ariadne Krimi 1036:	Rosie Scott: Tage des Ruhms
Ariadne Krimi 1037:	Katherine V. Forrest: Tradition
Ariadne Krimi 1038:	L.A. Taylor: Das liebe Geld
Ariadne Krimi 1039:	Gabriele Gelien: Eine Lesbe macht noch keinen Sommer
Ariadne Krimi 1040:	Joan Hess: Die 755 Seelen von Maggody
Ariadne Krimi 1041:	Lauren Wright Douglas: Sieben Leben
Ariadne Krimi 1042:	Orania Papazoglou: Süß wie der wilde Tod
Ariadne Krimi 1043:	Sarah Dreher: Stoner 3 - Grauer Zauber
Ariadne Krimi 1044:	Susan Kenney: Tod nach Lehrplan

Ariadne Krimi 1045: Deborah Powell: Heißer Winter in Texas
Ariadne Krimi 1046: Lynne Murray: Der letzte Termin
Ariadne Krimi 1047: Mary Wings: Sie war schnell wie der Blitz
Ariadne Krimi 1048: Dagmar Scharsich: Die gefrorene Charlotte
Ariadne Krimi 1049: Barbara Wilson: Schwestern der Straße
Ariadne Krimi 1050: Marele Day: Harry Lavender
Ariadne Krimi 1051: Jessica Lauren: Zweimal sterben
Ariadne Krimi 1052: P.M. Carlson: Makler und Mord
Ariadne Krimi 1053: Lauren Wright Douglas: Artemis' Töchter
Ariadne Krimi 1054: Joan Hess: Liebe Miss E.Tadt
Ariadne Krimi 1055: J.M. Redmann: Mississippi
Ariadne Krimi 1056: Kim Småge: Nachttauchen
Ariadne Krimi 1057: Barbara Wilson: Trubel in Transsylvanien
Ariadne Krimi 1058: Dorothy Cannell: Auf dem Holzweg
Ariadne Krimi 1059: Val McDermid: Der Aufsteiger
Ariadne Krimi 1060: Jessica Mann: Die Spur des Schatzes
Ariadne Krimi 1061: Claire Macquet: Auf der Suche nach Ammu
Ariadne Krimi 1062: Barbara Crossley: Kandierte Küste
Ariadne Krimi 1063: Lisa Pei: Die letzte Stunde
Ariadne Krimi 1064: P.M. Carlson: Bühne frei für Mord
Ariadne Krimi 1065: Ann Camones: Verbrechen lohnt sich doch!
Ariadne Krimi 1066: Lynne Murray: Mit anderen Mitteln
Ariadne Krimi 1067: Deborah Powell: Krumme Touren in Texas
Ariadne Krimi 1068: Marele Day: Rätsel der chinesischen Schachteln
Ariadne Krimi 1069: J.M. Redmann: Stirb, Jokaste!
Ariadne Krimi 1070: P.M. Carlson: Heiß genug für Mord
Ariadne Krimi 1071: Agnes Bushell: Tanz der Schatten
Ariadne Krimi 1072: Susan Kenney: Wasser hat keine Balken
Ariadne Krimi 1073: Melissa Chan: Geld heilt alle Wunden
Ariadne Krimi 1074: Joan Hess: Aufruhr in Maggody
Ariadne Krimi 1075: ReBecca Béguin: Die Hälfte des Himmels
Ariadne Krimi 1076: P.M. Carlson: Grabes Stimme
Ariadne Krimi 1077: Sarah Schulman: Sophie Horowitz
Ariadne Krimi 1078: Dirkje Kuik: Pudelmütze
Ariadne Krimi 1079: Barbara Wilson: Mord im Kollektiv

Edition Ariadne

Gabriele Gelien: Der Güldne Baum
Marge Piercy: Donna und Jill
Marge Piercy: Er, Sie und Es
Marge Piercy: Menschen im Krieg
Sarah Schulman: Einfühlung
Sarah Schulman: Futuranskys Stadt
Sarah Schulman: Leben am Rand
Rosie Scott: Raubstadt
Barbara Wilson: Äpfel und Apfelsinen
Barbara Wilson: Unbescheidene Frauen